TEIA DE MENTIRAS

Livros de Charlie Donlea

A garota do lago
Deixada para trás
Não confie em ninguém
Uma mulher na escuridão
Nunca saia sozinho
Procure nas cinzas
Antes de partir
Olhos vazios
Sussurros do passado
Teia de mentiras

CHARLIE DONLEA

TEIA DE MENTIRAS

Tradução: Carlos Szlak

COPYRIGHT © 2025 BY CHARLIE DONLEA.
FIRST PUBLISHED BY KENSINGTON PUBLISHING CORP.
TRANSLATION RIGHTS ARRANGED BY SANDRA BRUNA AGENCIA LITERARIA, SL
ALL RIGHTS RESERVED

TÍTULO ORIGINAL: GUESS AGAIN

Todos os direitos reservados.
Nenhuma parte deste livro pode ser reproduzida sob quaisquer meios existentes sem autorização por escrito do editor.

Diretor editorial **PEDRO ALMEIDA**
Coordenação editorial **RENATA ALVES**
Editora-assistente **LETÍCIA CANEVER**
Tradução **CARLOS SZLAK**
Preparação **TUCA FARIA**
Revisão **CARLA SACRATO E BÁRBARA PARENTE**
Capa e diagramação **OSMANE GARCIA FILHO**
Imagens de capa **MAGDALENA RUSSOCKA, SILAS MANHOOD | TREVILLION IMAGES**

Dados Internacionais de Catalogação na Publicação (CIP)
Jéssica de Oliveira Molinari CRB-8/9852

Donlea, Charlie
　　Teia de mentiras / Charlie Donlea ; tradução de Carlos Szlak. — São Paulo : Faro Editorial, 2025.
320 p. : il.

ISBN 978-65-5957-855-9
Título original: Guess Again

1. Ficção norte-americana 2. Suspense I. Título
II. Szlak, Carlos

25-2705　　　　　　　　　　　　　　　　CDD-813

Índice para catálogo sistemático:
1. Ficção norte-americana

1ª edição brasileira: 2025
Direitos de edição em língua portuguesa, para o Brasil, adquiridos por FARO EDITORIAL

Avenida Andrômeda, 885 — Sala 310
Alphaville — Barueri — SP — Brasil
CEP: 06473-000
www.faroeditorial.com.br

Para Murf
Líder, irmão, amigo

Escaneie o QR Code abaixo e assista ao vídeo especial do Charlie Donlea para você, leitor brasileiro!

A tragédia da vida não é perder, mas quase ganhar.
— Heywood Broun

PARTE I
RETORNO À ATIVA   11

PARTE II
MAQUINAÇÕES   39

PARTE III
MELHORES AMIGAS   77

PARTE IV
DEDICAÇÃO TOTAL   103

PARTE V
A OUTRA GAROTA   143

PARTE VI
TRANSFERÊNCIA DE PODER   211

PARTE VII
PONTAS SOLTAS   261

VERÃO DE 2026
LAGO MORIKAWA, WISCONSIN   305

AGRADECIMENTOS   319

VERÃO DE 2015

CHERRYVIEW, WISCONSIN

Quando ele desabotoou o jeans dela, ela soube que perderia a virgindade naquela noite.

O cheiro da loção pós-barba parecia mais intenso do que nunca. Ela já o conhecia, sentira-o antes, como na primeira vez em que se beijaram no carro dele. Mas agora, no apartamento dele, com aquele corpo sobre o seu e os lábios dele roçando seu pescoço, o perfume se tornava inebriante.

Mais do que consciente de cada toque e de cada emoção, ela tentou se acalmar enquanto absorvia aquele aroma. Não era o medo de perder a virgindade que a deixava ansiosa. Estava apaixonada e queria aquilo com todas as forças. O que a inquietava era a inexperiência, o receio de errar, a preocupação sobre o que esperar do sexo.

A mão dele deslizou sob o tecido de sua calcinha. A sensação se intensificou quando ele a puxou para baixo com delicadeza. Ela ergueu os quadris e, de repente, estava nua, deitada na cama dele. Era a primeira vez que ficava sem roupa diante de um homem. Estava acontecendo. Não era um sonho. E jamais se sentira tão feliz.

Ele pressionou os quadris contra a pelve dela e penetrou com suavidade. Ela ofegou, surpreendida pelo choque repentino. Porém, a dor foi ofuscada por um pensamento. Ela se deu conta, ao abraçá-lo, que queria sussurrar o nome dele ao pé do ouvido. Mas não conseguiu. Como estrela do time de vôlei da escola, ela sempre o chamara de treinador, e tratá-lo assim agora parecia bastante ridículo, quase constrangedor. Sendo assim, fechou os olhos e deixou escapar um gemido, enquanto ele a penetrava mais profundamente.

PARTE I
RETORNO À ATIVA

1

Madison, Wisconsin
Quinta-feira, 22 de maio de 2025

ETHAN HALL FORA O ALUNO MAIS VELHO DE SUA TURMA NA escola de medicina. Ele tinha trinta e seis anos ao entrar no laboratório de anatomia geral no primeiro ano do curso. Hoje, aos quarenta e cinco, trabalhava como médico de emergência. Embora não tivesse os anos de experiência dos outros médicos de sua idade, Ethan se destacava pela competência. Ele concluíra o curso em primeiro lugar, e poderia ter seguido qualquer especialidade. Escolhera a medicina de emergência porque sua profissão anterior o habituara ao caos, e, em algum momento, a desordem ficou gravada em seu DNA.

Anos antes, Ethan fora agente especial da Divisão de Investigação Criminal de Wisconsin e responsável por investigar crimes contra crianças. Por um tempo fora gratificante colocar atrás das grades os seres desprezíveis que cometiam tais barbaridades. Porém, o trabalho cobrara seu preço. Ele testemunhara violência demais contra os mais vulneráveis da sociedade. Em sua antiga profissão, uma "vitória" ainda significava uma criança morta, uma família enlutada e um criminoso recebendo três refeições por dia e um colchão quente à noite. Nos dez anos em que trabalhara na DIC, Ethan perdera a fé na humanidade. Ele se vira tão à deriva que começara a perder contato com a condição humana. Fora uma década de declínio constante, uma espiral perigosa da qual ele precisava escapar antes que o vazio o engolisse por inteiro. Assim, decidiu que uma mudança na carreira era necessária para preservar a sanidade. Pediu demissão e se candidatou a uma vaga na escola de medicina.

Agora, como médico de pronto-socorro, ele podia ajudar seus pacientes *antes* que morressem. Era uma mudança reconfortante, e algo de que sua vida precisava desesperadamente. Pela primeira vez em muitos anos, Ethan Hall era um homem feliz.

No leito 3 do pronto-socorro, ele puxou a cortina para o lado, e encontrou seu paciente sentado na cadeira junto à cama. Isso era incomum.

Normalmente, os pacientes estavam deitados quando ele entrava. Também outro detalhe estranho era que esse paciente não usava uma camisola hospitalar. O homem de trinta e oito anos, segundo o prontuário, vestia camiseta, bermuda e chinelos. Considerando também o cabelo loiro comprido que quase chegava aos ombros, dava para imaginá-lo na capa de uma revista de surfe. Ethan sorriu.

— Sou o doutor Hall.

— Tudo bem, doutor? Sou Christian Malone.

— Você é o paciente?

— Sim, sou. Sabe, não suporto essa coisa de camisola e cama de hospital. Quer dizer, a não ser que algo estivesse muito errado comigo. Aí tudo bem. Se não, isso só acaba com minha dignidade e faz eu me sentir um lixo.

— Tudo bem. — Ethan digitou no teclado do computador para abrir o prontuário do paciente. — Está sentindo dores abdominais?

— *Estava.* Já passou. Olhe, não quero tomar seu tempo. Vim hoje de manhã porque senti uma dor horrível nas costas. A enfermeira me disse que era uma pedra no rim. Segundo ela, o médico receitou alguns analgésicos, mandou dar uma injeção de morfina e pediu uma tomografia urgente. Mas pouco antes de ela me aplicar a morfina, a dor sumiu. Despencou de dez para zero em questão de segundos. Mesmo assim, ela insistiu em me injetar morfina, dizendo que a dor só tinha passado porque eu havia achado uma posição confortável. Só que a dor não voltou mais.

Ethan acessou a tomografia no computador e viu que o paciente tinha um cálculo renal alojado na bexiga, indicando que já havia completado a travessia dolorosa pelo ureter.

— Pois é, viu? Já desceu para a bexiga — o paciente disse.

— Você é médico? — Ethan perguntou.

— Não, sou um nerd de tecnologia da Califórnia.

— Califórnia? O que está fazendo em Madison?

— Fugi do Vale do Silício, e moro aqui agora.

— Bem-vindo ao Meio-Oeste. Suponho que essa não seja sua primeira pedra no rim.

— Não. Já tive outras duas. Dói pra burro até chegar à bexiga. Daí, expilo a pedra pela urina uns dois dias depois. Tentei avisar a enfermeira, mas ela me deu morfina mesmo assim. O barato é sensacional, tenho que admitir.

Ethan sorriu. Christian Malone, o recém-chegado de trinta e oito anos do Vale do Silício, de repente soava como um californiano.

— Você veio dirigindo até o pronto-socorro hoje de manhã?

— Sim, senhor.

Digitando no teclado, Ethan registrava as informações no prontuário.

— Não posso deixar você dirigir depois de ter recebido morfina. Vamos ter que mantê-lo aqui por algumas horas antes que eu possa lhe dar alta.

— Vou chamar um Uber.

— Eu teria que ver você entrando no carro. Caso contrário, o hospital seria responsável por liberá-lo sob o efeito de um narcótico.

— Poxa, doutor, eu me sinto ótimo...

— O barato da morfina é esse mesmo. Você está legal agora, e daqui a pouco está chapado.

— Não dá para abrir uma exceção? Já faz três horas que estou aqui.

Ethan consultou seu relógio.

— Você é o último paciente de meu turno. Topa um café por minha conta? Se ainda estiver meio zonzo, eu mesmo te levo pra casa.

— Beleza, doutor. Só me tira logo deste lugar.

2

Cherryview, Wisconsin
Quinta-feira, 22 de maio de 2025

EM VEZ DE TOMAREM CAFÉ NA LANCHONETE DO PRONTO-
-socorro, eles decidiram passar no *drive-thru* do Starbucks, onde pediram copos grandes de café preto. Depois de saírem de lá, Ethan fez um comentário sobre a escolha de Christian:

— Um californiano expatriado como você não quis um café com leite de soja e baunilha?

Christian sorriu.

— Tomo café preto o dia todo.

— O dia todo?

— É a única coisa que eu tomo.

— Se quiser evitar outro cálculo renal, sugiro incluir água em sua dieta.

— Vou levar isso em conta. — Christian apontou. — Pegue à direita ali.

Ethan fez a curva com seu Jeep Wrangler, pegando um caminho sinuoso que atravessava uma área arborizada ladeando a água, até sair, um quilômetro e meio depois, na margem do Lago Okoboji.

— Eu moro ali — Christian disse, indicando o lugar.

Ao olhar para o outro lado do lago, Ethan viu um casarão situado à beira da água. A luz do sol matinal se refletia nas amplas janelas da parte de trás da casa. De cada lado do terraço dos fundos, havia uma escada em espiral que conduzia a um gramado verde-esmeralda que terminava em uma praia artificial que se estendia até a margem do lago.

Ethan já tinha visto aquela casa antes. Assim como todo o mundo. Era a maior do lago.

— Essa é sua casa?

— Sim, senhor — Christian respondeu, apontando pela janela do passageiro. — Contorne pelo norte. É mais fácil entrar pelos fundos.

Por um instante, Ethan hesitou antes de virar o volante e começar a contornar o lago. Dez minutos depois, passou pelo portão dos fundos da casa de Christian e parou na entrada para carros, contando cinco portões de garagem.

— Sente-se bem? — Ethan quis saber.

— Infelizmente, sim. O barato já passou quase todo. Entre e termine seu café. Vou mostrar a casa para você.

Ethan entrou atrás de Christian pelas portas duplas imensas da entrada. Impressionado, meneou a cabeça diante do tamanho da residência. O interior era uma mistura de tecnologia de ponta com a rusticidade típica do interior de Wisconsin.

— Vamos nos sentar lá nos fundos — Christian sugeriu.

Ethan seguiu Christian pela casa, notando os tablets embutidos nas paredes que deixavam tudo, do termostato à música, ao alcance de um toque de Christian. As luzes se acendiam durante o trajeto, embora ele nunca visse Christian tocar em um interruptor. A parte de trás da residência era uma sequência contínua de janelas panorâmicas, que oferecia uma vista majestosa do lago.

— É incrível.

— Você precisa ver como fica quando neva. Eu só gosto de neve quando estou sentado nesta sala e os flocos cobrem todas as janelas.

Christian empurrou uma porta alta de vidro e saiu para o terraço. Ethan o seguiu até uma mesa, junto à qual eles se sentaram.

— O calor este ano está quase insuportável — Christian comentou.

— E dizem que ainda vai piorar.

— Até dá pra aguentar o calor. O que me mata é a umidade.

— Então, Christian, como um nerd de tecnologia da Califórnia veio parar aqui em Wisconsin? Você tem que me contar essa história.

Christian tomou um gole de café e olhou para o Lago Okoboji. Alguns veleiros navegavam em diversas direções, com o vento da manhã enfunando as velas. Uma lancha puxava um esquiador aquático.

— Eu criei uma empresa de armazenamento e compartilhamento de arquivos online. A princípio, só lidava com arquivos, mas logo se expandiu para incluir fotos, vídeos e, no fim das contas, qualquer coisa que você quisesse guardar com segurança na nuvem, compartilhar com outros usuários e acessar de qualquer um de seus dispositivos.

Curioso, Ethan semicerrou os olhos.

— Como a CramCase?

— Isso aí.

— A CramCase é sua?

— Era. Eu vendi.

Ethan assentiu devagar.

— Eu li sobre isso no ano passado. Foi vendida por...

— Bilhões — Christian confirmou, concordando com a cabeça. Ele silenciou por instantes antes de fazer uma pequena correção: — Bem, bilhões e bilhões.

— Nossa! E você era dono de tudo?

— De cinquenta e um por cento. Escrevi o código no dormitório de minha faculdade. Naquela época, éramos apenas eu e meu colega de quarto. Ele ainda está na empresa. Mas eu não aguentei mais. Todo o mundo sonha em ficar podre de rico, mas existe um limite de riqueza que pouca gente conhece. Quando você atinge esse ponto, ainda mais se for uma empresa com ações na bolsa, o resultado é menos liberdade, e não mais. Fiquei de saco cheio de nerds metidos a sabichões me dizendo o que fazer com meu dinheiro e com minha empresa. Aquilo tudo acabou comigo e matou minha paixão. Então, vendi minha parte e caí fora do Vale do Silício.

— E veio parar em... Cherryview, Wisconsin? Como isso aconteceu?

— Com escala em Chicago, mas essa é outra história.

Ethan assentiu. Trilhara um caminho parecido, exceto pelos bilhões. Já chegara a ter um trabalho que amava, mas acabara perdendo a paixão.

— Parece que você está numa boa, Christian. Na vida, e desde aquela dose de morfina que minha enfermeira aplicou em você. Se quiser, podemos analisar a pedra quando você a expelir. Ver a composição dela, para você mudar sua dieta e tentar evitar outra.

— Prefiro que a pedra vá direto pro mar assim que sair de meu corpo. Mesmo assim, agradeço.

— Tome mais água no dia a dia. Confie em mim, isso ajuda.

— Entendi. Valeu pela carona, doutor.

— Imagina.

— Vai voltar pro hospital?

— Não. Vou viajar. Tirei uns dias de folga para aproveitar o fim de semana prolongado.

— Boa viagem. E quando voltar, apareça aqui algum dia. Ainda não conheço muita gente na cidade, e esta casa enorme assusta todo o mundo.

— Pode deixar — Ethan respondeu, sorrindo.

3

Madison, Wisconsin
Quinta-feira, 22 de maio de 2025

O HOMEM CAMINHAVA COM DIFICULDADE PELOS CORREDORES do hospital. A perna sem força era uma novidade que se manifestara de repente. Apesar do alerta do médico de que sintomas assim eram iminentes, a piora o pegou de surpresa. Não havia dor, apenas a recusa da perna direita de obedecer ao que sua mente lhe mandava fazer. Então, ele mancava e se apoiava no que estivesse por perto para não cair: a porta que empurrou para entrar no pronto-socorro, uma maca no corredor e, na aproximação final ao posto de enfermagem, um monitor de sinais vitais de um paciente, cujo suporte ele agarrou no último segundo, certo de que estava prestes a perder o equilíbrio.

— Desculpe — ele disse ao paciente deitado na maca, esperando ser transportado para algum lugar.

Ele conseguiu chegar ao posto de enfermagem e apoiou as duas mãos no balcão.

— O senhor passou pela triagem na recepção? — uma enfermeira perguntou.

— Disseram pra eu vir direto pra cá.

— Não é possível. Lá, eles registram os dados de seu plano de saúde e o colocam na fila.

A reação dela não o surpreendeu. Para a enfermeira, ele era só mais um acidentado entrando mancando no pronto-socorro.

— Não sou um paciente. — Ele enfiou a mão no bolso do paletó e tirou o distintivo. — Agente especial Pete Kramer, da Divisão de Investigação Criminal de Wisconsin. Estou à procura de Ethan Hall.

Por um momento, ela hesitou.

— Um cara alto. Bonitão. Quarenta e poucos anos. Frequentador assíduo de academia e se mantém absurdamente em forma — ele disse.

— Eu sei quem é o doutor Hall.

— Ah, maravilha. Ele está por aí?

A enfermeira digitou no teclado do computador e levou um instante para ler a tela.

— O turno do doutor Hall terminou às sete da manhã.

— Ele saiu do trabalho às sete da manhã?

— Sim. Ele está trabalhando no turno da noite esta semana. Das onze às sete.

— Então, ele voltará hoje às onze da noite?

— Não. Ele vai ficar fora por alguns dias por causa do Memorial Day.

— Quando ele voltará?

A enfermeira fez uma pausa, e Pete percebeu a expressão de desconfiança dela.

— Não se preocupe. Ele não está encrencado. Somos velhos amigos, e ele me deve um favor. — Pete recolocou o distintivo no bolso.

A enfermeira forçou um sorriso e voltou a conferir a escala de trabalho no computador:

— O doutor Hall voltará a atender na próxima quarta-feira. Dia 28.

— Obrigado. Bom fim de semana.

Pete Kramer saiu mancando do pronto-socorro. Ele voltaria na semana seguinte.

4

Madison, Wisconsin
Sexta-feira, 23 de maio de 2025

NA MANHÃ DE SEXTA-FEIRA, ETHAN POSICIONOU OS FONES
Bose nos ouvidos, fez a última checagem do voo e ligou o motor do Aviat
Husky A-1C-200, um hidroavião anfíbio capaz de decolar da pista de um
aeroporto particular em Madison e pousar no lago ao norte, onde ficava sua
cabana. A hélice começou a girar até se tornar apenas um borrão para o olho
humano. Ele olhou para a passageira a seu lado e a lembrou de respirar fundo.

Maddie Jacobson só relaxava quando o avião atingia a velocidade de
cruzeiro a dois mil e quatrocentos metros de altitude. E mesmo assim, quase
nada. Na decolagem e no pouso, a ansiedade e o medo tomavam conta dela.
Maddie odiava viajar em aviões de companhias aéreas, quanto mais em um
hidroavião de dois lugares.

Ethan ajustou seu microfone. Ao falar, sua voz ecoou no fone de ouvido
de Maddie:

— Tranquila, tranquila.

Maddie fechou os olhos e acenou com a cabeça.

Ethan colocou o pequeno avião de dois lugares em movimento na pista
de taxiamento e esperou pela autorização do controle de tráfego aéreo.
Assim que recebeu a liberação, ele acionou o manete e iniciou a corrida pela
pista de decolagem. Ao alcançar a velocidade de solo adequada, Ethan
puxou o manche para trás e tirou o Husky do chão. O solavanco irregular
da pista desapareceu, substituído pela transição suave de estar no ar. O
momento em que o avião deixava a terra era a parte favorita dele do voo.
Sempre o preenchia com uma sensação de liberdade. Ele estendeu o braço
e apertou a mão da namorada. Maddie respondeu mantendo as pálpebras
cerradas e o ignorando.

Eles voaram rumo ao norte, saindo de Madison e subindo até dois mil
e quatrocentos metros. Com o plano de voo programado no GPS na rota
norte-noroeste e a confirmação de que o céu estaria sem nuvens nas próximas duas horas, Ethan ativou o piloto automático e colocou uma música. *A*

Pirate Looks at Forty, de Jimmy Buffett, soou nos fones de ouvido. Finalmente, Maddie abriu os olhos e exalou pela boca.

— Tenho uma notícia boa e outra má — Ethan informou. — A má notícia: serão mais duas horas neste avião. A boa notícia: quando pousarmos, teremos cinco dias só para nós.

Maddie tentou sorrir.

— Vou curtir os dias que estão por vir depois que você me levar de volta a terra em segurança.

— Entendido.

Uma das vantagens da medicina de emergência era a capacidade de Ethan de programar sua agenda de tal forma que lhe permitia trabalhar sete dias seguidos em turnos de oito horas em troca de sete dias de folga. O tempo livre funcionava como uma recarga periódica que impedia a exaustão por estresse crônico no trabalho. Nos últimos dois anos, ele seguira a programação sem interrupções. Ethan passava os dias de folga no norte, e Maddie o acompanhava sempre que sua agenda permitia.

Ethan possuía uma cabana à beira do Lago Morikawa, no norte de Wisconsin, ao leste de Duluth, Minnesota, e não muito distante das margens do Lago Superior. O lago em si era propriedade da Reserva Bad River, mais especificamente da tribo Bad River Band do povo chippewa do Lago Superior. Só existiam oito casas no lago. A cabana de Ethan era uma delas. Fora construída na década de 1920 por seu tataravô, após um tratado de cessão de terras ser assinado, o qual outorgou a área ao governo dos Estados Unidos. Os ancestrais de Ethan foram os últimos remanescentes da Hall Copper, uma empresa de mineração que se destacou durante o *boom* do cobre no final do século XIX antes de falir na Crise de 1929. Tudo o que restava daquele império outrora proeminente era a cabana de pesca dos Hall às margens do Lago Morikawa.

Em meados do século XX, um programa de recompra patrocinado pelo governo permitiu que o povo chippewa readquirisse a terra dos proprietários de imóveis por uma soma considerável. O avô de Ethan, juntamente com apenas sete outros moradores do Lago Morikawa, recusou a oferta generosa e manteve a cabana na família. O resultado foi que a propriedade à beira do lago pertencia aos Hall, mas as terras ao redor — incluindo o próprio lago — pertenciam aos chippewa.

Eram muitas as condições para ser dono do imóvel. A principal: reparos e melhorias na estrutura da cabana eram permitidos, mas a área ocupada jamais poderia ser ampliada, pois as terras vizinhas pertenciam aos nativos norte-americanos. E era somente pela generosidade dos chippewa que Ethan podia pescar naquele lago. Apesar das restrições, o arranjo trazia uma vantagem: como o lago e suas margens eram parte da reserva indígena, nenhuma outra casa ou cabana poderia ser construída ali. Por meio de uma brecha, Ethan acabara ficando com o Lago Morikawa só para si.

Para demonstrar sua gratidão, Ethan fizera um trato com os chippewa durante os últimos anos. Após se formar na escola de medicina e começar sua residência em medicina de emergência, ele oferecera atendimento médico gratuito à tribo. Três vezes por ano, Ethan montava um consultório e passava uma semana na reserva realizando exames médicos, prescrevendo medicamentos para diabetes e hipertensão, diagnosticando doenças e problemas dentários, e providenciando encaminhamentos, caso necessário. Em troca, Ethan conquistara a confiança dos chippewa, e ninguém jamais o incomodava quando ele estava na cabana. Todos na tribo o conheciam como um médico atencioso, que se mantinha reservado e cuidava deles três vezes por ano.

Após duas horas e meia de voo e quase quinhentos quilômetros percorridos, Ethan avistou o Lago Morikawa ao longe e iniciou a descida. Havia uma leve ondulação na água, o que ajudava na visibilidade. O vento soprava do norte, e ele o cortou durante a aproximação. Passou por cima das copas dos pinheiros e reduziu a velocidade até pouco acima do limite de estol antes de pousar bem no meio do lago. Manteve o motor em marcha lenta enquanto taxiava em direção ao cais em frente à cabana. De pé na ponta do píer estava Kai Benjamin, o ancião local chippewa, que ergueu a mão para saudar Ethan.

Ethan conduziu o Husky em paralelo ao cais e colocou o motor em ponto morto. Ao sair da cabine, ele jogou uma corda para Kai, que a amarrou no pilar para desacelerar o avião e imobilizá-lo. Ethan estendeu a mão de volta para a cabine e desligou o motor. Ajudou Maddie a sair do assento do passageiro, e ambos ficaram em cima do flutuador do avião, curtindo os sons da natureza ao redor.

A cabana de Ethan ficava na foz do Rio do Céu, onde as corredeiras desaguavam no Lago Morikawa. Ele e Maddie agora ouviam a água correndo sobre as pedras e ecoando pelos pinheiros de tronco reto que os cercavam. Um mergulhão cantava no meio do lago, e pássaros chilreavam na densa vegetação ao redor. Kai se manteve em silêncio, permitindo que seus amigos desfrutassem o momento de paz da chegada àquele lugar majestoso.

Ethan sorriu, respirou fundo o ar fresco e disse:

— Não existe nada melhor que isto.

— Este lugar fica ainda mais bonito quando você traz sua namorada. Ela é mais bonita que você, e uma companhia muito melhor.

Dando risada, Maddie saltou para o cais, cumprimentando:

— Que bom te ver, Kai.

Eles trocaram um abraço caloroso.

— Deixe-me ajudá-los com a carga.

— Obrigado, Kai. — Ethan abriu a porta do bagageiro.

Foram necessárias três viagens para levar os pertences dele e de Maddie — duas caixas térmicas, bolsas de viagem, vários galões de gasolina, comida e água — pela longa escada até a cabana. Kai tinha em torno de setenta anos, e a pele escura curtida pelo sol. Ethan havia parado de protestar quando ele oferecia sua mão amiga. Kai era forte como um touro e estava sempre disposto a ajudar.

Ethan e Maddie começaram a guardar seus pertences. Enquanto isso, Kai desapareceu em direção a sua picape.

— Tenho algo para vocês — Kai disse quando voltou, e mostrou uma longa lança de pesca. — Eu afiei e reapertei a cabeça para que ficasse firme e resistente.

— Você não precisava ter feito isso, Kai — Ethan afirmou.

— Eu quis fazer.

Na primeira semana em que Ethan comandara sua clínica improvisada para atendimento dos chippewa, ele notara resultados anormais no exame de sangue de Kai. Exames adicionais revelaram um tumor no intestino dele. Se não tivesse sido diagnosticado, teria sido fatal. Ethan providenciara a cirurgia de Kai com um colega gastroenterologista em Madison. Agora Kai estava saudável e forte. Ele e Ethan tinham se tornado próximos ao longo dos anos.

Para demonstrar sua gratidão, Kai presenteou Ethan com uma lança de pesca antiga, que havia passado por três gerações de chippewa. A longa vara de bambu tinha na ponta um arpão entalhado em presa de morsa. Tocado pelo gesto, Ethan pendurara a lança como decoração na parede da sala principal da cabana, onde a via toda vez que entrava. Na última viagem de Ethan ao Lago Morikawa, Kai percebera que a presa de morsa estava solta.

— Posso? — Kai perguntou agora.

— Claro.

Kai ergueu a lança e a recolocou nos ganchos da parede, que eram feitos de presas de marfim e também presenteados por Kai.

— Talvez neste fim de semana você finalmente a use.

— Eu já usei — Ethan afirmou. — Tudo o que consegui com ela foi acertar o fundo do lago, o que provavelmente explica por que a ponta estava tão solta.

— É preciso paciência e prática. Com o tempo, porém, você vai achar a lança mais eficaz do que as varas de pesca que usa. E não preciso lembrá-lo de que, até agora, você nunca pescou mais do que eu.

— Isso é um desafio? — Ethan perguntou.

Ambos olharam para Maddie, que fez uma careta.

— Vão logo — ela disse.

— Tem certeza? — Ethan perguntou.

— Se você prometer trazer uma perca* para o jantar.

— Prometo. — E Ethan correu em direção à porta.

Como duas crianças que conseguiram sair mais cedo da escola, Kai tirou a lança da parede, enquanto Ethan pegava sua vara Loomis do suporte perto da entrada. Poucos minutos depois, o motor Mercury de 50 hp rugia na popa da lancha Crestliner de Ethan, levando ambos rapidamente até a baía favorita deles, uma que costumava fervilhar de percas e lúcios.

Ethan ocupou seu lugar na plataforma de arremesso na proa do barco e armou a vara com uma isca giratória. Kai se posicionou na popa, observando a água com a antiga lança de pesca apoiada no ombro. Bastaram apenas alguns minutos. Ethan sentiu um impacto forte e repentino em sua Loomis e cravou o anzol com um puxão firme da vara. Ele olhou para a popa do barco, e quis lançar um sorriso de superioridade para Kai, mas viu que seu amigo estava acompanhando a sombra de um lúcio atrás do barco. Assim que Kai jogou a lança na água, a carretilha de Ethan zuniu, enquanto seu peixe empreendia uma longa fuga que exigiu sua atenção. Ele voltou ao trabalho, erguendo a ponta da vara bem alto para trazer o peixe para mais perto, e depois voltando a abaixá-la enquanto girava a carretilha para recuperar a linha que o grande peixe levara.

E assim, Ethan relaxou. Após alguns minutos na água, e no meio da pesca, sua ansiedade sobre a próxima audiência de liberdade condicional do homem que matou seu pai e quase tirou a vida de Maddie desapareceu.

Pelo menos durante o fim de semana prolongado do Memorial Day, Ethan Hall foi um homem livre de preocupações.

* Uma espécie de peixe.

5

Madison, Wisconsin
Quarta-feira, 28 de maio de 2025

DE JALECO AZUL-CLARO, ETHAN ESTAVA SENTADO DIANTE DE um computador dentro do posto de enfermagem, uma grande área de recepção quadrada que ocupava o centro do setor de emergência. Ele completava uma hora em seu primeiro turno noturno desde a volta de sua cabana e do fim de semana prolongado com Maddie. Ethan abriu os prontuários para conferir os resultados dos exames e concluir os dos pacientes a quem já dera alta. Percorreu os nomes da lista até chegar ao prontuário de Christian Malone, o guru da tecnologia californiano. Para evitar que o paciente dirigisse para casa sob o efeito da morfina, Ethan não finalizara o prontuário dele antes de sair para o feriado.

Agora, ele abriu o prontuário e acrescentou o histórico anterior de cálculos renais de Christian, além de seus hábitos de vida, como tomar apenas café forte o dia inteiro sem ingerir um gole de água.

— Você saiu da Divisão de Investigação Criminal para ser médico, mas está aqui digitando feito louco à meia-noite, como nos velhos tempos.

Ethan não precisou se virar para saber de quem era a voz. Fora parceiro de Pete Kramer na DIC por uma década antes de decidir se aposentar. Sorriu e girou a cadeira devagar. Pete apoiava os dois cotovelos no balcão do posto de enfermagem. Usava o seu habitual paletó esporte por cima de uma camisa de colarinho abotoado sem gravata. Era o único traje que Ethan já o vira usar.

— Você fica bem de jaleco. Como o doutor McDreamy de *Plantão Médico*.

— Creio que ele seja personagem da série *Grey's Anatomy*, mas obrigado — Ethan brincou.

— Achei que tivesse deixado de ser agente especial para poder tratar de pessoas doentes e salvar o mundo. Mas aqui está você, jogando paciência no computador.

Ethan continuou sorrindo. Ninguém conseguia falar besteira melhor do que Pete Kramer.

— E eu lembro que você caiu fora também porque os horários eram uma merda — Pete continuou. — Mas minha investigação me diz que você está mal começando o turno da noite, que com certeza vai foder sua produção de melatonina e o ritmo circadiano. Então, imagino que você ganhe mais dinheiro agora, mas ainda ficou com a pior parte.

— Eu *prefiro* trabalhar à noite porque fico com mais tempo livre depois de uma semana inteira de plantões.

— Você está com alguns fios de cabelo grisalho nas têmporas que não tinha quando trabalhávamos juntos.

— Dez anos se passaram. — Ethan se levantou e abriu um sorriso mais largo. — O que diabos você está fazendo aqui, Pete?

— Um homem não pode visitar seu velho amigo sem segundas intenções?

Ethan sabia que Pete Kramer estava em seu plantão *apenas* por segundas intenções. Eles haviam sido melhores amigos, mas a amizade azedara desde que Ethan abandonara a parceria para seguir carreira em medicina.

— Acabei de começar meu turno, Pete. E o pronto-socorro está cheio de pacientes. É urgente ou pode esperar até amanhã?

Ethan observou o antigo parceiro se endireitar e tirar os cotovelos do balcão. Ele deu alguns passos para a esquerda, e Ethan percebeu que Pete mancava. E agora que olhava com mais atenção — passada a surpresa de ver o velho amigo depois de tantos anos —, notou o tom acinzentado em sua pele.

Lentamente, Ethan o encarou.

— Você está doente, Pete?

— Pior que isso, meu chapa. Estou morrendo, e preciso de um favor antes de me jogarem na cova.

6

Madison, Wisconsin
Quarta-feira, 28 de maio de 2025

— **ELA? — ETHAN REPETIU AO SE SENTAR COM PETE NA SALA** dos médicos. Aquilo explicava o mancar e a leve dificuldade em articular as palavras que Ethan percebera quando o velho amigo falava.

— A boa e velha esclerose lateral amiotrófica. Todo especialista que consultei disse que é uma doença desgraçada. A maioria das pessoas não dura três anos após o diagnóstico. O que você sabe sobre isso, meu velho? E nada de adoçar a verdade.

Ethan sabia demais sobre esclerose lateral amiotrófica. Era uma doença progressiva do sistema nervoso contra a qual não havia cura nem tratamentos eficazes. Receber um diagnóstico de ELA era como receber um atestado de óbito. A única variável era o tempo que levaria até a morte chegar. Provavelmente, o coxear e a dificuldade de fala de Pete eram os primeiros sintomas visíveis. Ethan sabia que havia outros, silenciosos, espalhando-se pelo corpo de Pete, que logo se manifestariam.

— Não é nada bom — Ethan finalmente disse.

— Com que rapidez isso progride?

— É diferente para cada pessoa. Você está respirando bem?

Pete meneou a cabeça.

— Estou sempre sem fôlego. E não é por causa de esforço. Às vezes, estou só assistindo televisão e, de repente, sinto falta de ar.

Por um momento, Ethan pensou em se calar, mas sabia que seu antigo parceiro o confrontaria.

— Isso não é bom, Pete. Quando chega aos pulmões... É ruim e rápido. — Ethan fez uma pausa. — Lamento.

— Ah, você não está me dizendo nada que eu já não tenha lido. Só queria ouvir isso de alguém em quem confio.

Se seu amigo conseguisse sobreviver um ano, Ethan ficaria surpreso.

— Sabe se tem alguma coisa maluca por aí? Medicina oriental, células-tronco ou alguma porcaria experimental?

— Não é minha especialidade, Pete. Mas posso colocá-lo em contato com alguns especialistas que conheço. Ver se eles falam algo diferente para você.

Pete meneou a cabeça.

— Consultei os melhores em Milwaukee, Chicago e Cleveland. Até passei uma semana na Clínica Mayo. Todos me disseram a mesma coisa.

— Deram algum prazo?

— Ninguém foi tão direto, mas parece que tenho um ano. Nove meses até tudo desandar, se minha respiração continuar piorando. Ventilação e toda essa merda.

— Sinto muito, Pete. Eu não sabia que você estava doente, senão teria entrado em contato.

Pete tomou um gole de café.

— Deixe de drama, garoto. Não vim atrás de suas lágrimas. Mas, na verdade, espero que minha situação ajude a influenciar sua decisão.

— Decisão sobre o quê? — Ethan assumiu uma posição de alerta.

— O favor que eu preciso que você me faça.

7

Madison, Wisconsin
Quarta-feira, 28 de maio de 2025

CURIOSO, ETHAN ERGUEU AS SOBRANCELHAS.

— Qual é o favor, Pete?

— No ano em que você saiu da DIC, me passaram um caso. Uma garota chamada Callie Jones tinha desaparecido sem deixar rastro em Cherryview. Você se lembra disso?

Ethan saíra da DIC em 2015. Na época, ele estava no primeiro ano da escola de medicina. A única coisa de que ele se lembrava daquele ano era o laboratório de anatomia.

— Não, não me recordo.

— O caso foi notícia em todos os lugares. Sério que não lembra?

O desdém de Pete pela mudança de carreira de Ethan ainda era palpável, mesmo uma década depois, e Ethan não estava a fim de reviver velhas discussões.

— Me dê alguns detalhes, talvez isso me traga alguma lembrança.

— O pai da garota era um empresário cheio da grana que virou senador estadual. Ela era estrela do time de vôlei prestes a entrar no último ano do ensino médio. Bonita, encantadora, queria ser médica. Era o centro das atenções. Então, no verão de 2015, desapareceu.

— Disso eu lembro. — Ethan assentiu lentamente com a cabeça.

— Que bom que conseguiu desgrudar dos livros de medicina aos... trinta e tantos anos, que você tinha na época, para se inteirar do que acontecia no planeta.

— Naquele agosto eu comecei a escola de medicina. Qual é o favor, Pete?

— Trabalhei duro naquele caso. Investiguei sob todos os aspectos, mas nunca consegui uma pista. O caso foi esfriando. Por mais de um ano, foi minha prioridade, até que meu chefe me colocou em outro caso. Mesmo assim, continuei fuçando. Fucei por cinco anos. E mesmo depois disso, de vez em quando, entre um caso e outro, eu voltava para a pasta de Callie Jones e revisava coisas, porque sabia que havia algo que eu estava deixando passar.

— Quebra-cabeças são difíceis de largar. — Ethan deu de ombros.

— Você não entende o que é um quebra-cabeça porque nunca enfrentou um. Nós fomos parceiros por dez anos, o que correspondeu a todo o seu tempo no DIC. Durante esse período, você teve uma taxa de casos resolvidos de cem por cento. Então, não finja que sabe o que significa lidar com um quebra-cabeça, doutor Lero-Lero.

— Qual é o favor? — Ethan insistiu.

— Callie Jones está de volta.

— De volta? Quer dizer que você a encontrou?

— Não. Foi ela quem me encontrou. Eu me envolvi tanto com o caso que essa garota se apossou de minha mente. Durante a investigação, passei a conhecê-la tão bem que comecei a sonhar com ela. Então, esses sonhos se transformaram em pesadelos, e não demorou muito, Callie Jones começou a me assombrar. Sempre que eu dormia, ela aparecia, implorando por minha ajuda. Levou anos para esses sonhos finalmente acabarem.

— E agora os sonhos estão de volta?

Pensativo, Pete inclinou a cabeça.

— Toda vez que fecho os olhos. A garota deve saber que estou morrendo, porque, desde que recebi o diagnóstico, Callie Jones aparece todas as noites quando vou dormir. É quase como se ela soubesse que sou o único ser neste planeta ainda procurando pela verdade. E depois que essa maldita doença me levar, ninguém mais fará nada para encontrá-la.

— Qual é o favor, Pete? — Ethan perguntou pela última vez.

— Quero que você dê uma olhada na pasta de Callie Jones e coloque sua taxa de casos resolvidos de cem por cento à prova. E a mantenha assim.

8

Madison, Wisconsin
Quinta-feira, 29 de maio de 2025

UM DIA DEPOIS DE PETE KRAMER TER APARECIDO NO PRONTO-
-socorro, Ethan entrou no Hotel Edgewater, no centro de Madison. Não fazia ideia do que o esperava, mas havia concordado em encontrar o antigo parceiro e ouvi-lo sobre o caso de Callie Jones. Se Pete não tivesse mencionado o diagnóstico de ELA que o afligia, Ethan não teria considerado a ideia de colaborar em um caso sem solução de dez anos. Mas ali estava ele, parcialmente intrigado, predominantemente irritado, e ainda cheio de culpa pela amizade desfeita com Pete Kramer.

Ao adentrar o saguão, Ethan avistou Pete sentado em um sofá. Seu antigo parceiro teve dificuldade para se levantar. Ethan pensou em sugerir uma bengala, mas sabia que o teimoso Pete preferiria uma surra de urtiga a ser visto usando um apoio.

— Que roupa é essa, cara? — Pete perguntou quando Ethan chegou mais perto.

Ethan olhou para seu jaleco hospitalar.

— Acabei de terminar meu turno.

— Temos um encontro com uma pessoa, garoto. Não dava para vestir algo mais adequado?

— Sua mensagem foi um tanto vaga, Pete. Só dizia para nos encontrarmos no Edgewater. Eu estava atrasado, então vim direto. Quer que eu vá me trocar?

— Não, mas me faz um favor? Seja um investigador hoje e esqueça esse lance de médico salvador do mundo só nesta reunião. Pode fazer isso por mim?

— Estou dando alguma margem para sua babaquice só porque ainda carrego uma culpa irracional por ter decidido melhorar minha vida ao sair do DIC. Por causa da gravidade de seu diagnóstico de ELA, resolvi me esforçar ao máximo para ajudá-lo em tudo o que estiver a meu alcance. Mas não vou repetir isso. Pare de encher meu saco sobre minha vida e minha carreira, ou vou embora agora e você não me verá de novo.

Pete começou a bater palmas.

— Ora, ora, vejam só! É meu velho parceiro. Até que enfim apareceu. É essa a atitude que espero de você esta manhã. Vamos.

— Pra onde?

— Lá em cima. Temos um quarto reservado para nós.

— Vamos conversar aqui mesmo, Pete.

Pete saiu mancando até o elevador.

— Não é comigo que você vai conversar. Vamos. Anda.

9

Madison, Wisconsin
Quinta-feira, 29 de maio de 2025

O ELEVADOR OS DEIXOU NO TERCEIRO ANDAR, E ETHAN SEGUIU Pete pelo corredor enquanto o antigo parceiro se apoiava na parede para manter o equilíbrio. Pete parou diante do quarto 349 e bateu na porta. Um homem de terno e gravata veio abrir e saiu para o corredor. Pete apontou para Ethan, e o homem assentiu. Ele tirou um distintivo do bolso interno do paletó e o mostrou para Ethan.

— Jon Grace, da Unidade de Proteção de Autoridades (UPA). Preciso revistá-lo antes de você entrar.

Surpreso, Ethan arqueou as sobrancelhas. A UPA de Wisconsin era responsável pela segurança do governador e de sua família. Aqueles caras eram comparáveis aos do Serviço Secreto. Ethan olhou para Pete.

— Entendeu agora por que eu não queria que você usasse esse uniforme de médico?

Ethan estendeu os braços para os lados, e o agente da UPA o revistou em busca de armas.

— Pode seguir em frente — o agente disse ao terminar.

Acompanhado de Pete, Ethan entrou no quarto de hotel e, como era de se esperar, viu-se de repente frente a frente com o recém-eleito governador de Wisconsin. Uma mulher também estava presente, mas Ethan não a reconheceu.

— Ethan? — O governador estendeu-lhe a mão. — Mark Jones. Obrigado por vir.

— Sim, senhor. — Ethan cumprimentou o governador. — Não sei bem o que está acontecendo aqui.

Ainda segurando a mão de Ethan de forma firme e impositiva, Mark sorriu.

— Vamos esclarecer tudo. Não se preocupe. Apresento-lhe Geraldine Feck, procuradora-geral do estado.

Finalmente, Ethan conseguiu soltar a mão do governador e cumprimentou a senhora Feck, querendo fazer mil perguntas a Pete Kramer sobre o que diabos ele estava fazendo naquele quarto de hotel com o governador e a procuradora-geral. Ethan não se sentia à vontade ali, de jaleco, e lamentava não ter trocado de roupa antes de sair correndo do hospital para aquela reunião.

— Vamos nos sentar para conversarmos — Mark disse.

Eles se acomodaram ao redor de uma mesa na suíte que dava vista para o Lago Mendota. O governador pegou uma caixa no chão e retirou dela pastas encadernadas, que distribuiu pela mesa. Quando uma delas chegou até Ethan, ele deu uma olhada e leu o título da capa:

CALLIE JONES
DATA DO DESAPARECIMENTO: 18/7/2015

Ethan olhou para o nome da garota e finalmente se deu conta. *Jones*.

Mark Jones era o empresário rico que se tornou político, e cuja filha havia desaparecido no verão de 2015. Callie Jones era filha do governador. A vitória na eleição para o governo de Wisconsin no ano anterior foi o estopim para a reabertura do caso de sua filha.

— Sei que você é um homem ocupado, Ethan, então irei direto ao ponto — Mark afirmou, após a distribuição das pastas. — Minha filha desapareceu há uma década. O agente Kramer trabalhou no caso desde o início e, mesmo após seguir algumas pistas promissoras e se concentrar em alguns suspeitos em potencial, não chegou a lugar algum. Apesar de um trabalho investigativo exaustivo, nenhuma evidência concreta foi encontrada. Com o tempo, os responsáveis acreditaram que o caso era insolúvel e o abandonaram.

— Mas desde a eleição de 2024, o senhor e um novo grupo de autoridades policiais assumiram o poder.

— Vejo que está começando a juntar as peças, Ethan. — Mark meneou a cabeça. — Mas não foi minha a ideia de formar uma equipe para investigar o desaparecimento de minha filha. Foi do agente Kramer. Todos nós ficamos sabendo do diagnóstico recente de Pete, e foi ele quem pediu que fizéssemos uma nova análise do caso de Callie. Pete serviu ao estado de Wisconsin durante trinta anos, e temos uma dívida de gratidão para com ele. Pete apresentou a ideia para mim. Obviamente, tenho uma ligação pessoal com o caso, e então nós dois levamos isso à procuradora-geral Feck.

Houve uma pausa, e Ethan sentiu a necessidade de quebrar o silêncio:

— Como, exatamente, eu me encaixo em tudo isso, senhor?

O governador pegou outra pasta na caixa.

— Eu analisei seu histórico e examinei com atenção seu tempo na DIC. — Mark olhou para a pasta e virou uma página. — Você tem uma taxa de casos resolvidos de cem por cento durante sua atuação como agente da Divisão de Investigação Criminal. É algo impressionante.

Ethan assentiu, mas se manteve em silêncio.

— Você foi agente especial por dez anos. Os crimes contra crianças eram sua especialidade. Você foi parceiro do agente Kramer durante toda a sua carreira na polícia.

Ethan voltou a assentir.

— Pete acredita, e eu acredito, que você é nossa maior esperança de descobrir o que aconteceu com Callie. E, embora a reabertura do caso não tenha sido especificamente minha ideia, eu ficaria muito grato por sua ajuda.

Preocupado, Ethan franziu a testa ao começar a entender a situação.

— Senhor, como certamente Pete lhe disse, ou talvez esteja nesse arquivo que o senhor tem sobre mim... — Ethan, desconfortável, segurou a gola do jaleco. — Eu sou um médico de emergência, e não um investigador da DIC.

— Sim. — Mark olhou para a pasta. — Você deixou a DIC em 2015 para cursar medicina na Universidade de Wisconsin-Madison. Terminou em primeiro lugar da turma e fez residência de medicina de emergência em Milwaukee, onde foi chefe dos médicos residentes em seu último ano. Parece que você se destaca em tudo o que faz na vida.

— Se o senhor sabe de tudo isso, então sabe que não investigo mais crimes.

— Estou esperando que você abra uma exceção. — O governador pigarreou. — Minha filha desapareceu há dez anos, e eu nunca tive uma resposta para o que aconteceu com ela. Pete se tornou um amigo próximo ao longo dos anos e nunca parou de procurar Callie, mesmo depois de a cúpula da DIC desencorajá-lo a continuar. Mas, com minha eleição, agora há novas pessoas no comando, e eu consideraria um favor pessoal se você desse uma olhada no caso de minha filha.

— Dar uma olhada no caso? — Ethan franziu as sobrancelhas. — Como assim, revisar a pasta?

— Para começar, sim. Mas minha esperança é que você entre em ação e também participe das investigações.

— Investigar como, senhor? Eu sou médico. Não tenho jurisdição nem autoridade para investigar um caso de pessoa desaparecida.

Mark acenou para Geraldine Feck, que assumiu a palavra:

— O governador Jones está disposto a nomeá-lo oficialmente consultor da DIC, e meu gabinete lhe concederá a autoridade para investigar o caso. Isso significa que qualquer coisa que você encontrar poderá ser usada legalmente para fazer o caso avançar.

Feck retirou de sua maleta um distintivo, que deslizou sobre a mesa. Ethan viu seu nome gravado nele.

— Você receberá a identificação, mas sem arma — ela completou. — E enquanto trabalhar no caso, estará na folha de pagamento da DIC.

Ethan levantou as mãos e sorriu.

— Todos sabem que tenho um trabalho em tempo integral, certo? E um contrato com o hospital que exige que eu realmente apareça em meu emprego.

Pete interveio:

— Veja, cara, nós não o procuramos sem mais nem menos. Não decidimos ontem pedir sua ajuda. Analisamos tudo sob todos os ângulos. Sabemos de seu horário de trabalho. E tenho que admitir, você o cumpre perfeitamente. Você trabalha direto sete turnos noturnos de oito horas, seguidos de sete dias de folga. Você é um plantonista noturno. Às vezes, acaba se descontrolando e trabalha turnos de doze horas por uma semana inteira, e isso lhe rende duas semanas de folga. É um bom esquema, se você conseguir isso. Com o planejamento certo, você terá tempo para se dedicar ao caso, se organizar direitinho sua escala no pronto-socorro. A gente está te pedindo que aproveite o verão para investigar e ver no que dá. Se até o fim da estação o caso não avançar, tudo bem. Sem ressentimentos. Então, você esquece esse breve retorno à DIC.

— Para compensar seu tempo e sua experiência, além de ser pago como servidor oficial do estado, também quitaremos os empréstimos federais que você contraiu para pagar a escola de medicina. Segundo nossos registros, isso corresponde a cerca de três quartos de sua dívida. Infelizmente, quanto aos empréstimos privados, não podemos ajudar — Mark disse.

Ethan fez um ar de espanto. Aos quarenta e cinco anos, estava mergulhado em dívidas estudantis, que, ao ritmo atual, não seriam quitadas por décadas.

— O que me diz? — Pete perguntou. — Trata-se de uma boa oferta.

Ethan olhou para a pasta de Callie Jones, e estava prestes a falar quando seu celular vibrou com uma mensagem de texto. Pelo toque, soube que era do hospital. Tirou o aparelho do bolso do jaleco, leu a mensagem e então olhou para Mark Jones.

— Tenho uma emergência no hospital. Preciso ir até lá.

— Bem, sem dúvida, você é um sujeito muito requisitado. — Pete arqueou uma sobrancelha.

Ethan voltou a se dirigir ao governador:

— Posso pensar em sua oferta, senhor?

— Claro. Leve a pasta — Mark pediu. — Leia tudo e tome sua decisão.

Ethan se levantou e pegou a pasta da mesa.

— Entro em contato com...?

— Me liga — Pete piscou para ele. — Faz tempo, mas meu número não mudou.

PARTE II
MAQUINAÇÕES

10

Milwaukee, Wisconsin
Sábado, 5 de julho de 2025

GOODBYE YELLOW BRICK ROAD, DE ELTON JOHN, SOAVA NO APA-
relho de som enquanto a mulher saía do chuveiro. O dispositivo estava no
modo repetição, e ela já tinha perdido a conta de quantas vezes a música
havia tocado naquela manhã.

Com a água escorrendo por seu corpo, ela se olhava no espelho do
banheiro e cantarolava. Alta e musculosa, a mulher tinha um queixo qua-
drado que lhe dava um ar masculino. Contrabalançando o queixo bem
definido, as maçãs do rosto salientes se curvavam sob os olhos e subiam
pelas têmporas. O cabelo longo e loiro-amarelado funcionava como complemento perfeito para seus olhos azuis brilhantes. Tudo isso estava prestes a mudar.

Ela abriu o pacote de tintura, espremeu o creme colorante no frasco
revelador e o agitou como se estivesse preparando um coquetel, cantando
junto com Elton John enquanto trabalhava. Posicionou o bico no couro cabeludo e começou a aplicar a tintura no cabelo, impressionada com a rapidez
com que apagava o loiro-amarelado e o transformava em preto intenso.
Quando o cabelo estava devidamente saturado, ela massageou os fios e o
couro cabeludo por dez minutos.

Após uma aplicação adicional, ela voltou para o chuveiro. O excesso de
tintura escoou pelo ralo, levando consigo, ao menos temporariamente, sua
antiga identidade. Depois de sair do box e se olhar no espelho desta vez, era
como se outra mulher tivesse tomado seu lugar. Para o passo final da transformação, ela abriu uma embalagem de lentes de contato coloridas. A íris
azul radiante de cada olho se converteu em um caramelo castanho-escuro.
Seus olhos se tornaram um complemento místico para o cabelo preto intenso
e completaram a metamorfose, que era de tirar o fôlego.

Ela continuou encarando o espelho, com a água pingando do corpo nu
depois do segundo banho do dia. Abriu um sorriso largo, revelando dentes brancos perfeitamente alinhados. Ao falar, sua voz estava trêmula e
quase orgástica:

— Ah, Eugênia, olha só como você está deslumbrante!

Uma lágrima brotou de seu olho e rolou pelo rosto.

— Ele vai amar você.

Oh, I've finally decided my future lies beyond the yellow brick road, ela ouviu Elton John cantar.

11

Boscobel, Wisconsin
Domingo, 6 de julho de 2025

PERTO DA MEIA-NOITE, A UNIDADE DO PROGRAMA DE SEGU-
rança de Wisconsin, um dos presídios de segurança máxima do estado, estava silenciosa. Francis Bernard, deitado na cama, olhava fixamente para o teto. Em vez de grades, sua cela tinha uma porta pesada e grossa, com uma janelinha retangular e uma fresta por onde as refeições eram entregues. Essa era a vida na solitária da UPSW. Era um confinamento miserável e brutal. E, para a maioria, inescapável. Porém, Francis Bernard acreditava ter encontrado uma saída.

Francis era um presidiário exemplar, e seu bom comportamento lhe rendera luxos com que outros prisioneiros jamais poderiam sonhar. Entre as regalias, incluía-se um velho livro de Howard Fast com uma capa surrada e a lombada se desintegrando. Apesar da aparência decrépita do livro, as palavras nas páginas funcionavam perfeitamente e ajudavam a passar o tempo. O outro mimo eram os jornais, que permitiam a Francis acompanhar o mundo fora da prisão. Os livros vinham como recompensa por bom comportamento. Os jornais eram obtidos com esforço.

Nessa noite, ele permanecia acordado porque estava atrás de algo específico. Precisava saber se a história era verdadeira. Se seu plano tinha alguma chance de dar certo, ela precisaria ser real. De fato, toda a sua vida e sobrevivência dependiam disso. Ao ouvir o mecanismo de fechadura da porta da cela se destravar, ele se sentou em alerta máximo. A porta se abriu, e o senhor Monroe apareceu no vão. Tipo rígido e implacável, André Monroe, o chefe dos guardas da UPSW, aplicava as regras da prisão com autoridade brutal. Contrariar Monroe significava atrair um sofrimento que nenhum prisioneiro desejava e que poucos conseguiam suportar.

Ao ver Monroe no vão da porta, Francis soube que estava em apuros. O acordo que ele havia feito era com Craig Norton, um guarda de escalão inferior. Mas, de algum modo, Monroe descobrira sobre o acordo. Francis respirou fundo para se preparar para a punição. Geralmente, uma surra dolorosa com o cassetete de Monroe.

— Senhor Monroe... — Francis o cumprimentou.

— Está tudo bem nesta noite tão agradável, Francis? — Monroe perguntou com a voz contida, quase amistosa.

A personalidade obsessiva de Francis queria dizer que, no limiar da meia-noite, a "noite" já era, e a madrugada estava próxima. E que a presença de Monroe em sua cela sem dúvida tornaria o fim da noite extremamente desagradável.

— Tudo bem, senhor.

Monroe mantinha as mãos nas costas, como se estivesse presenciando calmamente uma missa. Francis supôs que ele escondia o cassetete para que o primeiro golpe, provavelmente contra sua têmpora, viesse de surpresa.

— Ouvi algumas notícias preocupantes — Monroe afirmou. — Você fez um tipo de acordo com Craig Norton?

Tenso, Francis engoliu em seco, mas permaneceu calado.

— Contrabando de qualquer espécie é proibido em minha prisão.

— Sim, senhor. Mas não era contrabando. Era...

Monroe tirou a mão de trás das costas. Ele segurava uma pasta de arquivo de onde várias folhas de papel estavam à mostra.

— Sim. — Monroe fez um esgar. — Você nunca foi de se envolver com drogas. Eu te observei com atenção. Contudo, oferecer favores aos guardas em troca de informações do lado de fora não é permitido.

— Sim, senhor.

Monroe se aproximou do local onde Francis estava sentado em sua cama.

— Mas, no futuro, se *você* me disser o que precisa, talvez nós possamos chegar ao mesmo acordo que fez com Norton.

Nesse momento, Francis entendeu que André Monroe não o espancaria até quase matá-lo, como fizera com outros presidiários ao longo dos anos. O acordo entre Francis e Craig Norton fora descoberto, e agora ele teria André Monroe como um visitante constante, em busca da mesma coisa que Francis dava a Norton em troca de algum luxo ocasional de fora de prisão. A mente metódica de Francis se agitava com o que isso significava, e ele previu que teria de encontrar uma maneira de acelerar seu plano.

— Então? — Monroe indagou. — Acordo fechado?

Francis assentiu. Dizer "não" seria uma sentença de morte.

Monroe deixou os documentos na cama. Rapidamente, Francis os folheou e viu tudo o que havia pedido a Norton para encontrar. No alto da pilha estava uma cópia de um artigo sobre Callie Jones do *Milwaukee Journal Sentinel*. Francis dedicou um momento para ler rapidamente a história. Era verdade. Com a eleição do governador Jones se deu o ressurgimento de uma nova investigação para descobrir o paradeiro da filha, e o governador tinha designado Ethan Hall — um ex-investigador rebelde da Divisão de Investigação Criminal, como o artigo o descrevia — para liderar a investigação. Francis fechou os olhos. Pela primeira vez em muitos anos, permitiu-se acreditar que as paredes que o confinavam cairiam em breve.

Ao erguer as pálpebras, Francis percebeu que André Monroe tinha chegado mais perto, e agora pairava sobre ele.

— É tudo o que Norton disse que você precisava. — O tom impositivo de Monroe havia se suavizado, tornando-se mais auspicioso.

A natureza conduzia todas as espécies ao mesmo lugar no túnel da existência. Ainda observando Monroe, Francis assentiu. A realidade ditava que ele não tinha outra escolha.

Monroe sorriu, levou a mão até a parte da frente de sua calça e baixou o zíper.

12

Nekoosa, Wisconsin
Segunda-feira, 7 de julho de 2025

EUGÊNIA MORGAN VOLTOU PARA CASA E SEGUIU DIRETO PARA o banheiro. Demorou-se sob a água refrescante do chuveiro. Tivera uma noite agitada e um fim de semana igualmente movimentado. Sentia-se como se estivesse sonhando. Na verdade, desde que a carta dele chegara a sua caixa de correio, acordava todas as manhãs receosa de que sua mente a tivesse enganado, fazendo-a acreditar que aquilo estava realmente acontecendo. Mas não se tratava de fantasia.

A carta manuscrita de Francis chegara na semana anterior. Ao longo dos anos, Eugênia escrevera para ele muitas vezes, mas jamais recebera uma resposta. Até a semana passada. A carta de Francis foi a primeira verdadeira manifestação dele que ela já havia recebido. Todo o resto que Eugênia reunira eram objetos e itens distantes dele: fotos, vídeos, anuários do ensino médio, bonés e roupas que outros lhe disseram terem pertencido a Francis. Mas a carta foi a primeira coisa elaborada por ele. Eugênia a cheirou, a tocou e fruiu ao máximo o que a única página de Francis podia oferecer. Ela lera a carta repetidamente, centenas de vezes, até que as frases ficassem gravadas em sua mente, e pudesse recitar tudo de memória.

Em sua carta, Francis explicara por que não respondera às inúmeras mensagens de Eugênia ao longo dos anos. A prisão lhe permitira receber cartas, mas lhe negara o direito de enviá-las. Só recentemente, após anos de bom comportamento e graças à pressão da União Americana pelas Liberdades Civis, Francis conquistara o direito de enviar cartas pelo correio norte-americano. A primeira que escreveu foi para ela. E a notícia que ele deu com suas palavras a deixou nas nuvens. Ele incluíra Eugênia em sua lista de visitantes autorizados e solicitara sua presença em Boscobel. Era a realização de um sonho.

No final do banho, Eugênia girou a torneira para a posição de água fria e ficou ali por mais um minuto, com a água gelada escorrendo pelo corpo. Ao sair do box, enquanto se deixava secar naturalmente, passou uma escova em seu cabelo preto intenso e admirou o corpo no espelho. Tinha trinta e dois anos, era alta e estava em boa forma. Ansiava pelo dia em que poderia se entregar completamente a ele.

Eugênia vestiu um short de seda para dormir e uma regata, desceu para a cozinha, pegou uma garrafa de água na geladeira e abriu a porta para o porão. Acendeu a luz da escada e desceu os degraus de madeira rangentes. Quando comprou a casa, o corretor tentara evitar que Eugênia visse o porão, que consistia em uma grande área sem acabamento e um pequeno quarto interligado. Mas ela logo percebera seu potencial.

Eugênia havia estendido um tapete macio sobre o piso de concreto na área principal e pendurado uma manta colorida sobre uma das paredes de blocos de concreto. Uma enorme bandeira cobria a segunda parede. Ela mandara fazer sob medida a bandeira branca com um único coração negro no centro, como complemento perfeito para seu altar. No entanto, a terceira parede sempre havia sido seu foco quando ela descia para o porão. Aquela parede norte estava coberta por centenas de fotos de Francis Bernard, junto com artigos de jornais sobre os massacres do Lago Michigan de décadas atrás. Entre as fotos de Francis, incluíam-se os rostos das mulheres que haviam sido assassinadas. Também via-se uma foto de Henry Hall, o detetive da polícia morto por Francis, segundo a condenação.

Uma mesa com um computador estava situada diante da parede. Eugênia se sentou e moveu o mouse para ativar o monitor.

— Olá, meu lindo — ela disse quando o papel de parede, uma imagem ampliada de Francis, surgiu na tela. — Não vejo a hora de te ver amanhã.

Eugênia posicionou o cursor sobre uma pasta de arquivos e abriu o documento para preencher os formulários do Departamento de Administração Penitenciária de Wisconsin, que eram obrigatórios para visitar presidiários nas penitenciárias estaduais. Agora que Francis a incluíra na lista de visitantes aprovados, ela não deveria ter problemas. Mesmo assim, foi meticulosa ao preencher os formulários. As prisões eram conhecidas por negarem visitas por infrações mínimas, e ela iria garantir que nada a impedisse de vê-lo.

Depois de terminar, Eugênia imprimiu os formulários e os colocou em uma pasta sobre sua mesa. Com a papelada preenchida, uma sensação de ansiedade se apossou dela, concentrando-se em uma onda que começou perto do umbigo e desceu rapidamente. Ela se levantou, afastou-se da mesa e admirou o mural que havia criado com as fotos do bonito e encantador Francis Bernard. Ao longo dos anos, Eugênia encontrara fotos dele de todas as fases da vida. Ela organizara as fotos em ordem cronológica, começando com a infância de Francis e seguindo até seus anos de ensino médio. Já naquela época ele era bonito.

O próximo conjunto de fotos correspondia aos tempos de Francis na Universidade de Chicago, onde ele jogava rúgbi e participava ativamente do fórum de debates. Eugênia passou a contemplar as fotos de Francis no palco, posicionado atrás de um púlpito, e usando terno e gravata. Elas estavam ao lado de fotografias dele de short curto e camiseta justa de rúgbi, o que fez a sensação de formigamento em sua zona de prazer se intensificar. Na sequência, fotos de Francis na faculdade de direito e no trabalho em um escritório. Por fim, o lado direito da parede continha imagens de Francis em seu julgamento pelo assassinato de Henry Hall, culminando com a foto da ficha policial quando foi detido. As fotografias dele com um macacão laranja na hora de sua condenação eram as últimas imagens do mural. Toda a vida dele estava diante dela. A terapeuta de Eugênia chamou isso de obsessão. O termo médico era hibristofilia*. Mas Eugênia sabia que não sofria de obsessão nem de uma condição médica. Ela estava apaixonada.

Voltou a sentar-se diante do computador e abriu uma pasta com vídeos arquivados. Nessa noite, o vídeo escolhido era de Francis Bernard conversando com o juiz antes de ser sentenciado. Ela iniciou a reprodução, e a voz de Francis ecoou pelo porão escuro enquanto ele apresentava sua defesa. Até sua voz era bonita.

Enquanto assistia ao vídeo do homem que amava, Eugênia tocou seu ponto sensível, que agora estava pegando fogo. Ela deslizou a mão por baixo da cintura do short de seda à medida que o vídeo de Francis avançava. Em instantes, um gemido suave escapou de seus lábios.

---

* Hibristofilia é um tipo de parafilia em que a pessoa sente atração ou interesse sexual por indivíduos que cometeram crimes graves, como estupro, assassinato ou roubo.

13

Nekoosa, Wisconsin
Segunda-feira, 7 de julho de 2025

EUGÊNIA ANDAVA DE UM LADO PARA O OUTRO PELA CASA, ansiosa demais por causa de sua visita a Francis no dia seguinte, a ponto de não conseguir ligar a televisão, ler um livro ou fazer qualquer outra coisa além de se perder na ideia de finalmente vê-lo. Ela se forçara a sair do porão porque sabia que poderia passar a noite toda olhando fotos e assistindo a vídeos dele, e precisava de uma boa noite de sono para estar descansada e alerta pela manhã. Porém, Eugênia temia que o sono não viesse. Ela estava simplesmente empolgada demais, e não se atrevia a tomar um sedativo com medo de dormir além da conta.

Em vez disso, pusera-se a limpar a casa como uma maneira de passar o tempo, e estava de joelhos esfregando o chão do banheiro quando, às dez da noite, a campainha tocou. Ela parou de esfregar e prestou atenção por um momento. A campainha voltou a tocar.

— Ah, pelo amor de Deus... — Eugênia se pôs de pé. O cabelo preto intenso estava preso em um coque, e luvas de borracha amarelas cobriam suas mãos. Com o rosto corado pelo esforço, ela se dirigiu à porta da frente.

Eugênia puxou a cortina para o lado e espiou pela janela. Com um olhar desconfiado, avistou a mulher em sua varanda. Então, abriu a porta lentamente. Eugênia poderia estar olhando para si mesma no espelho, ou para uma irmã gêmea que nunca teve.

— Posso ajudá-la? — Eugênia perguntou com a voz arrastada e confusa.

— Sim. Francis me pediu para procurá-la. — A mulher sorriu.

14

Boscobel, Wisconsin
Terça-feira, 8 de julho de 2025

ELA CHEGOU À UNIDADE DO PROGRAMA DE SEGURANÇA DE WIS-consin pouco depois do meio-dia. Situada em Boscobel, Wisconsin, a cerca de duas horas e meia de Milwaukee, era um dos presídios de segurança máxima do estado. O horário de sua visita estava marcado para a uma e meia da tarde, mas ela chegou mais cedo. Sabia das dificuldades de passar pela segurança, responder às perguntas de admissão e lidar com os obstáculos que eram intencionalmente implantados para desmotivar familiares, amigos e entes queridos de fazerem a viagem até a prisão. Porém, nenhuma barreira burocrática seria capaz de dissuadi-la.

Ela passou pela primeira barreira de segurança — o questionário, os detectores de metal e a revista corporal — e finalmente chegou ao interior da edificação. Era lá, nas entranhas de prisão, longe dos muros externos, que as câmeras de segurança estavam estrategicamente ausentes ou inoperantes, e onde os guardas tinham total liberdade. Nos corredores pouco iluminados, eles a tocavam de forma inadequada na parte inferior das costas e até mais embaixo, enquanto a conduziam por portas. Não existiam leis nessa parte da prisão. Se você não gostasse do que acontecia ali, a única opção era parar de ir. Ela se limitava a sorrir para os guardas excessivamente atrevidos e falsamente educados que se satisfaziam ao tocá-la. Quando enfim chegou à área destinada às visitas, o guarda estendeu a mão sobre seu ombro para abrir a porta. Ela o ouviu respirar fundo enquanto farejava seu cabelo. Foi o suficiente para fazer sua pele arrepiar, mas ela aceitou, porque estava quase lá.

Finalmente, ela se sentou na cabine. Um momento depois, a porta do outro lado do vidro se abriu, e Francis surgiu. Ele era ainda mais bonito pessoalmente. Seus olhos azuis eram penetrantes, pequenos oásis em órbitas com bordas escuras. Ele mantinha o cabelo cortado bem curto, diferente de como era antes de entrar na prisão. Ela atribuiu o corte de cabelo às gangues a que Francis precisou se juntar para garantir a segurança lá dentro. Ela preferia o cabelo dele mais longo, mas nunca lhe diria isso. Talvez em breve ele pudesse deixá-lo crescer novamente. Algum dia, quando estivessem juntos. Quando fosse possível interagirem diretamente, em vez de através de uma divisória de vidro grosso. Ela acreditava que esse dia não era apenas possível, mas também inevitável.

Francis sorriu para ela quando se sentou e levou o telefone ao ouvido. Ela fez o mesmo e, por um bom tempo, simplesmente ouviu-o respirar.

Ela sonhara com ele na noite anterior. Ficou com o rosto vermelho agora quando se lembrou da fantasia e do que havia permitido que ele fizesse com ela.

Francis colocou a palma aberta sobre o vidro. Ela o imitou.

— Eugênia? — ele perguntou.

Ela assentiu.

— A única maneira de isso dar certo é se você fizer tudo o que eu pedir e nunca se desviar do plano.

— Isso ainda não aconteceu — ela disse, hipnotizada pela presença dele.

— Eu ainda não te pedi para fazer as coisas difíceis.

— Eu farei qualquer coisa por você.

51

15

Em algum lugar ao norte de Madison
Quarta-feira, 9 de julho de 2025

ELA AINDA ESTAVA EM WISCONSIN, EM ALGUM LUGAR PERTO de Madison. Não longe de casa, mas ao mesmo tempo a milhões de quilômetros de distância. Ficou sabendo disso ao assistir ao telejornal local. Seu quarto — ou cela, área de confinamento, ou qualquer que fosse o nome que ela desse ao lugar onde estava sendo mantida prisioneira — possuía uma televisão de tela plana pendurada na parede, o que lhe permitia passar o tempo assistindo a qualquer canal disponível. O de melhor sintonia era um canal local de notícias, de uma emissora afiliada de Madison. A onda de calor sufocante que atingira o Meio-Oeste dominava o noticiário mais recente. Porém, também havia algo novo. As autoridades de Wisconsin, sob a orientação do novo governador, tinham reaberto o caso de desaparecimento de Callie Jones. Ela aumentou o volume para ouvir a última novidade.

O quarto possuía um sofá-cama, uma mesinha e um frigobar abastecido com água. Um banheiro com chuveiro ficava do outro lado do quarto, oposto à porta trancada, que ela passara horas inspecionando para encontrar uma maneira de abri-la, arrombá-la ou chegar ao outro lado dela, onde a liberdade a aguardava. Até o momento, não detectara nenhum ponto fraco na porta, exceto a fresta por onde seu captor fornecia comida a cada um ou dois dias. Ao espiar pela portinhola da fresta, ela vira que existia um recinto do outro lado da porta que parecia um porão sem acabamento.

A âncora do telejornal acabara de começar a informar sobre a reabertura pelo governador Jones do caso de sua filha quando ela ouviu a porta de um carro bater do lado de fora. Ela silenciou a televisão e se levantou do sofá-cama. O embrulho de *fast-food* a surpreendera da primeira vez que foi passado pela fresta. Desde então, a comida chegava como um relógio, e ela pensara muitas vezes em uma emboscada. Em agarrar a mão que se estendia pela fresta para deixar a comida. Porém, o que ela faria dali em diante, depois de agarrar o braço de seu captor, era um mistério. Em vez disso, ela decidiu que o reconhecimento do território inimigo era a melhor opção. Ela correu até a porta e levantou a portinhola da fresta para espiar. Observou o patamar da escada do porão e esperou que fosse iluminada quando a porta do andar de cima se abrisse.

Pouco depois, isso aconteceu, e ela ouviu passos escada abaixo. O que viu a seguir a deixou atônita. Sempre imaginara que seu captor fosse um homem grandalhão, grosseiro e porcalhão. Em vez disso, avistou uma mulher usando uma balaclava preta surgir da escada e se aproximar da porta. Ela baixou rapidamente a portinhola e se afastou para o lado, observando enquanto o embrulho era enfiado pela fresta e jogado no chão. Assim que o embrulho caiu, ela voltou para a fresta e ergueu a portinhola. A mulher caminhou até o patamar e desapareceu escada acima, deixando-a sozinha com sua comida de *fast-food*.

Ela ouviu as chaves tilintarem no andar superior enquanto a fechadura da porta da frente foi girada para travar.

16

Milwaukee, Wisconsin
Quarta-feira, 9 de julho de 2025

EM MEADOS DO SÉCULO XIX, ALGUNS MATADOUROS FORAM construídos no vale do Rio Menomonee, no lado oeste de Milwaukee, para abrigar os milhares de bovinos que chegavam à cidade por ferrovia e acabavam no distrito de frigoríficos. Abandonados havia muito tempo, ninguém foi sagaz o suficiente para descobrir o que fazer com os matadouros. Então, ficaram vazios e isolados durante anos. Embora o vale, que se estendia desde o estádio American Family Field, a oeste, até o Museu Harley-Davidson, a leste, tivesse sido renovado nas últimas décadas, continuava abrigando diversos armazéns abandonados do antigo distrito de frigoríficos, que ainda não tinham sido adquiridos por construtores e incorporadores. Grande parte dessas estruturas ficava próxima dos trilhos da ferrovia e tremia durante a passagem dos imensos trens de carga, o que tornava quase impossível a transformação em condomínios.

Ao passar pelo matadouro, o coração dela bateu forte, como se um animal enfurecido tentasse romper seu peito. Francis a enviara até ali, e ela estava ansiosa para agradá-lo, seguindo as instruções dele à risca. Relâmpagos iluminavam o céu, seguidos por trovões retumbantes. O aguaceiro caía, e os limpadores de para-brisa mal conseguiam dar conta. Para ver melhor, ela apertava os olhos, com os faróis mostrando o caminho na escuridão. Ao longe, ela procurava as luzes do estádio American Family Field, na esperança de que trouxessem conforto, ao saber que milhares de pessoas estavam tão perto. Porém, o teto retrátil estava fechado, e nenhuma luz era visível, o que contribuía para a sensação de mau agouro e solidão que a invadia.

Depois que Francis lhe revelou o local durante a visita do dia anterior, ela o repetira para si mesma várias vezes ao sair da prisão. Depois que chegou ao carro, escreveu em seu caderno tudo o que ele pedira. Ela ficara no estacionamento por uma hora revisando os pedidos dele, reproduzindo cuidadosamente a conversa deles em sua mente, para registrar até o menor detalhe. O mais importante era o número do armazém.

É 9. *Armazém número 9.*

Ela cruzou os trilhos da ferrovia e virou na rua estreita que era mal pavimentada e estava em péssimo estado de conservação. A água da chuva preenchia os buracos, e o carro chacoalhava quando passava lentamente por eles. À direita estavam os trilhos da ferrovia. À esquerda havia uma série de armazéns abandonados. Ela seguiu em frente até avistar o que procurava. Anos de amanheceres tinham desbotado a porta voltada para o leste, apagando a tinta até que apenas um número 9, quase invisível, restasse em um branco manchado.

Milagrosamente, apesar do estado decrépito da construção e de sua localização pouco recomendável, ela a encontrara. E com sua descoberta, sentiu uma onda de adrenalina na expectativa do que a esperava lá dentro. Ela estacionou o carro perto da entrada e não desligou o motor. Abriu a porta do motorista, pegou um guarda-chuva no porta-luvas, pressionou o botão no cabo e o fez se abrir. O aguaceiro golpeou o guarda-chuva quando ela saiu do veículo. A queda típica de temperatura que acompanhava as chuvas de verão estava ausente naquela noite. Misturado à chuva, havia um calor abafado, como se ela estivesse sob o vapor de um chuveiro de água muito quente.

Ela caminhou até a porta do galpão e girou a maçaneta, encontrando-a destrancada, como Francis lhe dissera que estaria. A porta rangeu ao se abrir, e ela entrou. O telhado metálico ecoava sob a chuva torrencial. Ela fechou o guarda-chuva e tirou uma lanterninha do bolso, iluminando o interior para se orientar. O galpão estava vazio, exceto por restos espalhados de lixo e tralhas diversas. Sem dúvida, o lugar era um refúgio temporário para moradores de rua. Era possível ver agulhas e seringas espalhadas pelo chão, e camas improvisadas situadas próximas às paredes.

Conforme as instruções de Francis, ela se apressou para o lado sudeste do armazém, com o facho da lanterna iluminando seu caminho. Ao chegar ao canto, direcionou o facho para cima e encontrou a escada metálica retrátil a três metros de altura. Ela usou o cabo em forma de gancho do guarda-chuva para agarrar o degrau mais baixo. Quando puxou, a escada fez um rangido metálico ao descer até ficar a cerca de um metro do chão. Ela deixou o guarda-chuva cair, pôs a pequena lanterna entre os dentes e começou a subir a escada. Um relâmpago iluminou brevemente seu destino: uma passarela de grade metálica e um mezanino acima.

Ao chegar ao alto da escada, tirou a lanterna da boca e iluminou a área ao redor do patamar. O baú de metal marrom estava exatamente onde

Francis dissera que estaria. Ela subiu rapidamente para o mezanino de metal e rastejou até o baú. Outro relâmpago lhe permitiu ver através da grade metálica sobre a qual estava ajoelhada, revelando o quão acima do chão do armazém ela se encontrava. Respirou fundo e tentou manter a calma. Quando alcançou o baú de metal, encontrou o grande cadeado com segredo numérico prendendo a tampa. Ela se lembrou dos números que Francis lhe tinha passado: 21, 4 e 36.

Girou o disco do segredo no sentido horário até o 21, depois no sentido anti-horário até o 4, e finalmente de volta no sentido horário até o 36. Ela fechou os olhos e puxou a trava, que cedeu. Com o desengate, veio uma onda repentina de calor. Depois de abrir a tampa da baú, ela sentiu um arrepio na espinha e uma umidade quente entre as pernas. Foi então que se deu conta do domínio que Francis Bernard exercia sobre ela.

Dentro do baú, havia dezenas de antigas fitas de áudio e vídeo, além de pilhas de fotos. Ela só podia especular sobre o que estava nas fitas, mas pelas fotos, não era difícil de adivinhar. Deu uma olhada nas fotos 20 x 25 com acabamento brilhante. Eram das oito mulheres que tinham morrido no verão de 1993 nos assassinatos no Lago Michigan. Todas as mulheres foram encontradas nas margens do lago com as gargantas cortadas e um coração negro tatuado no peito.

Ela segurou uma das fotos, mal podendo acreditar no que via.

— Ah, Francis, seu demônio...

17

Madison, Wisconsin
Quinta-feira, 10 de julho de 2025

AO CHEGAR AO LEITO 6 DO PRONTO-SOCORRO, ETHAN SORRIU para o jovem sentado na cama. O garoto de doze anos usava um uniforme de beisebol empoeirado. Ele segurava uma bolsa de gelo no lado direito do rosto.

— Bola rápida ou bola curva? — Ethan quis saber.

— Rápida — o garoto respondeu.

— Eu já suspeitava. Lance uma bola curva e ela irá para o campo esquerdo. Coloque uma bola rápida no centro do prato e ela voltará para o meio. Deixe-me dar uma olhada.

Ethan baixou a lâmpada que pendia do teto. O garoto afastou a bolsa de gelo do rosto, revelando o olho direito inchado e fechado, com uma laceração considerável na parte superior da bochecha.

— Feio. — Ethan estreitou os lábios. — Mas a boa notícia é que a radiografia e a tomografia não mostram nenhuma fratura orbital. Então, por pior que esteja agora, você ficará como novo em pouco tempo. Nenhum dano permanente.

— E o corte? — a mãe perguntou.

Ethan puxou a lâmpada para mais perto para dar uma olhada melhor.

— Bem limpo. Vou suturar com pontos subcutâneos. Fechará sem deixar cicatriz. Daqui a um ano, você nem lembrará que aconteceu. Mas coloque um pouco de movimento em sua bola rápida. Se você a transformar em um *cutter*, vão fazer uma rebatida fraca em direção ao *short*.

O garoto sorriu.

— Vou treinar isso.

Depois de Ethan terminar de suturar a laceração, ele se despediu e deixou a enfermeira responsável pela alta finalizar o atendimento. Seu turno havia acabado, e não havia mais pacientes em sua agenda. Ethan foi até a sala dos médicos para finalizar seus prontuários antes de ir para casa. Quando começou o último prontuário, ouviu uma batida: Chip Carter, o diretor do hospital, estava parado no vão da porta da sala. Chip iniciara sua carreira na medicina de emergência, mas depois mudou para a área de administração hospitalar. Além de seu diploma de médico, ele possuía um MBA. Ethan suspeitava que Chip ganhava mais de um milhão de dólares por ano administrando o hospital mais movimentado de Madison.

— Chip — Ethan cumprimentou, consultando o relógio. — Fazendo hora extra?

Ethan trabalhava no turno das três da tarde às onze da noite essa semana.

Chip sorriu.

— Acabei de sair de um evento de arrecadação de fundos, e achei que seria bom dar uma passada aqui para conversarmos.

Ethan desligou o computador.

— Sobre o quê?

Chip pegou um exemplar do *Milwaukee Journal Sentinel*, que estava dobrado debaixo do braço. Ele o colocou sobre a mesa, com o jornal aberto na matéria sobre Callie Jones, e leu:

— *Com a eleição do governador Jones, uma nova investigação está sendo iniciada sobre o desaparecimento de sua filha em 2015. O que aumenta o mistério em torno da reabertura do caso é que Ethan Hall, um ex-investigador rebelde da Divisão de Investigação Criminal de Wisconsin, agora médico de emergência, foi escolhido para comandar a investigação.*

Ethan fechou os olhos. Os figurões do governo sabiam mesmo como apertar o cerco. Desde o fim da primavera, quando Ethan se encontrara com o governador Jones, já circulavam rumores discretos sobre a reabertura do caso de Callie Jones. Ethan só aceitara revisar a papelada e dar sua opinião. Uma tarefa que ele ainda não tinha concluído. Ethan vinha adiando, enrolando e fazendo de tudo para evitar um compromisso formal, porque estava cansado de dar passos para trás na vida e de se envolver em algo que quase o destruíra uma vez. Então, para pressioná-lo e pôr as coisas em movimento, os mandachuvas vazaram a história para a imprensa.

Ethan havia lido os artigos do *Journal* e do *Capital Times*. A notícia se espalhara rápido, e Cherryview, a cidadezinha de onde Callie Jones desaparecera, estava em polvorosa, cheia de expectativas sobre uma possível reviravolta no caso arquivado fazia dez anos, que deixara a comunidade atônita. Um dos casos de desaparecimento de maior repercussão da região nos últimos vinte anos — agora ainda mais relevante com a eleição de Mark Jones — se achava prestes a ganhar o centro das atenções e tinha todos os ingredientes para ser a reportagem de grande destaque do verão. O governador recém-eleito, com o Departamento de Justiça estadual a sua disposição, estava desesperado para encontrar respostas para o que acontecera com sua filha anos atrás. De alguma forma, Ethan se viu no meio de toda essa situação.

Ele planejara conversar com a administração do hospital acerca da notícia, mas Chip Carter agiu mais rápido.

— Além de dois parágrafos sobre seu trabalho em meu pronto-socorro, de sua formação em medicina e de especulações sobre o motivo de você ter deixado sua antiga profissão. E também muita coisa sobre seu pai.

— Eu li os artigos — Ethan afirmou.

— Eu não deveria ter que lhe dizer isso. Mas ou você é um médico aqui em meu hospital ou um investigador da Divisão de Investigação Criminal. Não dá para ser os dois.

— Não estou investigando nada, Chip. Pediram para eu revisar a papelada do caso, só isso.

— E você topou?

— Bem, quando o governador te pede um favor, você normalmente diz "sim".

— Não quero que isso interfira em seu trabalho aqui, Ethan.

— Não vai interferir.

— Há questões de responsabilidade que precisamos considerar. Se você estiver preocupado com um caso de desaparecimento, isso poderá prejudicar seu discernimento no pronto-socorro. Digamos que você deixe um paciente ir para casa e, uma hora depois, ele sofra um AVC porque você não percebeu algo nos exames. O hospital seria responsabilizado por isso.

— Provavelmente algo que meu seguro contra erros médicos cobriria, mas entendo sua preocupação, Chip.

— De qualquer forma, trata-se de um pesadelo anunciado, e tem gente me cobrando direto sobre isso.

— Estou revisando o caso em meu tempo livre. Só isso. Não há nada além disso, apesar das manchetes sensacionalistas.

Chip pensou por um instante e então assentiu.

— Não deixe que isso interfira no que você faz no hospital. Se interferir, vou ter que repensar sua permanência aqui.

— Entendido.

Chip assentiu antes de se virar e sair da sala dos médicos. Em seguida, Ethan puxou o jornal para perto de si.

O que aumenta o mistério em torno da reabertura do caso é que Ethan Hall, um ex-investigador rebelde da Divisão de Investigação Criminal de Wisconsin, agora médico de emergência, foi escolhido para comandar a investigação sobre o desaparecimento de Callie Jones. O senhor Hall descende de uma longa linhagem de autoridades policiais. Seu pai, Henry Hall, foi detetive do Departamento de Polícia de Milwaukee. O detetive Hall foi morto em serviço enquanto investigava os massacres do Lago Michigan em 1993.

Ethan jogou o jornal no lixo. Curiosamente, o caso de Callie Jones e seu retorno relutante à DIC não eram as maiores perturbações em sua vida. Essa honra pertencia a Francis Bernard — o homem que matara seu pai — e à ideia de que Ethan estava prestes a ficar frente a frente com ele.

18

Maple Bluff, Wisconsin
Sexta-feira, 11 de julho de 2025

O DEPÓSITO LAKESIDE FICAVA EM MAPLE BLUFF, PEQUENO subúrbio da área metropolitana de Madison, do lado noroeste do Lago Mendota. No início da manhã de sexta-feira, ela entrou no trailer duplo que funcionava como escritório do depósito e sorriu para a mulher atrás da mesa.

— Tudo bem? — ela cumprimentou. — Preciso alugar um boxe.

— Qual o tamanho, querida? — a mulher perguntou.

— Ah, tipo, médio, eu acho.

— Nossas menores unidades têm nove metros quadrados. Três por três. São bem apertadas. Depois, temos duas unidades de tamanho médio, que têm seis por seis e nove por nove. Nossa maior unidade tem...

— A de seis por seis servirá.

A mulher pegou alguns papéis e começou a escrever.

— Qual a finalidade do aluguel do boxe?

— Estou desocupando meu porão, mas ainda não quero me desfazer de tudo.

A mulher tirou os olhos da papelada e olhou para a cliente.

— Eu preciso de um nome e de um cartão de crédito.

— Eugênia Morgan — ela respondeu, entregando o cartão.

— O cartão é debitado automaticamente todo mês. Se o cartão for cancelado ou a validade expirar, damos noventa dias para você apresentar uma nova forma de pagamento. Após esse prazo, esvaziamos o boxe. Tudo vai para o lixo, sem o leilão dos itens, como mostram na TV.

— Está certo.

Eugênia sabia que a validade do cartão iria expirar, mas isso levaria alguns meses. Até lá, ela já teria ido embora há muito tempo, e as pessoas para quem Francis queria mostrar as fotos já teriam descoberto o depósito.

— O boxe de seis por seis custa oitenta e nove dólares. O vencimento é no dia 15 de cada mês. Preciso que você preencha a parte de cima com suas informações pessoais: nome, endereço e número do telefone. Depois, assine na parte de baixo.

Ela seguiu as instruções e rabiscou uma assinatura.

A mulher colocou um pequeno envelope sobre a mesa.

— Boxe 223. A chave está no envelope e abre a porta lateral da unidade. O portão é controlado por um teclado. O código está na frente do envelope. É todo seu.

— Obrigada. — Eugênia apanhou o envelope e saiu apressada do escritório.

Minutos depois, ela dirigiu o Ford Focus pelo caminho de cascalho que passava em frente aos boxes até encontrar o número 223. Desconfiava de que as câmeras de segurança gravavam seus movimentos, mas isso não era problema nenhum. Saiu do carro e caminhou até o grande portão. Cada boxe era uma unidade independente em uma longa fileira. Ao fundo, o Lago Mendota era visível entre os boxes. Eugênia digitou o código de quatro números no teclado, e o portão se abriu com um rangido. Um interruptor na parede acendeu uma fileira de lâmpadas fluorescentes no teto. Ela voltou para o carro, girou o volante e deu ré até que a traseira ficasse dentro da unidade.

Levou dez minutos para esvaziar o porta-malas. Era tudo o que ela havia recolhido no baú do armazém abandonado, duas noites antes. Tocar naqueles itens — sobretudo as fotos das mulheres mortas em 1993 — provocava-lhe um arrepio. Ela arrumou as fotos conforme as instruções, e sabia que Francis ficaria satisfeito com seu trabalho.

Com o box trancado e seguro, Eugênia saiu do estacionamento e dirigiu por uma hora e meia até Boscobel. Era doloroso para ela estar tão perto de Francis sem vê-lo. Mas não estava lá para uma visita à Unidade do Programa de Segurança de Wisconsin. A ida até Boscobel tinha outro propósito naquele dia. Ela encontrou a agência dos correios, pegou a faixa do *drive-thru* e parou junto à caixa de correio. Do console central, tirou um par de luvas de látex e as calçou. Em seguida, retirou um envelope do porta-luvas. Estava endereçado a *Maddie Jacobson*. Eugênia o deixou cair na fenda da caixa de correio, garantindo que a carta — como todas as outras — tivesse o carimbo postal de Boscobel, e seguiu em frente.

Até o momento ela cumprira todas as tarefas solicitadas por Francis.

19

Madison, Wisconsin
Segunda-feira, 14 de julho de 2025

ETHAN CHEGOU CEDO E SE SENTOU NA PRIMEIRA FILEIRA, COM as pernas cruzadas e as mãos apoiadas no colo. A sala de audiência ficou lotada, com gente até onde dava para ficar em pé. Enquanto isso, Ethan esperava, mas sem nunca olhar para trás para ver quem estava lá. Em geral, as audiências para concessão de liberdade condicional aconteciam na prisão onde o detento vinha sendo mantido, mas devido à natureza de grande repercussão do caso, a audiência desse dia ocorreria em um tribunal de Madison.

Ele concentrou sua atenção na porta fechada ao lado da sala. Por fim, quatro membros da comissão de liberdade condicional entraram e se acomodaram à grande mesa que os aguardava, e começaram a organizar suas anotações. As plaquinhas de identificação mostravam ao público presente quem era quem entre os membros. A porta lateral se abriu, dando passagem a dois agentes de segurança. Ethan endireitou a postura e respirou fundo. Os agentes acenaram com a cabeça e então conduziram Francis Bernard, vestido com o macacão laranja e com os punhos e os tornozelos algemados, até a mesa da defesa, onde o preso se sentou ao lado de seu advogado, a apenas três metros de distância.

Ethan ficou observando enquanto o advogado sussurrava algo junto ao ouvido de Francis. Ele assentiu e depois olhou por cima do ombro do advogado para ver o público. Por um instante, o olhar de Francis encontrou o de Ethan, que gostou de imaginar que, com aquele breve contato visual, uma esperança se esvaíra de Francis. Um arrepio gélido percorreu a espinha de Ethan quando os cantos da boca de Francis se torceram num sorriso.

Sua carreira como agente especial da DIC durou dez anos, período em que Ethan fora responsável por colocar muitos indivíduos perturbados atrás das grades. Porém, nenhum desses criminosos ficara preso tempo suficiente para ser elegível para liberdade condicional. Portanto, audiências sobre liberdade condicional eram uma novidade para ele. Ethan não teve nenhuma participação na prisão de Francis Bernard. No entanto, ele foi elemento-chave para mantê-lo preso. Seu depoimento levara a comissão a negar a Francis a primeira chance de liberdade condicional, dois anos antes. E Ethan pretendia estragar tudo novamente hoje.

Impassível, Ethan ficou encarando Francis, até que o criminoso finalmente desviou o olhar.

— Bom dia — a mulher sentada no centro da mesa disse para dar início à audiência.

A sala ficou em silêncio e todos se ajeitaram.

— Sou Christine Jackson, presidente da Comissão de Liberdade Condicional de Wisconsin. Estamos reunidos neste tribunal, no dia 14 de julho de 2025, para a audiência de liberdade condicional do senhor Francis Bernard.

Ela consultou suas anotações.

— Senhor Bernard, o senhor foi condenado em 1993 pelo homicídio doloso de Henry Hall, detetive do Departamento de Polícia de Milwaukee. O senhor foi sentenciado a sessenta anos de prisão em uma penitenciária estadual, com possibilidade de concessão de liberdade condicional após trinta anos. Este é seu segundo pedido de liberdade condicional, sendo o primeiro negado em 2023. Entre os convidados especiais de hoje, incluem-se Whalen e Earnest Bernard, seus pais, assim como sua irmã, Margaret. Também temos outros dois convidados especiais: Clint Dackery, ex-chefe do Departamento de Polícia de Milwaukee, e Ethan Hall, filho da vítima.

A audiência começou com o advogado de Francis Bernard falando por quinze minutos a respeito da legislação estadual de Wisconsin, que exigia que aqueles condenados antes de 31 de dezembro de 1999 fossem elegíveis para liberdade condicional obrigatória após cumprir dois terços de pena, o que, no caso de Francis, significava que, independentemente da decisão do conselho hoje, ele seria um homem livre em oito anos. Então, o advogado fez um relato detalhado sobre como seu cliente se comportara como um preso modelo nos últimos trinta e dois anos. Francis não só evitou infrações enquanto estava na prisão, mas também ingressou em um programa de estudos religiosos. O advogado prosseguiu, revelando o progresso feito por Francis Bernard nos últimos anos em sua fé e na busca por uma força superior. Em seguida, falou dos pais idosos de Francis, que choraram pela "perda" do filho e por não poderem passar tempo significativo com ele durante três décadas. Sim, Francis fizera algo terrível, eles admitiram, mas o filho não era mais o mesmo homem de antes agora. Ele já pagara por seus erros, a mãe argumentou, e merecia estar com sua família.

Ao longo de toda essa arenga, Ethan permaneceu sentado, impassível, esperando sua vez. Quando a comissão de liberdade condicional perguntou se o chefe Dackery gostaria de falar, ele cedeu a palavra a Ethan.

— Não, senhora — Dackery disse. — Acredito que o filho de Henry pode falar por todos nós.

— Senhor Hall?

Ethan assentiu com a cabeça e se levantou.

— Obrigado. Meu nome é Ethan Hall. Henry Hall era meu pai. Francis Bernard o matou quando eu tinha treze anos. Francis Bernard não só tirou meu pai de mim, mas também o tirou de minha irmã, que na época tinha dez anos. Quando Francis Bernard matou meu pai, ele tirou o marido de minha mãe. Ele tirou o filho de meus avós. Ele tirou o irmão de minha tia. Então, ao estar aqui nesta sala de audiência esta manhã, acho curioso que o advogado de Francis Bernard se vanglorie sobre o quão exemplar ele foi como presidiário nos últimos trinta anos, e todas as coisas que ele conseguiu realizar durante sua prisão, incluindo, como ficamos sabendo esta manhã, o fato de ele ter encontrado Jesus. Porém, acho que vale a pena destacar que, nesses trinta anos, meu pai também poderia ter feito grandes coisas. Ele poderia ter continuado sua carreira de detetive, que era a paixão de sua vida, e ajudado muitas outras famílias ao longo desse tempo. Poderia ter criado os dois filhos. Poderia ter levado a filha até o altar no dia do casamento dela. Poderia ter presenciado o nascimento do neto. Poderia ter cuidado da mulher quando ela adoeceu com câncer. Poderia ter estado no enterro dos pais. Então, os trinta anos em que o senhor Bernard supostamente trabalhou para se tornar uma pessoa melhor foram os mesmos trinta anos que ele subtraiu de meu pai, que nunca teve a chance de se tornar mais do que já era no dia em que bateu à porta da casa de Francis Bernard.

Ethan fez uma pausa. O silêncio na sala de audiência era absoluto.

— E, nesta manhã, acho importante que a comissão de liberdade condicional entenda o porquê de meu pai ter batido à porta de Francis Bernard naquele dia. Meu pai, na condição de detetive do Departamento de Polícia de Milwaukee, foi à casa do senhor Bernard para interrogá-lo sobre uma série de assassinatos que ocorreram na região metropolitana de Milwaukee naquele verão. Meu pai era o detetive responsável pelo caso dos massacres do Lago Michigan, como eram chamados na época. — Ethan fez uma pausa e se dirigiu especificamente aos membros da comissão de liberdade condicional. — Vejam, alguém matava mulheres e despejava seus corpos nas margens do Lago Michigan durante o verão de 1993. Degolando-as e tatuando corações negros em seus peitos.

— Senhora Jackson — o advogado de Francis disse, levantando-se. — Peço desculpas pela interrupção, mas é importante observar que meu cliente foi acusado e condenado por um *único* crime, o qual ele admitiu e pelo qual expressou profundo arrependimento. Francis Bernard jamais foi, e eu repito, *jamais* foi acusado ou vinculado aos crimes que o senhor Hall acabou de mencionar.

— Francis Bernard jamais foi acusado, mas era suspeito daqueles assassinatos — Ethan afirmou. — E por isso meu pai foi até a casa do senhor Bernard naquele dia. Para interrogá-lo sobre os assassinatos no Lago Michigan. É importante destacar, no contexto da possibilidade de se conceder liberdade a esse homem, que ele era suspeito da morte de oito mulheres naquele verão. E quando meu pai chegou à casa dele para interrogá-lo sobre esses crimes, o senhor Bernard atirou em seu rosto. E o que Francis fez depois de atirar em um detetive da polícia de Milwaukee? Fugiu? Não. Chamou uma ambulância? Não. Ele simplesmente voltou para dentro da casa e a incendiou por completo. Ateou fogo no porão, que se alastrou e devastou tudo ao redor. Os bombeiros só foram chamados quando as chamas e a fumaça se tornaram intensas o suficiente para chamar a atenção dos vizinhos. Quando chegaram, encontraram meu pai morto no hall de entrada e tudo destruído no porão. Então, enquanto a comissão considera os apelos pela soltura do senhor Bernard, faço a seguinte pergunta: por que vocês acham que ele matou meu pai? E por que vocês acham que a primeira coisa que ele fez depois foi incendiar o porão?

Ethan voltou a fazer uma pausa. Outro silêncio pesado tomou conta da sala.

— Francis fez essas coisas para esconder provas que o identificariam como o assassino do Lago Michigan.

— Mais uma vez — o advogado de Francis interveio, ainda de pé —, exorto a comissão a desconsiderar a conjectura do senhor Hall de que meu cliente teve envolvimento com outros crimes além daquele pelo qual foi condenado.

— Sim. — Ethan meneou a cabeça. — Eu os exorto a fazerem o mesmo. Desconsiderem minhas conjecturas, por favor. Mas também os exorto a perguntarem a Francis Bernard não se ele sente remorso por matar meu pai, mas *por que* ele matou meu pai. Perguntem-lhe por que ele matou um detetive que foi até sua casa com o único propósito de interrogá-lo sobre oito mulheres que foram assassinadas naquele verão. E depois, perguntem-lhe por que ele incendiou sua casa por completo alguns momentos depois. E então, se ele conseguir encontrar respostas para essas questões, façam-lhe uma última pergunta.

Uma nova pausa trouxe de volta o silêncio absoluto. Enquanto isso, Ethan desviou o olhar dos membros da comissão de liberdade condicional e o dirigiu para Francis Bernard.

— Perguntem-lhe por que, depois de ser preso por matar meu pai, pararam de aparecer mulheres mortas nas margens do Lago Michigan.

Ethan se sentou e voltou a apoiar as mãos no colo. A audiência durou mais trinta minutos e terminou com a comissão negando por unanimidade o pedido de liberdade condicional de Francis Bernard.

20

Milwaukee, Wisconsin
Segunda-feira, 14 de julho de 2025

NAQUELA MANHÃ, A DETETIVE MADDIE JACOBSON, SENTADA atrás de sua mesa no Departamento de Polícia de Milwaukee, tentava trabalhar, mas não estava conseguindo fazer nada. O tempo que desfrutara com Ethan na cabana ao norte parecia algo de um passado distante, e qualquer paz oferecida por aqueles dias tranquilos já havia desaparecido.

— A audiência de liberdade condicional não é hoje, Jacobson? — outro detetive perguntou ao passar por sua mesa.

Maddie confirmou.

— Sim. — Ela consultou seu relógio. — Está acontecendo agora.

— Por que você não está lá?

Maddie deu um sorriso forçado.

— Eu fui da última vez. — Ela deu um tapinha no peito, num pequeno gesto de tristeza. — Achei que não aguentaria ver a cara dele de novo.

— Fica tranquila. Não tem como esse filho da puta ser solto.

Determinada, Maddie projetou o queixo para a frente e sorriu enquanto o colega se retirava.

Maddie Jacobson tinha dezesseis anos quando escapou por pouco de se tornar a próxima vítima do assassino do Lago Michigan. Por trinta e dois anos, Maddie carregou o peso de ser a única mulher a escapar com vida depois de ser sequestrada na região metropolitana de Milwaukee durante o verão de 1993. Agora, aos quarenta e oito anos, Maddie ainda trazia as marcas daquele verão distante. Uma cicatriz atravessava seu abdome, do umbigo até o peito, onde ele tinha cravado a lâmina. A hemorragia interna e a perda de sangue haviam subtraído temporariamente a visão de seu olho esquerdo, agora restaurada ao nível mínimo necessário de acuidade visual para ingressar na academia de polícia. No espelho e nas fotos, os vestígios da paralisia de Bell ainda eram visíveis — um nervo facial paralisado que fazia o lado esquerdo de seu rosto cair levemente. E uma cicatriz vermelha e irregular marcava seu seio esquerdo, resultado de onde ele tatuara um coração negro em sua pele. Mesmo as habilidades de um cirurgião plástico não conseguiram apagar a tatuagem completamente.

No entanto, as lembranças físicas empalideciam em comparação ao dano psicológico causado. Felizmente, os anos apagaram boa parte de sua memória sobre o tempo em cativeiro, de modo que, hoje, apenas com grande esforço e concentração Maddie era capaz de recordar como conseguira escapar das margens do Lago Michigan depois que ele a levou até lá para matá-la e posicionar seu corpo, como fez com as outras oito mulheres que assassinara naquele verão. Entre essas lembranças, incluíam-se uma faca improvisada que ela fez com a borda de uma moldura para foto e um pedaço de madeira que encontrou na areia. Maddie usara ambos para conquistar sua liberdade.

Alguns dias depois de sua fuga, Francis Bernard foi preso pelo assassinato do detetive Henry Hall, e pararam de aparecer mulheres mortas nas margens do Lago Michigan. Maddie tinha certeza absoluta de que Francis era o homem que a sequestrara. Porém, jamais houve evidência concreta que o ligasse a ela, e qualquer prova que pudesse ter existido foi incinerada quando Francis pôs fogo em sua casa.

Trinta anos depois, na primeira audiência de liberdade condicional de Francis, em 2023, ela conheceu Ethan Hall. Ambos estavam lá para se manifestar contra a libertação de Francis. Aquele homem havia afetado a vida de cada um deles de maneiras inimagináveis: quase matando Maddie e desencadeando pesadelos sempre que ela dormia; e deixando Ethan órfão de pai quando tinha apenas treze anos. A dor os unira, e o compromisso compartilhado de manter Francis atrás das grades fortaleceu ainda mais essa união. Agora, dois anos depois, ela e Ethan eram mais do que namorados. Eram almas gêmeas, unidas inicialmente por circunstâncias sombrias, mas ligadas para sempre por uma determinação mútua de impedir que as crueldades de um homem ditassem a vida ou a felicidade deles.

Apesar de Francis estar atrás das grades havia mais de três décadas, Maddie não conseguia ter paz. Dez anos antes, após Francis Bernard completar vinte e dois anos preso, a primeira carta chegou. Veio uma semana depois da União Americana pelas Liberdades Civis vencer uma batalha judicial que exigia melhores condições de vida na prisão onde Francis se achava detido. Uma das condições concedidas aos presidiários confinados em solitária foi o acesso ao serviço postal norte-americano, que passou a permitir que eles recebessem e enviassem cartas pelo correio. E, religiosamente, uma nova carta chegava à caixa de correio de Maddie a cada ano desde então.

— Oi.

Maddie ouviu a voz afetuosa de Ethan atrás de si e girou lentamente na cadeira para encará-lo.

— E aí?

— Ele vai continuar preso — Ethan respondeu.

Emocionada, Maddie soltou o ar com força e disse:

— Graças a Deus.

21

Milwaukee, Wisconsin
Segunda-feira, 14 de julho de 2025

MADDIE TIROU UM SACO PLÁSTICO DE EVIDÊNCIAS DA GAVETA de sua mesa e o entregou a Ethan. Continha a última carta, a décima que Maddie recebera. Como todas as outras, ela a levaria para o laboratório forense do Departamento de Polícia de Milwaukee. Mas ambos sabiam que estaria sem vestígios. As cartas anteriores tinham sido analisadas sob o microscópio por peritos forenses, mas em vão. Nenhuma impressão digital, nenhum DNA e nada que vinculasse a carta a Francis Bernard, exceto pelo carimbo postal de Boscobel. Era ingênuo achar que Francis cometeria um erro na décima carta.

Ethan leu através do plástico:

Minha querida Maddie,

Ah, como o tempo passa rápido... Restam oito anos, a menos que a comissão de liberdade condicional tome uma decisão antecipada. Não vejo a hora de ver você novamente. Da próxima vez que dermos um pulo até o Lago Michigan, serei o único a deixar a praia vivo. Como sempre, é uma promessa.

A carta era datada da semana anterior, antes da audiência de liberdade condicional de hoje. Estava assinada, como todas as anteriores, com um único coração pintado com tinta preta.

— Nunca consegui entender como ele envia essas cartas. — Maddie balançou a cabeça.

Ethan continuou a encarar a mensagem.

— A União Americana pelas Liberdades Civis impôs mudanças à Unidade do Programa de Segurança de Wisconsin para permitir que os presidiários tivessem acesso ao serviço postal norte-americano. É assim que ele consegue.

— Mas as autoridades prisionais disseram que iriam monitorar a correspondência dele.

— Dentro dos limites permitidos — Ethan afirmou. — A União Americana pelas Liberdades Civis é poderosa e luta com unhas e dentes. O diretor do presídio não quer perder o financiamento para sua instituição. Então, embora possa prometer interceptar a correspondência enviada por Francis, não há garantia de que isso realmente aconteça.

— Mas como ele consegue fazer isso sem deixar um vestígio de DNA? Ou uma única impressão digital? Não tem como ele ter acesso a luvas na cela.

Ethan fez um gesto negativo com a cabeça.

— Não sei.

Eles já haviam discutido isso antes. O papel e a tinta tinham sido analisados, assim como a caligrafia. Era evidente que Francis estava recebendo ajuda de alguém. Talvez de um dos guardas.

Tentando se acalmar, Maddie respirou fundo.

— Então, vou ter que suportar as ameaças dele todos os anos até o desgraçado finalmente ser solto.

— Estou trabalhando nisso, Maddie.

— É a lei. — Ela meneou a cabeça. — Não importa o quanto você trabalhe nisso, Ethan. Francis terá direito à liberdade condicional obrigatória após cumprir dois terços da sentença inicial de sessenta anos. Ele foi beneficiado pelas regras anteriores do sistema. Dois terços são quarenta anos, ou seja, daqui a oito anos. Então, por mais que tentemos ou por mais audiências de liberdade condicional de que você participe, haverá um limite rígido daqui a alguns anos.

— A menos que algo aconteça na prisão. A liberdade condicional obrigatória se baseia no fato de o presidiário evitar encrencas e não cometer outros crimes enquanto está preso. Enviar cartas ameaçadoras pelo correio é um crime.

— Já tentamos seguir por esse caminho. Independentemente de como Francis está me enviando essas cartas, ele é esperto demais para se deixar pegar.

Ethan deixou o saco de evidências contendo a carta de Francis sobre a mesa e ergueu o queixo de Maddie com a mão. Ele a beijou nos lábios. Ela forçou um sorriso, com a paralisia de Bell impedindo que o lado esquerdo de sua boca se alinhasse perfeitamente com o lado direito.

— Você sabe que nunca deixarei que algo de ruim te aconteça, não sabe? — Ethan perguntou.

— Você sabe que darei um tiro na cabeça dele se ele sair algum dia da prisão e atravessar meu caminho, não sabe?

Agora foi a vez de Ethan sorrir.

— Estou contando com isso.

22

Boscobel, Wisconsin
Terça-feira, 15 de julho de 2025

NO DIA SEGUINTE, ETHAN DIRIGIU DURANTE UMA HORA E quarenta e cinco minutos em direção oeste, partindo de Cherryview para a cidade de Boscobel, Wisconsin, e passou pelos portões da Unidade do Programa de Segurança de Wisconsin. O presídio de segurança máxima do estado ficava em um terreno desolado de sessenta e cinco hectares a oeste de Madison e abrigava alguns dos criminosos mais perigosos de Wisconsin, incluindo Francis Bernard.

Ethan mostrou seu distintivo temporário da DIC para o guarda na guarita de segurança, que confirmou que seu nome estava na lista de visitantes agendados para o dia e o deixou passar com um aceno. Ethan avançou além das três barreiras de cercas que rodeavam a prisão — uma cerca interna com sensores de movimento, uma cerca eletrificada no meio, não letal, mas imobilizadora, e uma cerca externa alta coberta com quatro camadas de arame farpado — antes de parar o carro no estacionamento principal. O edifício da prisão era de um branco pálido. A única cor contrastante eram as grades pretas que protegiam as janelas. A grama sintética de cor cinza substituía a grama, ou seja, outra indicação de que o lugar estava desprovido das alegrias básicas da vida, até mesmo da cor.

Nunca foi fácil visitar Francis Bernard — nem logisticamente (era necessário uma hora de trâmites burocráticos para finalmente se sentar na cadeira diante do sujeito em questão), nem mentalmente (consumia todas as forças de Ethan encarar o assassino de seu pai) —, mas era preciso. Tanto para si mesmo quanto para honrar a memória de seu pai. Então ele fazia isso. E continuaria a fazer.

Ethan cooperou com os guardas em cada etapa do processo. Alguns o conheciam de tempos atrás, mas a maioria não. O distintivo da DIC ajudou a agilizar o processo e, enfim, ele chegou à cabine de visitas. No presídio de segurança máxima, os detentos nunca tinha contato direto com os visitantes. Em vez disso, uma divisória de vidro grosso separava os presidiários daqueles que vinham vê-los, e a comunicação se dava por meio de um sistema telefônico constantemente monitorado. Mas não era apenas em relação aos visitantes que os presidiários eram impedidos de ter contato direto. Era em relação a todos. Os presos da Unidade do Programa de Segurança de Wisconsin eram mantidos em celas individuais, onde passavam quase todo o tempo acordados. Não havia refeitórios, o que forçava os prisioneiros a comer na solidão de suas celas. Não existia pátio onde atividades ao ar livre pudessem ser desfrutadas com outros presidiários. Não havia sala de musculação, biblioteca ou centro comunitário. Os prisioneiros da UPSW viviam isolados. As únicas interações que tinham eram com os guardas e, através de quinze centímetros de vidro temperado, com aqueles que vinham visitá-los.

A União Americana pelas Liberdades Civis entrara com processos contra o estado de Wisconsin, alegando que a prisão era mais uma prática na arte da privação sensorial do que um instituto correcional. E foi por causa dessas restrições severas, Ethan acreditava, que Francis Bernard nunca recusara um pedido de visita sua. O homem estava desesperado por interação humana, mesmo que fosse com o filho daquele por cujo assassinato ele havia sido condenado.

Impassível, Ethan viu Francis se sentar do outro lado do vidro. Francis Bernard tinha trinta e dois anos quando matou o pai de Ethan. Hoje, ele estava com sessenta e quatro. Apesar de ter passado exatamente metade da vida atrás das grades, Francis parecia surpreendentemente saudável, exceto pela pele de cor fantasmagórica, por falta de exposição ao sol. Praticamente sem fios grisalhos no cabelo, ele era puro músculo. Ethan imaginava que, para passar o tempo, Francis dedicava seus dias a um ciclo repetitivo de flexões, abdominais e agachamentos em sua cela. A alternativa seria definhar na loucura.

Foi Francis quem pegou o telefone primeiro.

— Alô, Ethan — Francis cumprimentou quando Ethan encostou o telefone no ouvido.

— Sempre que sua liberdade condicional for discutida, estarei presente na audiência.

— Eu sei.

— Enquanto eu estiver vivo, nunca deixarei você sair daqui.

Francis assentiu.

— Meu advogado acredita que a liberdade condicional obrigatória acontecerá em pouco mais de oito anos. Fui beneficiado pelas regras anteriores do sistema de liberdade condicional porque fui condenado antes da revisão de 1999.

Sairei no tempo devido. Portanto, apesar de apreciar sua determinação, sua presença em minhas audiências de liberdade condicional não faz muita diferença. Mas tenho certeza de que satisfaz alguma necessidade sua de orgulhar seu pai.

Ethan nunca caiu na provocação. Ele sabia que Francis queria vê-lo perder a compostura. Mas nunca perdeu. Nunca deu a Francis nada para usar contra ele. E Ethan tomou muito cuidado para jamais mencionar seu relacionamento com Maddie Jacobson, nem o fato de saber sobre as cartas que Francis enviava a ela.

— Mas oito anos é muito tempo — Francis disse. — Você sabe que sou obrigado a comer em minha cela, e que, a cada dois dias, me dão uma hora ao ar livre. E mesmo assim, fico sozinho.

— Se você mata um policial e oito mulheres, acha que deveria ser tratado de outra maneira?

— Fui condenado por um único homicídio, agente especial Hall.

Ethan nunca corrigiu o equívoco de Francis quanto a seu título.

— O estado de Wisconsin jamais tratou Jeffrey Dahmer, o Canibal de Milwaukee, do jeito que estão me tratando.

— Perdoe-me se não derramo uma lágrima porque você está sozinho.

— Perdoar você? — Francis perguntou. — Claro que vou perdoar. A verdadeira pergunta é: você vai *me* perdoar?

Isso fez Ethan hesitar.

— Isso está devorando você por dentro, Ethan. O ódio.

Outra pausa.

— E a culpa. — Francis sorriu e ficou esperando. Sessenta segundos se passaram enquanto ele encarava Ethan, que fazia o possível para parecer calmo e à vontade sob o olhar gélido do assassino. — A culpa por não ser mais um agente especial da DIC.

Ethan desviou o olhar para a esquerda. O primeiro sinal de que Francis havia mexido com ele.

— Ah, sim... — Francis esboçou outro sorriso. — Você nunca me contou, mas fiquei sabendo que não está mais na polícia.

O sorriso de Francis desapareceu. Quando ele voltou a falar, seu tom era perverso:

— Você *desistiu*. Você desistiu porque não conseguiu corresponder às expectativas de seu pai. Você desistiu porque não conseguiu lidar com as coisas que viu. Você desistiu, Ethan, para brincar de médico e salvar pessoas. Acha mesmo que papai está orgulhoso de você agora?

Ethan engoliu em seco, tentando disfarçar a tensão.

— Como eu sei de tudo isso? Estou preso numa cela vinte e quatro horas por dia, sem nenhum acesso ao mundo exterior. Mas acontece que os guardas daqui fornecem certas informações em troca de... *favores*. Às vezes, esses favores me deixam um gosto amargo na boca, mas dessa última vez valeu a pena. Fiquei sabendo de tudo sobre o filho de Henry Hall, que fugiu da DIC com as mãos tapando os ouvidos para seguir carreira na medicina. Mas o doutor Hall foi recontratado pela DIC para investigar um caso arquivado, convocado pelo próprio governador. Parece que você está tão requisitado a ponto de mal ter tempo de vir até Boscobel me avisar que estará em minha próxima audiência de liberdade condicional daqui a dois anos. Sério, Ethan, você não tem algo mais urgente para fazer?

Ethan deu um sorriso forçado.

— Tempo esgotado, Francis. Mas não se preocupe, eu voltarei em seis meses. Tempo de sobra para você agradar os guardas só para ficar sabendo que cursei a escola de medicina. Isso sim parece um tempo bem aproveitado.

Ethan desligou o telefone e se levantou. Francis permaneceu sentado e com o telefone junto ao ouvido. Encarando Ethan, continuou falando. Ethan deveria ter se afastado. Deveria ter virado as costas para Francis Bernard e voltado em seis meses, mas havia algo no olhar de Francis que o impedia de fazer isso. Francis apontou para o telefone e acenou com a cabeça. Relutante, Ethan voltou a pegar o aparelho.

— Não serão seis meses, Ethan. Você voltará para conversar antes disso.

— Duvido.

Ethan estava prestes a desligar o telefone novamente quando ouviu Francis pronunciar um nome. Em alerta, Ethan semicerrou os olhos e colocou o telefone de volta junto ao ouvido.

— O que disse?

— Callie Jones. — Francis sorriu com ironia. — O governador pediu para você trabalhar no caso da filha dele. Você vai querer falar comigo sobre Callie bem antes de seis meses, Ethan. Tenho muita coisa para te contar sobre o que aconteceu com ela e onde a garota está.

PARTE III

MELHORES AMIGAS

23

Milwaukee, Wisconsin
Quarta-feira,16 de julho de 2025

A DOUTORA LINDSAY LARKIN ENTROU NO PRÉDIO DE ESCRITÓ-rios no centro de Milwaukee, que funcionava como a sede da região Meio-Oeste para o florescente negócio de terapia e orientação psicológica online. Ela havia fundado sua empresa em Milwaukee, mas a *Anonymous Client* se expandiu para todo o país e estava crescendo tão rápido — agora ocupava dois andares inteiros do edifício 100 East Wisconsin, no centro de Milwaukee — que Lindsay mal conseguia acompanhar a demanda. Ela deu um jeito, contratando as pessoas certas para cuidar do crescimento e desenvolvimento do negócio, enquanto se concentrava no lado clínico. Lindsay vinha se destacando ao combinar psicologia e negócios de forma impecável. A ponto de ter sido incluída na lista *Forbes 30 Under 30* de jovens empreendedores.

Lindsay saiu do elevador e empurrou as portas de vidro. Na recepção, Beth, sua assistente, recebeu-a com uma xícara de café e a agenda do dia.

— Bom dia, doutora Larkin.

— Bom dia. O que temos para hoje?

— Sua quarta-feira vai ser bem puxada. — Beth lhe entregou a programação durante o trajeto delas pelo corredor até o escritório de Lindsay. — Gayle Kirk, do *New York Times*, já está aqui para a entrevista às nove. Reservei toda a sua manhã para isso. Em seguida, você tem uma reunião com a doutora Ramón. Ela é uma candidata à vaga de emprego. E depois, uma tarde inteira dedicada a atendimentos de seus clientes.

Lindsay examinou a agenda impressa depois de entrar no escritório e se sentar à mesa.

— Gayle Kirk?

— A entrevista está marcada há semanas. O jornal quer publicar uma reportagem faz tempo. Combinamos para esta manhã.

Lindsay permaneceu em silêncio, olhando fixamente para a agenda.

— Falei sobre a entrevista outro dia, antes de você ir embora.

— Com certeza você falou, Beth. Só me fugiu da cabeça. Onde vai ser?

— A entrevista? Na sala de reuniões.

— Me dê cinco minutos.

24

Milwaukee, Wisconsin
Quarta-feira,16 de julho de 2025

IMPECÁVEL, A MESA DE MOGNO DOMINAVA A SALA DE REUNIÕES.
Quando o espaço cumpria sua finalidade original, aqueles que comandavam a *Anonymous Client* ocupavam os dezesseis lugares ao redor da mesa. Entre eles, incluíam-se o diretor financeiro, o diretor clínico, o gerente operacional, os membros do conselho e a doutora Lindsay Larkin, que sempre se sentava à cabeceira como fundadora, proprietária e CEO da florescente empresa online. Nessa ocasião, no entanto, a sala e a mesa estavam vazias, e Lindsay decidiu se acomodar em um lugar menos nobre, no centro.

Ela se levantou quando a repórter do *New York Times* entrou na sala de reuniões.

— Doutora Larkin? Gayle Kirk.

Lindsay sorriu.

— Olá, Gayle. Bem-vinda. E, por favor, me chame de Lindsay.

— Combinado. Este lugar é incrível — Gayle elogiou, com os olhos arregalados. — Sua assistente me apresentou o espaço.

— Obrigada.

As janelas panorâmicas da sala de reuniões davam vista para o Lago Michigan, onde veleiros singravam sob o sol escaldante do verão.

— Aliás, eu agradeço que tenha vindo até Milwaukee para me entrevistar.

— É um prazer imenso — Gayle afirmou. — Estou tentando conseguir esta entrevista há quase um ano. Então, sou eu que deveria agradecer. Sei o quanto você é ocupada. Então, tentarei não tomar muito de seu tempo.

— A manhã é toda sua.

Gayle se sentou e tirou alguns papéis da bolsa.

— Minha intenção é apresentar você e sua empresa singular a nossos leitores, explorar sua trajetória e, em seguida, analisar em detalhes sua filosofia sobre saúde mental e como você revolucionou por conta própria a área de psicologia com seu método de orientação psicológica online.

— Soa como algo abrangente. — Lindsay ajeitou o cabelo. — Estou pronta. Podemos começar.

— Ótimo. Fale-me acerca de sua trajetória.

— Eu nasci e cresci em Cherryview, Wisconsin. É uma pequena comunidade à beira do lago, nos arredores de Madison. Estudei psicologia na Universidade de Wisconsin-Madison. Depois que me formei, queria evitar o complexo médico-industrial e buscar um novo caminho para ajudar aqueles que procuram melhorar suas vidas.

— Vamos explorar isso um pouco mais. Como você define o "complexo médico-industrial"?

Lindsay sorriu.

— Simples. É nosso atual sistema de saúde. Embora um termo mais preciso fosse "sistema de doença", pois todo o sistema é projetado para produzir doenças crônicas e, em seguida, tratar continuamente aqueles afetados pelas doenças criadas pelo sistema, com um fluxo interminável de produtos farmacêuticos.

Lindsay voltou a sorrir.

— Acredite em mim. Sei que muitos consideram radical minha posição sobre esse assunto, mas ainda não conheci ninguém capaz de refutá-la.

— Refutar que o sistema de saúde norte-americano cria doenças, em vez de curar?

— Deixe-me dar um exemplo, Gayle. As indústrias de açúcar e grãos são grandes contribuintes e influenciadoras do governo norte-americano. Isso não é especulação. Basta olhar os números. As indústrias de açúcar e grãos gastam milhões fazendo lobby a cada ano, a fim de que suas agendas sejam aprovadas. O resultado dessa campanha que dura décadas é que a Agência de Alimentos e Medicamentos colocou os grãos e os carboidratos como componentes principais de uma dieta saudável. O resultado é que, nas últimas cinco décadas, os Estados Unidos se tornaram mais gordos e mais doentes. Quarenta por cento dos norte-americanos são obesos. Cerca de setenta e cinco por cento estão cronicamente com excesso de peso. Isso resultou, entre outras coisas, em uma epidemia de diabetes. E quem lucra mais com essa população obesa e diabética? Os laboratórios farmacêuticos que produzem medicamentos para tratar essa doença crônica. Uma doença, aliás, que afetava uma parcela bem menor da população na década de 1960, antes que o açúcar e os carboidratos fossem promovidos como parte de uma dieta saudável. Cerca de um e meio por cento da população sofria de diabetes na década de 1960. Hoje, esse número ultrapassa onze por cento. Então, os médicos estão ocupados cuidando de seus pacientes obesos e diabéticos, enquanto as indústrias farmacêuticas obtêm lucros astronômicos produzindo novos medicamentos para tratar uma doença que é, em grande parte, provocada pelas próprias pessoas. Isso, em resumo, é o complexo médico-industrial. E a diabetes é apenas um exemplo. Minha abordagem para a saúde mental é manter cada cliente que busca nossa ajuda fora do círculo vicioso desse sistema complexo.

— E como vocês conseguem isso?

— Primeiro, não empregamos membros do complexo médico-industrial. Isso inclui psiquiatras que entopem os clientes de medicamentos. Também não encaminhamos ninguém para psiquiatras.

— Ou seja, vocês tratam todos os seus pacientes internamente.

— Nós não temos *pacientes*. Temos clientes. A palavra "paciente" sugere alguém doente, e implica que a medicina é a melhor solução. Nossos clientes são simplesmente pessoas que precisam de nossa ajuda para se tornarem mais saudáveis. E não *tratamos* clientes, mas sim os ajudamos a alcançar seus objetivos.

— Bem, com certeza sua filosofia está ganhando força. Sua sede é aqui em Milwaukee, mas há escritórios em todo país, não é mesmo?

— Sim. A *Anonymous Client* tem escritórios em todos os cinquenta estados. Mas esses escritórios são mais para fins administrativos do que lugares para atendimento presencial. Grande parte de nosso trabalho com clientes é feito online.

— É sobre isso que quero falar em seguida, Lindsay. Vocês revolucionaram a área de psicologia ao levá-la para o ambiente virtual. Você pode me dizer como conseguiram ganhar com tanta rapidez uma fatia tão grande do mercado de orientação psicológica online?

— Como você sabe, levar a orientação psicológica para a internet não foi algo revolucionário. Muitos tentaram fazer isso antes de mim. Porém, nossa filosofia é o que nos diferencia. Todas as outras plataformas de orientação psicológica online se baseiam na noção de tratar pacientes doentes. E esse é um modelo péssimo. Basta ver quantas dessas plataformas estão falindo desde que entramos nesse mercado. Como mencionei, nós ajudamos clientes saudáveis a ficarem ainda mais saudáveis. Essa é uma das razões de nosso crescimento tão rápido. Outra é que oferecemos a nossos clientes a opção de permanecerem anônimos, e esse detalhe fez toda a diferença.

— Me explique como isso funciona.

— Um cliente que busca nossos serviços nos acessa por meio de nosso portal online, escolhe um psicólogo e, em seguida, realiza sessões não só no conforto de sua casa, mas também de forma anônima. Muitos clientes, graças mais uma vez à conotação negativa que o complexo médico-industrial atrelou à saúde mental e à terapia, ainda se sentem estigmatizados ao falar com um terapeuta. Os clientes que se sentem marginalizados têm a opção de falar com um de nossos profissionais de forma anônima. Descobrimos que isso permitiu que muitas pessoas, que talvez nunca tivessem procurado orientação psicológica, dessem um passo à frente.

— Como um cliente pode se manter anônimo?

— Nossa plataforma online é de última geração. Eu me formei em psicologia, mas possuo uma formação complementar como estudante de engenharia da computação. Desde jovem, sempre gostei de computadores e programação. E apliquei esse conhecimento no protótipo de criptografia de primeira geração que usamos agora em todo o país. Para os clientes que desejam permanecer anônimos, utilizamos um filtro online que oculta tanto o rosto quanto a voz. Às vezes, nossos terapeutas perguntam detalhes sobre o cliente, como gênero e idade, mas fica totalmente a critério do cliente o quanto eles desejam compartilhar. Os filtros de criptografia de anonimato são gerenciados por um serviço terceirizado para garantir a privacidade de nossos clientes. E muitas pessoas que talvez não buscassem orientação psicológica presencial se uniram a nós por meio do portal virtual anônimo.

— Incrível! — Gayle exclamou. — Então, parece que você inicialmente estava interessada em desenvolvimento de softwares como carreira?

— Estava, sim. E esse era o plano. Eu ia obter meu diploma em engenharia da computação e mudar para o Vale do Silício. Mas esses planos foram frustrados, e eu mudei para psicologia.

— O que mudou sua trajetória e a inspirou a cursar psicologia?

— Bem... — Lindsay pareceu pouco à vontade. — *Inspirou* talvez não seja a palavra certa. Mas houve um fator desencadeador.

Lindsay se mexeu na cadeira.

— Quando eu estava no ensino médio, minha melhor amiga desapareceu.

— Callie Jones — a repórter disse.

— Sim. Callie desapareceu de nossa pequena cidade de Cherryview sem deixar rastros. Por isso muita gente, inclusive eu, ficou devastada. A mãe de Callie, lamentavelmente, nunca conseguiu superar essa dor e tirou a própria vida. Fiquei arrasada e cheia de perguntas. Eu precisava muito falar com alguém a respeito de como me sentia, e encontrar uma maneira de superar minha dor. Mas meus pais não acreditavam em psicologia ou terapia. Eles haviam se tornado vítimas da ideia de que saúde mental era algo para se esconder. Algo para lidar em particular e por conta própria. O tempo cura todas as feridas, e toda aquela bobagem de antigamente. Em meu primeiro ano de faculdade, fiz um curso introdutório de filosofia, e aprendi que existem maneiras de lidar com a dor e com os sentimentos em geral. Decidi então que ninguém deveria passar pelo que eu estava passando. Pelo menos, não sozinha e sem orientação. Eu queria ajudar as pessoas a superarem sua dor, independentemente da causa. Foi então que me dei conta de que dedicaria minha vida a essa causa.

— E assim, a partir de uma tragédia terrível como a perda de sua melhor amiga, você conseguiu encontrar um propósito na vida, ajudando tantos outros no caminho. Sua história é comovente.

Lindsay piscou várias vezes para impedir que as lágrimas rolassem pelo rosto. Ela manteve sua imagem firme de CEO ao sorrir.

— Obrigada.

25

Milwaukee, Wisconsin
Quarta-feira,16 de julho de 2025

LINDSAY DESLIGOU O COMPUTADOR APÓS O TÉRMINO DA última sessão de orientação psicológica. Cada sessão de uma hora era desgastante, e Lindsay se sentiu aliviada com o fim do dia de trabalho. A entrevista para o *New York Times* naquela manhã parecia ter acontecido fazia uma semana. Exausta, esfregou os olhos, mas então ouviu uma batida na porta.

— Desculpe incomodar. — Beth sorriu. — Tem uma pessoa querendo vê-la. Eu disse que tinha que agendar um horário, mas... Acho que ele é um detetive, e insistiu que precisava falar com você.

Lindsay se endireitou na cadeira. Todo seu cansaço desapareceu de repente.

— Um detetive?

— Ele falou que precisa falar com você sobre Callie Jones.

Em alerta, Lindsay levantou um pouco o rosto. Nas últimas semanas, lera matérias sobre a reabertura do caso de Callie. Deduziu que era só questão de tempo até que alguém a procurasse.

— Deixe-o entrar.

Pouco depois, um homem bem-apessoado entrou em seu escritório. Ele era alto e estava em boa forma. Apenas as têmporas grisalhas denunciavam a meia-idade.

— Doutora Larkin? Sou Ethan Hall, da Divisão de Investigação Criminal. — Ele mostrou o distintivo para Lindsay.

— Quem o enviou? Foi o pai de Callie?

Ela viu Ethan hesitar, indeciso.

— Ele pode ser o governador hoje, mas ainda me lembro dele como o cara que costumava jogar nós duas, Callie e eu, no Lago Okoboji quando éramos pequenas. Agora, todos o chamam de *governador* Jones, o que ainda me surpreende. Não me entenda mal. Eu votei nele, mas ele sempre será o *senhor* Jones para mim. O pai de Callie.

— Faz sentido. Li que você e Callie eram melhores amigas.

— Naquela época, sim.

— Quanto a sua primeira pergunta: o governador Jones *é* o motivo de eu estar aqui, mas ele não me enviou diretamente. Estou reabrindo a investigação sobre o desaparecimento de Callie.

— Eu li a respeito. A expectativa é grande em Cherryview. Meus pais ainda moram na cidade, e disseram que desde que a notícia foi divulgada, todos estão esperando que Ethan Hall, o detetive rebelde que virou médico, consiga resolver o caso do desaparecimento de Callie. Quem sabe, se você conseguir, Cherryview volte a ser conhecida por suas cerejeiras, e não por uma garota desaparecida.

— No momento, só estou revisando o caso. Pode ser que eu não descubra nada.

— Me pergunto por que o senhor Jones acha, tantos anos depois, que você será capaz de encontrar respostas sobre o que aconteceu com Callie, quando ninguém conseguiu descobrir logo após o ocorrido. Todos nós esperávamos por respostas na época, mas não obtivemos nenhuma.

Em dúvida, Ethan encolheu os ombros.

— Não sei por que o governador acredita que posso esclarecer o que houve. Mas ele, obviamente, agora tem poder e influência, e está usando isso como um esforço final para encontrar um desfecho para o caso. O fato é que ele pediu minha ajuda, e eu concordei em dar uma olhada no caso.

— E ele escolheu *você* especificamente?

— Escolheu.

— Por quê?

— Meu antigo parceiro trabalhou no caso.

— Pete Kramer? — Lindsay havia conversado longamente com Pete durante a primeira investigação.

— Sim. Pete e o governador são próximos, e Pete sugeriu meu nome.

— Você era agente especial da Divisão de Investigação Criminal, mas desistiu da polícia para estudar medicina?

— Sim, mas eu não desisti. Eu pedi demissão.

— Por que pediu demissão?

— Quem está interrogando quem aqui?

Lindsay sorriu.

— Você veio até meu escritório. Acho que tenho o direito de fazer algumas perguntas.

— Isso é justo. Vejamos. Eu passei por muitas coisas enquanto era agente especial. E algumas delas ainda vejo quando fecho os olhos. Eu sabia que os próximos dez anos, se eu continuasse na polícia, seriam prejudiciais a minha saúde, tanto mental quanto física. Então, decidi que poderia ajudar mais os outros trabalhando como médico.

Lindsay deu risada.

— Algum problema?

— Não gosto muito de medicina. Se eu quebrar o braço, você será a primeira pessoa que vou procurar. Mas para minha saúde como um todo e bem-estar mental, ficarei bem longe do sistema de saúde norte-americano. Porém, sua história só explica por que você deixou a polícia, mas não por que nosso governador recém-eleito tirou um médico do pronto-socorro para ajudá-lo a descobrir o que aconteceu com a filha dele há uma década.

— Eu tive uma taxa de casos resolvidos de cem por cento quando trabalhei na DIC. Creio que o governador esteja esperando que eu consiga manter esse desempenho ao investigar o caso da filha dele.

Lindsay ergueu as sobrancelhas e assentiu.

— Certo. Como posso ajudar?

26

Milwaukee, Wisconsin
Quarta-feira, 16 de julho de 2025

— **ESPERO QUE POSSA ME FALAR SOBRE O VERÃO EM QUE CALLIE** desapareceu, doutora Larkin. A mãe de Callie morreu. E o pai dela, embora desesperado e disposto a ajudar da melhor forma possível, não forneceu muitas informações úteis nas poucas vezes em que conversamos. Além disso, aprendi durante meus anos investigando crimes contra adolescentes e jovens adultos que os pais têm uma visão distorcida de seus filhos. Quando se trata de vítimas adolescentes de crimes, é muito mais provável que os amigos possam fornecer informações úteis do que os pais das vítimas.

Lindsay assentiu.

— Eu falei com a polícia e com os detetives, incluindo Pete Kramer, após o desaparecimento de Callie. Mas vou contar para você tudo o que sei sobre ela e sobre aquele verão. Dez anos depois, minha memória tende a não ser tão boa quanto na época em tudo isso aconteceu.

— Tenho acesso ao arquivo do caso e às transcrições de todos os interrogatórios realizados. Acabei de começar a analisar tudo. Não se preocupe se sua memória não for perfeita. Vamos começar falando sobre você e Callie.

Lindsay fez um gesto afirmativo com a cabeça.

— Certo. Callie e eu nos conhecemos no jardim de infância e nos tornamos inseparáveis. Tivemos outras amigas no ensino fundamental e no ensino médio, mas sempre fomos melhores amigas. E quando começamos o ensino médio, nós duas fomos selecionadas para o time de vôlei. Callie e eu éramos as únicas calouras do time principal. Então, tivemos que nos manter unidas. O vôlei nos aproximou ainda mais.

— E pelo que li no arquivo do caso, o time de vôlei feminino era muito importante em Cherryview.

Lindsay sorriu.

— Sim, de fato. Pelo menos em Cherryview. Callie e eu começamos como calouras e ajudamos a levar o time até a final do campeonato estadual daquele ano. Perdemos, mas foi por muito pouco. — Lindsay bateu o punho na palma da mão, brincalhona, num gesto de leve frustração. — Chegamos bem perto de ganhar. Callie e eu encontramos uma citação que costumávamos repetir depois daquela partida: *A tragédia da vida não é perder, mas quase ganhar*. Lindsay balançou a cabeça e continuou:

— Faltou tão pouco, e doeu muito. Prometemos nunca mais chegar tão perto e perder. E não perdemos. Como alunas do segundo ano, Callie e eu assumimos as rédeas do time e ganhamos o campeonato estadual daquele ano. E novamente no nosso terceiro ano. Na pequena Cherryview, Callie e eu éramos as estrelas.

Lindsay deu uma risada. Outra tentativa de segurar as lágrimas.

— Callie e eu tornamos popular o vôlei feminino. As arquibancadas ficavam lotadas em todos os jogos em casa: alunos e pais, mas também moradores da cidade que queriam nos ver jogar. Naqueles três anos, atraímos mais público do que o time de futebol americano. E se você sabe algo sobre as cidadezinhas em Wisconsin, sabe que o futebol americano de sexta-feira à noite impera. Mas ameaçamos o reinado do futebol, naquela época. — Ela deu um sorriso forçado. — Então, após o terceiro ano, Callie... Ela passou por muita coisa naquele verão. Coisas que eu deveria ter enfrentado ao lado dela como amiga.

— Como o quê?

— Os pais dela se separaram, e a mãe se casou novamente logo em seguida. Surgiram boatos sobre um romance, e não foi fácil para Callie lidar com isso. Além do mais, ela odiava o padrasto. Ele era muito esquisito. Ela acabou tendo que morar com a mãe porque o senhor Jones sumiu devido a todos os compromissos políticos e à necessidade de preservar sua imagem. Callie vivia com medo de se meter em alguma encrenca que pudesse vir a prejudicar a reputação do pai. Como se qualquer coisinha que ela fizesse que não fosse perfeita pudesse arruinar a carreira política dele. Por isso, ela estava sempre pisando em ovos. Parecia que só durante uma partida de vôlei Callie conseguia esquecer todas as pressões e simplesmente ser ela mesma.

Lindsay encolheu os ombros, em um gesto de incerteza.

— Enfim, com tudo isso que estava acontecendo, Callie ficou bem distante, e nossa amizade meio que se desgastou.

— Desgastou como? — Ethan quis saber.

Lindsay voltou a encolher os ombros.

— Houve um tempo em que contávamos tudo uma para a outra. Mas naquele verão ela meio que se fechou e... Não sei, parou de compartilhar as coisas comigo. Quer dizer, olhe, em retrospecto, éramos melhores amigas no ensino médio. Tínhamos nossos altos e baixos, e muita confusão de garotas. Levei muitos anos para superar a ideia de que ela desapareceu em um de nossos períodos ruins. Eu sabia que algo a estava incomodando naquele verão, e não me dei ao trabalho de descobrir o que era. E então...

— Callie desapareceu — Ethan completou por ela.

VERÃO DE 2015

CHERRYVIEW, WISCONSIN

Ainda faltava um mês para o início do ano letivo, mas os treinos de verão estavam a todo o vapor, e o treino desse dia foi até mais tarde. Nessa ocasião, Callie estava no comando, e ela sempre fazia questão de estender o treinamento além do horário marcado. Era sua maneira de mostrar a seu novo treinador que ela e o time eram um grupo sério, pronto para conquistar mais um campeonato estadual. E quando Callie incentivava suas companheiras de time a continuar, mesmo querendo desistir, isso demonstrava sua liderança. Lindsay fazia o mesmo quando comandava o treino, mas ela era mais óbvia, não tão autêntica, e o time sabia que Lindsay só estava tentando impressionar o treinador Cordis. Callie era mais astuta.

Nessa tarde, ela começou o último período do treino, que era destinado à preparação física, dez minutos mais tarde do que o normal. E, com base em um consenso que obtivera das companheiras de equipe, decidiu aumentar a corrida de dois mil metros no final do treino para três mil metros. Com o atraso no início e o quilômetro adicional, mesmo as jogadoras mais rápidas, fortes e bem condicionadas terminariam o treino mais tarde.

Callie saiu correndo da rua e entrou na pista que circundava o campo de futebol americano da escola, cruzando a linha de chegada em uma arrancada final, cinquenta metros à frente de sua concorrente mais próxima. Então, ela esperou alguns minutos para permitir que as outras atletas mais rápidas cruzassem a linha de chegada. Quando a pista estava suficientemente cheia para que sua ausência não fosse notada, Callie se afastou e correu de volta para a rua. Ela agiu com muita cautela, pois não queria que as outras companheiras de time percebessem que ela estava voltando, com medo de que elas a seguissem.

Levou apenas um minuto para Callie deparar com a primeira companheira de equipe.

— Vamos, Molly! Você consegue! — Callie a incentivou enquanto a garota passava correndo. Alguns metros adiante, ela encontrou mais duas companheiras. — Vamos lá! Falta pouco!

E assim ela continuou até chegar à última garota, que sofria com o quilômetro adicional. Quando Callie a alcançou, deu meia-volta e correu ao lado dela.

— Como você está?

— Não muito bem — a garota respondeu. — Acho que vou vomitar.

— E daí? — Callie disse. — Vomite. Isso não vai te matar. E se você vomitar e mesmo assim continuar, o treinador notará seu esforço.

— Acho que sou a última.

— Sim. Mas você ainda vai terminar. E vai terminar com garra. Está pronta?

— Pronta para quê?

— Vamos correr esse último trecho, até chegarmos à pista.

— Não sei se consigo.

— Eu sei.

— Você sabe o quê?

— Que você consegue. Vamos!

Callie saiu correndo a toda velocidade, e sua companheira de time veio logo atrás. Em instantes elas corriam emparelhadas. Ao se aproximarem da pista, Callie colocou a mão nas costas da garota, ajudando-a a completar o último trecho e, finalmente, alcançar a linha de chegada. Ela cumprimentou a garota com um tapa na mão e, com o canto do olho, conferiu se o treinador Cordis tinha reparado em seu esforço.

Dez minutos depois, o time de vôlei se dirigiu ao vestiário, deixando a pista vazia. Callie ficou para trás. Como líder do time naquele dia, ela ficara encarregada de arrumar as quadras de treino ao ar livre. Callie carregou um saco de malha cheio de bolas de vôlei até o grande cesto ao lado de uma das quadras de treino.

— Ei, parabéns pelo trabalho de hoje — o treinador Cordis a cumprimentou ao se aproximar.

— Obrigada. — Callie sorriu.

— Gracie sofre com o preparo físico. Você mandou muito bem ajudando-a a cruzar a linha de chegada.

— Ela teria conseguido sem minha ajuda. Eu só a incentivei.

— Você estava motivando Gracie. Provavelmente mais do que ela se motivaria sozinha. É uma grande capitã, Callie. E vamos ter uma temporada muito boa se você continuar assim e fizer o resto do time trabalhar tão duro quanto você.

— Eu tentarei.

Blake Cordis estava em seu primeiro ano como treinador. Ele se formara na Universidade de Wisconsin-Madison em maio e estava prestes a iniciar seu primeiro ano como professor. Blake conseguiu o cargo de treinador principal por acaso, quando o treinador de vôlei feminino de longa data se aposentou inesperadamente devido a problemas de saúde. Blake foi um substituto de última hora, mas as garotas gostaram dele logo de cara. Nessa mesma época, no ano anterior, ele cursava a faculdade, e Callie sabia que ele não estava tão distante da realidade que ela vivia agora: uma aluna do último ano do ensino médio enfrentando as dificuldades típicas dessa fase. Callie continuava se lembrando disso sempre que ela e o treinador Cordis ficavam sozinhos, o que, ultimamente, vinha acontecendo com cada vez mais frequência.

O treinador apoiou a mão na parte inferior das costas dela, entre a cintura do short e a barra do top, deixando Callie arrepiada. Ele se inclinou e sussurrou junto ao ouvido dela:

— Estou contando com você, Callie. É meu primeiro ano aqui, e preciso que você me ajude a causar uma boa impressão, para me contratarem de novo no ano que vem.

Callie esboçou um sorriso amarelo. Ficou com o rosto vermelho e sentiu um nó no estômago: excitação, talvez, ou ainda seria a adrenalina da corrida?

Blake Cordis se endireitou, mas a mão permaneceu nas costas dela. Callie não achou ruim. Se ele fosse um garoto da escola, ela pensaria em beijá-lo. Mas ele não era um colega de classe. Era seu treinador.

Ainda assim, isso não a impediu de pensar a respeito.

* * *

A carta estava sobre a escrivaninha no quarto de Callie, com o logotipo da Universidade de Cincinnati impresso na frente. Apesar de estar endereçada a ela, Callie percebeu que o envelope já tinha sido aberto. Sua mãe, ao ver o logotipo, soube que a carta dentro anunciava a aceitação de Callie no programa de oito anos de ingresso direto na escola de medicina, que era muito disputado, ou trazia uma negativa pesarosa, e não conseguiu se controlar.

Callie desdobrou o papel e leu a primeira linha:

Parabéns! Temos o prazer de informar que você foi aceita no programa DIRECT da Universidade de Cincinnati.

Materializando-se como um fantasma, sua mãe apareceu na entrada de seu quarto.

— E aí? — ela perguntou, como se Callie tivesse deixado de perceber que o envelope já tinha sido aberto. Como se já não tivesse lido a carta e planejado os próximos oito anos da vida de Callie como se fosse um romance melodramático.

Callie seguiu com a encenação, porque era simplesmente o jeito de sua mãe. Callie era obrigada a fazer vista grossa para certas verdades — como o fato de sua mãe ter traído seu pai e ter se casado novamente com um homem cujo fator de repulsa era fora do normal; que sua mãe a estava usando para preencher o vazio que existia desde seus anos de juventude; ou que ela abrira a carta de aceitação e lera cada palavra enquanto a filha estava na escola —, tudo para que a vidinha perfeita que estava sendo criada permanecesse como um conto de fadas imaculado. Havia muito tempo, Callie aprendera a não desafiar essa anomalia. O desafio fazia sua mãe reagir de maneira exageradamente teatral, o que incluía se sentir traída e deprimida durante dias.

O teatro era difícil de suportar. Então, para evitá-lo, Callie sorriu e levantou a carta de aceitação como se fosse dar uma grande notícia.

— Eu fui aceita!

— Ah, querida! Isso é maravilhoso!

A mãe entrou correndo no quarto de Callie e a abraçou com força.

— Damien! — a mãe gritou. — Damien, suba até aqui! Callie tem uma notícia fantástica!

Isso também era um desafio que Callie sabia que não devia enfrentar. Ela preferia muito mais dar a "boa" notícia primeiro ao pai antes de compartilhá-la com o padrasto, mas verbalizar esse desejo — ou mencionar o pai — mergulharia a dinâmica doméstica em um turbilhão semanal de discussões, silêncios e sentimentos feridos de mentirinha.

O padrasto de Callie entrou no quarto dela — algo que Callie só permitia porque sua mãe estava presente. Damien a assustava com a maneira como olhava para ela e suas amigas. Callie começou a trancar a porta do quarto à noite desde que ele se mudara, naquele verão.

— Callie foi aceita no programa DIRECT — sua mãe disse.

— Que ótimo — Damien afirmou, mantendo a encenação.

— Você precisará avisá-los esta semana de que aceita, filha.

Com ironia, Callie ergueu as sobrancelhas. Ela deu uma olhada no final da carta onde essa afirmação estava escrita, e então sorriu pensando no quanto tudo aquilo era ridículo.

— Vou ligar para meu pai e contar a ele.

Como uma calda escorrendo pelo lado de um muffin muito quente, o sorriso desapareceu do rosto de sua mãe. Callie queria que os dois saíssem de seu quarto, e sabia que mencionar o pai era a melhor maneira de fazer isso.

— Fique à vontade. — A mãe se virou e se foi.

No entanto, Damien decidiu ficar.

— Por que você tem que fazer isso? — ele perguntou, a alguns passos de distância de Callie, que estava sentada na cama.

— Fazer o quê?

— Falar de seu pai na cara dela?

— Acabei de ser aceita na escola de medicina. Acho bem normal querer dar a notícia a meu pai. Quer dizer, seja como for, ele vai pagar a faculdade. Você não terá condições de pagar, não é, Damien?

— Sua mãe só queria um momento para comemorar com você. Ela está orgulhosa de você.

— Você não tem permissão para entrar em meu quarto. Essa é a única regra sobre a qual meu pai ainda tem voz, mesmo que minha mãe tenha destruído o casamento dela para ter um caso com você.

— Nós não tivemos um caso, Callie. Isso é só mais uma mentira que seu pai te contou. E se acha que seu pai é tão incrível, por que não vai morar com ele?

Damien se moveu para mais perto dela.

— Porque ele não tem tempo para você. É por isso. Ele está ocupado demais com o trabalho e com a carreira política em ascensão. Para ele, dois fins de semana por mês são suficientes, porque tudo o que ele realmente quer é se candidatar a governador e alimentar o próprio ego. E se seu paizinho se tornar o escolhido e conseguir o apoio necessário para disputar a eleição para governador, provavelmente você o verá ainda menos do que agora. Então, você deveria começar a tratar melhor sua mãe. Ela é a única que está se importando com você.

Damien girou nos calcanhares e saiu do quarto. Então, Callie pulou da cama e fechou a porta com força, ainda segurando a carta de aceitação com as mãos trêmulas.

* * *

Callie se sentou na cama. Passava um pouco das dez da noite. Não saíra do quarto desde que abrira a carta de aceitação. Também não ligara para o pai. Por mais que se ressentisse da interferência constante da mãe, seu pai não era melhor. Os detalhes do divórcio nunca foram revelados a Callie nem à irmã, mas havia boatos e insinuações de que não fora a mãe delas quem traíra primeiro. E seu pai ficara satisfeito em resolver tudo de forma discreta e sem alarde, e seguir em frente. A carreira política dele era muito nova e delicada demais para sobreviver a um divórcio conturbado.

Por mais que Callie desprezasse Damien, ele tinha razão sobre seu pai. Mark Jones era um homem com uma missão. Se ele não estava no trabalho, estava em um evento de arrecadação de fundos e interagindo com os principais nomes da política de Wisconsin. Mesmo que ela ligasse para o pai nesse momento, ele não atenderia. E não importava a mensagem que Callie deixasse, ele levaria dois ou três dias para responder. Ela se sentia sozinha e isolada em um momento que deveria ser de alegria em sua vida.

Callie pensou em ligar para Lindsay. Em vez disso, porém, pegou o celular e fez uma busca na lista de contatos até encontrar o número. Ela se sentia nervosa para completar a ligação, mas ele tinha lhe dito para ligar a qualquer hora e por qualquer motivo. Eles eram um time, ele afirmara, e estaria lá para qualquer uma delas, se precisassem dele. Antes que pudesse mudar de ideia, Callie digitou uma mensagem de texto:

> Treinador Cordis, estou tendo alguns problemas em casa. Você poderia vir me buscar?

A resposta foi instantânea:

> Claro. Na sua casa?

A ansiedade e expectativa se apossaram de Callie.

> Não. No parque no final da rua.

> Me mande a localização. Dez minutos?

> OK.

Callie colocou o celular no bolso de trás do jeans, foi até a porta e girou a maçaneta com cuidado. A porta do quarto de sua mãe estava fechada, e ela viu a luminosidade azulada da televisão vazando debaixo dela. Sua mãe e Damien viam tevê na cama. Era o ritual noturno deles.

Callie fechou a porta e desceu a escada sem fazer barulho. Tentou passar pela saleta de estar sem que a irmã notasse, mas não conseguiu. Sua irmã mais nova era uma estrela em ascensão no vôlei. Jaycee Jones estava prestes a ingressar no time de vôlei feminino de Cherryview como caloura, e diziam que suas habilidades rivalizavam com as de Callie. Sempre houve uma boa dose de inveja, disfarçada de competitividade, entre as duas irmãs, e o relacionamento delas era instável.

— Aonde você vai? — Jaycee quis saber.

— Vou sair.

— Sair para onde?

— Por aí. Preciso ficar longe de casa por um tempinho.

— A mamãe disse que você foi aceita no programa DIRECT.

— Sim. A carta de aceitação chegou hoje.

— Legal!

— Obrigada — Callie disse.

Nesse dia, a rivalidade entre as irmãs ficou em segundo plano, e a empolgação de Jaycee foi a primeira reação genuína que Callie sentira em relação à notícia.

— Se a mamãe acordar ou descer, não diga que eu saí. Tudo bem?

Em sinal de cautela, Jaycee fez um gesto com a mão.

— Se você for pega, me deixe fora disso.

Callie não falou mais nada e se foi pela porta dos fundos. Correu pela noite, com a ansiedade a consumi-la. Ao chegar ao parque no final da rua, ela viu um carro no estacionamento com os faróis acesos. Aproximou-se e se acomodou no assento ao lado do motorista.

— Obrigada por fazer isso, treinador.

Blake Cordis sorriu.

— Quando uma de minhas jogadoras precisar de mim, estarei sempre disponível. Especialmente para você, Callie.

* * *

Eles percorreram as ruas silenciosas de Cherryview por meia hora e depois subiram até o penhasco que se erguia sobre a extremidade sul do Lago Okoboji, onde a casa de Callie ficava à beira da água. Blake estacionou o carro em lugar isolado, mas deixou o motor ligado para que o ar-condicionado aliviasse o calor abafado da noite de verão. Uma lua quase cheia lançava um brilho prateado sobre a superfície do lago lá embaixo. A Crista, uma ilha no meio do lago, que tinha um restaurante conhecido entre os velejadores e duas quadras de vôlei de areia onde Callie e Lindsay costumavam jogar, era visível ao longe.

— Recebi uma resposta da Universidade de Cincinnati — Callie disse, finalmente.

— Recebeu? E aí?

— Fui aceita. — Ela esboçou um sorriso forçado.

— Para o programa de dois cursos?

Callie confirmou.

— Parabéns! Isso é um feito e tanto!

— Acho que sim.

— Me diga de novo o que é. É um programa de ingresso direto na escola de medicina, certo?

Callie voltou a confirmar.

— Basicamente, eu cursaria os quatro anos normais de faculdade, que seriam bastante focados em disciplinas de ciências. Sabe, biologia, química e fisiologia. Eu não faria nenhuma das disciplinas eletivas. Então, após quatro anos, seguiria direto para a escola de medicina em Cincinnati. Os próximos oito anos da vida, todos planejados e embalados como um presente bonitinho debaixo de uma árvore de Natal.

— Uau, Callie! Isso é incrível!

— Sim, é... É isso aí.

Curioso, Blake inclinou a cabeça.

— Você não parece tão empolgada quanto eu esperava que estivesse.

— Eu sei que é uma grande conquista, que é algo muito disputado, que há poucas vagas em todo o país, e que eu deveria estar empolgadíssima, mas...

— Mas o quê?

— Mas tudo isso foi ideia da minha mãe. Sério, eu juro que acho que ela quer isso mais do que eu. E ela quer isso não por mim, mas para poder, sei lá, se vangloriar para as amigas sobre o sucesso da filha.

— Você não quer isso?

— Eu quero ser médica. Quero ir para a escola de medicina. Mas desejo fazer isso do jeito normal. Sabe, ter uma experiência universitária normal, e não essa coisa limitada e hiperfocada em que minha mãe me inscreveu. Serei a única pessoa na faculdade nesse programa acelerado. Isso parece algo divertido? Isso parece a melhor maneira de fazer novas amizades?

— Você falou com seus pais a respeito de seguir o caminho mais tradicional? Simplesmente fazer os quatro anos normais de graduação e depois se inscrever na escola de medicina?

Callie deu uma risada.

— Minha mãe precisaria ser racional para que eu pudesse ter essa conversa com ela. E ela não é.

— E seu pai?

— Ele só faz o que minha mãe manda. Eles são divorciados. Meu pai paga as contas, e nada além disso. Eu o vejo duas vezes por mês. Ele está mergulhado na política, e deixou bem claro que sou um reflexo direto dele, e que qualquer confusão em que eu me metesse no ensino médio arruinaria sua carreira política. Para sorte dele, não sou encrenqueira. Mas meu pai também quer que eu brilhe para que ele fique bem na foto. Ele é uma força política em ascensão, com a filha ideal que se encontra a caminho de salvar o mundo como médica. Nenhum dos dois está torcendo por mim, mas só pelo que meu possível sucesso possa fazer por eles.

Blake se inclinou em direção a Callie. Ela podia sentir o cheiro da loção pós-barba dele. Um turbilhão de emoções tomou conta dela.

— Isso é uma grande oportunidade, Callie, mas precisa ter certeza de que é o melhor para você.

Ela se virou para Blake, como se o carro tivesse encolhido de tamanho. Eles estavam frente a frente, trocando olhares de uma maneira como nunca haviam feito antes. O luar iluminava metade do rosto de Blake, que parecia, ao mesmo tempo, mais maduro do que qualquer um dos garotos da turma de Callie, mas não muito mais velho que ela.

Sem pensar mais sobre isso, Callie se inclinou mais na direção dele. Após um momento de hesitação, Blake encurtou a distância, e seus lábios se uniram. Inicialmente, beijaram-se de maneira delicada, e depois com mais intensidade. Então, Blake se afastou.

— Uau! — ele exclamou, voltando a se acomodar no assento do motorista. — Espera aí.

— O que foi?

— Bem, vejamos. Você é uma de minhas futuras alunas. Portanto, tem isso. Você também é uma de minhas jogadoras, e eu sou seu treinador, e tenho certeza de que você é menor de idade.

— Vou fazer dezoito anos em breve. E você acabou de se formar na faculdade. Você tem, tipo, vinte e dois anos.

Blake meneou a cabeça, ainda recuperando o fôlego.

— Vinte e um. Farei vinte e dois em setembro.

— Sendo assim, não temos nem quatro anos de diferença — Callie continuou. — Se você tivesse vinte e cinco e eu vinte e um, isso seria um grande problema?

— Eu não tenho vinte e cinco, e você definitivamente não tem vinte e um. E a lei é a lei.

— Não me importo com a lei. — Callie desafivelou o cinto de segurança para poder passar por cima do console central.

Callie o beijou de novo e sentiu Blake resistir por um momento. Mas ela foi persistente e, em pouco tempo, sentiu as mãos dele agarrarem suas coxas e deslizarem em direção ao seu short jeans. Em seguida, ele a puxou por cima do console e a colocou sobre seu colo.

* * *

Callie estava no assento ao lado do motorista. Eram quase dez da noite, e ela tinha saído escondida para ficar com Blake de novo. Ultimamente, eles vinham passando cada vez mais tempo juntos, e ele havia alertado que eles precisavam tomar cuidado.

— E depois que eu completar dezoito anos, ainda vamos sair escondidos? — Callie quis saber.

— Sim — Blake afirmou. — Talvez depois que você estiver na faculdade, e não for mais uma de minhas alunas atletas, possamos ser menos cuidadosos.

— Em agosto, serei maior de idade.

— Pela lei, sim. Mas ainda pega mal. E a escola com certeza não pode saber disso.

Blake entrou no posto de gasolina e parou longe das bombas, fora do alcance das câmeras de segurança.

— E se a gente ainda estiver junto quando eu tiver, tipo, uns vinte anos? Ainda vamos ter que ficar nos escondendo?

— Não desse jeito. Mas aí a gente teria que ter uma conversa com seus pais.

— Caramba! — Callie exclamou. — Acha mesmo que eu pediria a permissão dos meus pais para ver você?

— Agora não. É claro que não. Mas quando nós dois estivermos um pouco mais velhos, e você já tiver saído de casa e estiver na faculdade, muita coisa poderá mudar entre você e seus pais. É só isso que estou dizendo. Porém, por enquanto, durante seu último ano na escola, e o início de minha atividade docente no outono, teremos que manter tudo em segredo. Bem em segredo mesmo. Entendido?

— Sim, entendido. — Callie olhava para ele através da escuridão.

— Você não contou nada para suas amigas, contou?

— Sobre a gente? Claro que não. Elas iam surtar. E com certeza alguma delas acabaria dando com a língua nos dentes.

— Nem mesmo para Lindsay, não é?

— Por que está perguntando sobre Lindsay?

— Porque vocês são melhores amigas.

— Não contei nada para ela, e não pretendo contar.

Blake fez um gesto afirmativo com a cabeça.

— Então, me explica de novo. O que a gente está fazendo neste posto de gasolina? — Callie perguntou.

— Eu preciso de um celular pré-pago.

— Qual é o problema com seu celular?

— Você não pode mais ligar para ele. Ou mandar mensagens. Precisamos de um celular pré-pago para poder conversar. Ninguém tem como rastrear.

— Rastrear?

— Tipo, se seus pais olharem seu celular.

— Meus pais nunca olham meu celular.

— Mas caso eles façam isso algum dia. Meu número não pode estar em sua lista de chamadas, Callie. A escola tem uma política rigorosa contra alunos mandando mensagens de texto diretamente para professores. Se comprarmos um celular pré-pago, poderemos trocar mensagens sem a preocupação de que alguém descubra. Só continue usando o aplicativo para apagar nossas conversas.

— Você está sendo paranoico.

Blake entregou algum dinheiro para Callie.

— Os celulares estão perto do caixa. Pegue um Samsung. Eles têm mais minutos. E pague em dinheiro.

Callie pegou o dinheiro e o encarou.

— Confie em mim — Blake disse. — Por enquanto, é o jeito mais seguro.

— Odeio ficar fazendo tudo às escondidas.

— Não será para sempre. Mas, por enquanto, é assim que temos que fazer. — Blake se inclinou e a beijou.

Em seguida, Callie saiu do carro e atravessou o estacionamento às escuras do posto de gasolina.

PARTE IV

DEDICAÇÃO TOTAL

27

Boscobel, Wisconsin
Quarta-feira, 23 de julho de 2025

DESDE QUE FRANCIS BERNARD PRONUNCIOU O NOME DE CALLIE
Jones, Ethan passou a se dedicar totalmente à investigação. Na semana anterior, ele quase se matou de trabalhar no pronto-socorro, cumprindo seis turnos consecutivos de doze horas. Mas isso lhe rendeu duas semanas de folga, que ele combinou com duas semanas de férias. Agora, ele tinha um mês livre das responsabilidades do pronto-socorro, e planejava empregar cada momento no caso de Callie Jones.

Na semana anterior, após seus longos e exaustivos turnos no hospital, Ethan passou as horas vagas examinando cada detalhe da pasta de Callie Jones. Encontrou-se com Mark Jones e teve uma longa conversa com o governador, permitindo que o pai de Callie retratasse o cenário da disfuncional família Jones no verão de 2015. Ele também se encontrou com Lindsay Larkin, melhor amiga de Callie, que acrescentou pormenores acerca dos problemas enfrentados por Callie no verão de seu desaparecimento. Reuniu-se com Damien Laramie, padrasto de Callie, que ainda estava zangado e amargurado pelo fato de que o "egoísmo de Callie naquele verão", em suas palavras, levara sua mulher a tirar a própria vida. Havia muito a ser analisado.

Ethan despejou café numa xícara e se sentou à mesa da cozinha. Diante dele, a pasta de Callie Jones. Com pouco mais de cinco centímetros de espessura, cheia de páginas dobradas e gastas, era evidente que alguém — provavelmente Pete Kramer — já examinara o conteúdo diversas vezes. Ethan abriu a capa e deu de cara com uma foto de Callie. Cabelo ruivo, olhos cor de mel e pele morena. Os dentes eram brancos e alinhados, e a garota exibia um sorriso cativante, que, como Ethan percebeu, fazia todos se sentirem acolhidos. Ela parecia incrivelmente jovem e inocente. Contemplar a foto da garota desaparecida suscitou sentimentos de angústia e desesperança que Ethan enterrara havia anos, sentimentos que o tinham afastado de sua profissão anterior. Ele virou a página e leu uma biografia curta.

Callie Jones tinha dezessete anos e estava prestes a começar seu último ano do ensino médio, mas já havia sido aceita antecipadamente pela Universidade de Cincinnati e recebido uma bolsa parcial para atletas. Ela estava pronta para jogar vôlei pelo Bearcats, time da universidade, depois que iniciasse o desafiador programa de ingresso direto na escola de medicina. Apenas algumas vagas como essa estavam disponíveis em todo o país, e uma delas fora concedida a Callie Jones. Até surgiram rumores a respeito de Callie conquistar uma vaga na seleção feminina de vôlei para as Olímpiadas, caso continuasse a se destacar na faculdade.

Bonita, atleta e inteligente, Ethan pensou. *Estava prestes a conquistar o mundo, até desaparecer.*

Ethan virou a página. Callie foi vista pela última vez por suas companheiras de time no sábado 18 de julho de 2015, na Crista, uma ilha no meio do Lago Okoboji, conhecida pelas baladas até tarde da noite e devassidão generalizada.

Folheando a pasta, Ethan ignorava os sussurros que lhe diziam que ele estava longe demais desse tipo de trabalho para oferecer algo significativo para o caso. Esses pensamentos eram a maneira que sua mente encontrava para protegê-lo, para desencorajá-lo de desviar sua vida para o abismo, que era exatamente o que aconteceria se ele voltasse a se envolver com a DIC. Mas, no fundo, Ethan sabia que não tinha escolha. O último pedido de Pete Kramer, antes de morrer, dera início à conversa. A promessa do governador de eliminar duzentos mil dólares de dívidas estudantis ajudava a manter seu interesse. Mas o empurrão final viera da fonte menos provável. Como diabos Francis Bernard sabia algo sobre o caso de Callie, e por que o assassino estava colocando isso diante de Ethan, era algo que ele não conseguia compreender. Mas com certeza ia descobrir.

Ethan fechou a pasta e pegou a cronologia que criara com as interações conhecidas de Callie na semana anterior a seu desaparecimento, que culminavam com ela levando o barco dos pais até a Crista na noite em que sumiu. Ethan marcara uma segunda reunião com Lindsay Larkin para o próximo fim de semana, com a intenção de visitar a ilha e refazer os passos de Callie naquela noite.

Até aquele momento, sua investigação inicial indicava que Callie Jones carregava o peso do mundo nas costas naquele verão. Uma mãe dominadora, um novo padrasto, um pai ausente e a notícia da aceitação em um programa de ingresso direto na escola de medicina haviam se combinado sob a forma de uma tempestade perfeita de ansiedade, frustração e coação. Um pensamento assomava à mente de Ethan à medida que ele juntava os detalhes da vida da garota. *Será que Callie Jones tinha fugido?*

Os murmúrios dos cantos recônditos de sua mente ficaram mais altos e lhe disseram que, para responder a essa pergunta, e às centenas de outras que vinham se formando, Ethan precisaria de ajuda. Inexplicavelmente, essa ajuda residia na pessoa a quem ele menos queria recorrer.

Ethan guardou a pasta e se dirigiu à porta.

* * *

— Sente-se — o guarda disse.

Após quatro horas de tentativas, com a ajuda da DIC e a pressão do gabinete do governador, Ethan conseguira uma visita de última hora à Unidade do Programa de Segurança de Wisconsin, em Boscobel. Ele se sentou na cabine de visitas e, pouco depois, a porta do outro lado do vidro se abriu. Francis Bernard apareceu, com as mãos algemadas na frente. As correntes nos tornozelos o forçavam a se mover com um passo controlado. Francis olhou para a cabine número 4, e deu um sorriso astuto. Nada ostensivo. Apenas uma sutil curvatura nos cantos dos lábios. Ainda assim, era impossível não perceber a alegria dele ao ver que Ethan retornara tão rápido.

Ao longo dos anos, as visitas de Ethan atenderam a um único propósito: lembrar a Francis que suas apelações eram inúteis, e que ele jamais teria outro dia de liberdade em sua vida. Apesar de Ethan ter se saído vitorioso nesse aspecto nos últimos anos, Francis sempre exibia uma expressão presunçosa de alegria. Como se soubesse algo que Ethan não sabia.

Francis se sentou diante dele e levou as mãos algemadas até o telefone, tirou o fone do gancho e o colocou junto ao ouvido, no mesmo momento em que Ethan fazia o mesmo do outro lado do vidro. O sorriso de Francis se alargou.

— Você veio depressa.

— Você disse que sabia algo sobre Callie Jones. O que é?

A expressão de euforia desapareceu do rosto de Francis, substituída por uma decepção de mentirinha.

— É sobre isso, então? Não vamos falar sobre seu pai?

— O que sabe sobre Callie Jones?

— Certo. — Francis franziu a testa como se estivesse confuso. — Sei bastante.

— Conversa fiada.

Francis voltou a sorrir.

— Vamos ficar nesse joguinho, Ethan?

Ethan se manteve calado.

— Se achasse que não sei nada, você não estaria aqui. Você acredita... Não, na verdade, você tem *certeza* de que eu sei *alguma coisa*. E já que os chefões te trouxeram de volta à ativa, você está sob pressão para entregar resultados. Sendo assim, está caçando informações onde acha que pode encontrá-las. Mesmo se humilhando ao vir até Boscobel para *me* perguntar sobre Callie Jones. Isso é triste, na verdade. Você está tão perdido que tem que pedir informações para o assassino de seu pai. — Francis olhou para o teto, como se estivesse sendo observado por uma câmera. — *Suposto* assassino, para quem estiver ouvindo.

— Sim. — Ethan assentiu com a cabeça. — Foi o que imaginei. Você não sabe merda nenhuma. Sente-se tão sozinho que vai dizer qualquer coisa para fazer alguém vir visitá-lo. Até eu, o cara que promete mantê-lo aqui para sempre. *Isso* é triste.

— Tolkien tem uma citação: *Nem todos os que andam sem rumo estão perdidos.* Você a conhece? — Francis prosseguia como se Ethan não tivesse dito nada. — Mas a parte implícita dessa citação, a suposição natural e a verdade verdadeira, é que todos que estão perdidos certamente andam sem rumo. E você está tão perdido quanto um cachorrinho na noite. Então, eu o ajudarei, Ethan. Vou ajudá-lo a parar de andar sem rumo na escuridão. Vou te dar um rumo. Você quer um rumo na vida, Ethan?

Enquanto os segundos se arrastavam, Ethan permaneceu em silêncio.

— Não vou te fazer implorar. Isso é indigno de mim. Você está pronto?

Ethan o encarava através do vidro.

— Vá para o vale do Rio Menomonee, até os antigos e abandonados matadouros. Procure um armazém caindo aos pedaços. O número 9, Ethan. Está prestando atenção? Armazém número 9, no vale do Menomonee. No alto de uma das paredes, encontrará um envelope com algo para você. Vá, Ethan. Encontre o que está lá. Faça seu trabalho, doutor Cem Por Cento. E depois, volte aqui para a gente conversar mais um pouco.

Francis sorriu, desligou o telefone e saiu da cabine de visitas.

28

Milwaukee, Wisconsin
Quarta-feira, 23 de julho de 2025

ASSIM QUE ETHAN SAIU DA PRISÃO, DIRIGIU-SE APRESSADO ATÉ o estacionamento onde estava seu Jeep Wrangler. Ele vasculhou o console até achar uma caneta e um pedaço de papel, no qual rabiscou *Armazém 9, vale do Rio Menomonee.* Partir para o leste, em direção a Milwaukee. Durante duas horas e meia, a voz de Francis Bernard martelou em seus ouvidos.

Nem todos os que andam sem rumo estão perdidos, mas todos que estão perdidos certamente andam sem rumo.

Tentando calar a voz de Francis, Ethan piscou forte e chacoalhou a cabeça, mas ainda assim ela ecoava em sua mente.

Então, eu o ajudarei, Ethan. Vou ajudá-lo a parar de andar sem rumo na escuridão. Vou te dar um rumo. Você quer um rumo na vida, Ethan?

Como Francis Bernard poderia saber *algo* sobre Callie Jones?, Ethan se perguntou. Ele já estava preso fazia anos quando Callie desapareceu em 2015. Ethan considerou que Francis poderia estar enviando-o para uma busca inútil, com o intuito de mostrar-lhe que tinha algum controle sobre ele, mesmo no confinamento de um presídio de segurança máxima.

No alto de uma das paredes, encontrará um envelope com algo para você. Faça seu trabalho, doutor Cem Por Cento.

Ethan chegou aos arredores de Milwaukee e, em seguida, entrou na cidade. O vale do Rio Menomonee, próximo ao centro de Milwaukee, incluía antigos matadouros, que abatiam gado para o distrito de frigoríficos. Abandonados havia muito tempo, eles se deterioraram ao longo das décadas. O vale, agora em grande parte renovado, ainda tinha áreas problemáticas que eram evitadas pela maioria das pessoas.

O sol estava se pondo, e longas sombras se estendiam pelas ruas. Ethan cruzou os trilhos da ferrovia e virou à direita na rua em péssimo estado de conservação, cheia de buracos. Das tampas de bueiro saía uma névoa que desaparecia no calor do entardecer. Ao chegar aos armazéns, ele reduziu a velocidade. Cada galpão possuía um grande portão que se retraía para cima. Ao lado de cada portão, via-se uma porta pintada com um número. A maioria dos números estava apagada e ilegível, mas Ethan conseguiu distinguir claramente o número 3. Ele passou por vários armazéns até chegar ao número 9.

Ethan encostou perto do armazém número 9 e percorreu com os olhos o vale desolado. Antes de sair do carro, abriu o porta-luvas e retirou sua pistola Beretta 92FS. A DIC não o armara oficialmente, mas ele tinha porte legal de arma, e raramente saía de casa desarmado. Velhos hábitos são difíceis de largar.

Ethan caminhou até a porta do armazém e espiou pelo vidro, notando o galpão tão abandonado quanto o vale. Conferiu a Beretta para ter certeza de que a pistola estava carregada, depois girou a maçaneta e abriu a porta com um empurrão. Ela rangeu, e uma lufada de ar quente saiu do prédio. Mesmo com o sol se pondo, fazia quase trinta e cinco graus ao ar livre. Após um longo dia de verão com o sol castigando o telhado metálico do armazém, Ethan estimou que a temperatura lá dentro chegava perto dos cinquenta graus.

Ele ergueu a arma e passou pela porta. Uma fina camada de suor cobria seu rosto, e o fedor do lixo em decomposição invadiu suas narinas. O sol poente oferecia um brilho suave através das janelas sujas posicionadas no topo de cada parede do armazém. Ethan deu uma olhada rápida ao redor para se certificar de que o lugar estava vazio. Então, ligou a lanterna do celular e percorreu o perímetro do galpão. No canto nordeste, ele olhou para cima e viu algo nas sombras, uma forma se projetando da parede. Apontou a lanterna para obter uma visão melhor. A três metros de altura, um envelope pardo estava preso com fita adesiva.

— Filho da puta — Ethan sussurrou, perguntando-se por um breve momento como Francis Bernard poderia ter conhecimento sobre esse envelope, ou quanto tempo fazia que ele estava ali.

Ethan olhou ao redor até encontrar um velho caixote, e o puxou para perto. Subiu nele e, depois de se equilibrar, estendeu o braço para cima e agarrou o envelope, que desprendeu da fita adesiva que o segurava. Iluminou o restante da parede com a lanterna e, não vendo mais nada, saltou do caixote e correu para fora do galpão.

Ethan estava molhado de suor devido ao calor sufocante do armazém. A temperatura externa de trinta e cinco graus fez pouco para refrescá-lo. Ele entrou no Wrangler e ligou o ar-condicionado antes de abrir o envelope. Virou-o de cabeça para baixo. Havia um único objeto dentro, que caiu sobre o assento do passageiro.

Era um celular pré-pago Samsung de 2010.

29

Cherryview, Wisconsin
Quinta-feira, 24 de julho de 2025

ETHAN, SENTADO À MESA DO PEQUENO ESCRITÓRIO DE SUA
casa, observava a superfície abarrotada de papéis do caso de Callie Jones.
Desde sua visita ao armazém número 9 no vale do Menomonee, ele vinha
se concentrando nos registros telefônicos do celular de Callie, da investigação inicial, que consistiam de inúmeras páginas de chamadas feitas pela
garota no verão em que desapareceu.

O celular de Callie havia sido recuperado no píer de North Point, no
Lago Okoboji, onde seu barco foi encontrado atracado no cais. Callie tinha
saído com o barco dos pais para ir a uma balada na Crista na noite de seu
desaparecimento. Ninguém a vira depois de ela ter deixado a ilha. O barco
fora achado na manhã de domingo no píer, junto com o celular de Callie e
o sangue da garota no final do cais.

Pete Kramer e sua equipe tinham examinado exaustivamente o celular
de Callie, fazendo o trabalho pesado anos antes e identificando quase todas
as chamadas e mensagens de texto enviadas e recebidas. Havia apenas um
número daquele verão que não fora identificado e não pôde ser associado a
um usuário. Esse número estava vinculado a um celular pré-pago e descartável, que nunca fora encontrado.

Pete Kramer e sua equipe se empenharam em rastrear o número de série
daquele aparelho e, em seguida, encontraram o código de barras para iden-
·tificar a marca e o modelo: um celular pré-pago Samsung, adquirido em um
posto de gasolina de Cherryview. Pete usara o banco de dados do Departamento de Justiça de Wisconsin e convocara os peritos forenses da DIC para
descobrir a data da compra, e então obteve as imagens da câmera de segurança do posto no dia da aquisição. O vídeo com imagem granulada mostrava Callie Jones caminhando até o caixa e pagando em dinheiro pelo
telefone. O que Callie fizera com o aparelho, e a quem o entregara, era uma
lacuna gritante na investigação original de Pete Kramer. Mas agora, dez anos
depois, Ethan, em casa, encarava o celular Samsung comprado por Callie,
confirmado pelo número de série. E Francis Bernard o levara até ele.

Ao folhear as páginas que registravam as ligações feitas pelo telefone de Callie, Ethan percebeu que quase todas tinham feito conexão com uma torre em Cherryview. Por intuição, ele decidiu registrar cada ligação ou mensagem de texto que tivesse feito conexão com uma torre fora de um raio de trinta quilômetros de Cherryview. No ano que começou em 1º de janeiro de 2015 e terminou em 18 de julho de 2015 — o último dia em que alguém viu Callie Jones —, Ethan encontrou trinta *pings* fora do raio de Cherryview. Ele pegou uma folha de papel em branco a sua frente e fez uma lista das cidades onde se localizavam as torres de celular. Todas estavam em Wisconsin, com várias situadas entre Madison e Milwaukee. Um grupo se achava no norte de Minnesota, o que se devia a uma viagem de pesca feita por Callie com a irmã e o pai no início de julho. Apenas uma torre, Ethan notou ao revisar a lista, estava em Chicago. Uma ligação foi feita numa quinta-feira, 16 de julho de 2015, às dez da manhã. Dois dias antes de ela desaparecer. O número para o qual Callie ligara era o Samsung pré-pago.

Ethan ligou para Pete Kramer, que atendeu no primeiro toque.

— Oi, Pete, estou revisando os registros telefônicos de Callie Jones. Acho que encontrei algo. O que você pode me dizer sobre um número não identificado que apareceu na lista de chamadas de Callie?

— Nós investigamos bem o celular. Nossos peritos em tecnologia conseguiram identificar que chamadas e mensagens de texto foram feitas entre os dois números. O de Callie e do telefone descartável.

— Não vi nenhuma transcrição das mensagens de texto.

— É porque nunca conseguimos recuperá-las. Os técnicos acreditam que Callie usava um aplicativo de mensagens criptografadas, que apagava automaticamente as mensagens depois que eram enviadas. Eles encontraram vestígios de mensagens, mas nada mais. Foi um beco sem saída. Por quê? Você encontrou algo?

— Talvez. Achei uma única chamada do telefone de Callie para o celular pré-pago que fez conexão com uma torre em Chicago no dia 16 de julho.

— Sim, nós também achamos — Pete afirmou, relembrando o caso de memória. — A chamada foi feita do telefone de Callie para o aparelho, mas isso não deu em nada. Esse celular não levou a lugar nenhum. Nós nunca o encontramos.

Ethan não estava pronto para mencionar que o celular pré-pago descartável que a DIC não conseguira localizar dez anos atrás agora estava sobre sua mesa. Principalmente porque ele não estava preparado para explicar a seu antigo parceiro como encontrara o aparelho. No entanto, Ethan ficara intrigado com o que Callie Jones poderia estar fazendo em Chicago dois dias antes de desaparecer.

— O telefone da garota ainda está sob custódia como evidência, Pete?

— Tenho certeza de que sim.

— Consigo pôr as mãos nele?

— Você descobriu alguma coisa, cara?

— Não tenho certeza, mas preciso do telefone da garota para descobrir.

30

Cherryview, Wisconsin
Sexta-feira, 25 de julho de 2025

ETHAN SE APROXIMOU DA GRANDE CASA NO LAGO OKOBOJI, no dia seguinte, e estacionou no acesso da garagem. Ele não ligara antes. Com a mochila pendurada em um dos ombros, caminhou até a entrada principal — um par imenso de portas de madeira com painéis de vidro — e tocou a campainha. Sem resposta, tocou de novo. Um minuto se passou até que ele ouviu um ruído indefinido vindo de algum lugar ao longe. Afastou-se da entrada principal e ficou escutando. Era um barulho constante de vaivém inexplicavelmente irritante. Ethan seguiu por um caminho ladeado de pedras ao redor da casa. À medida que ele se dirigia para os fundos, o barulho ia ficando mais alto.

Quando Ethan saiu de uma área coberta por arbustos de jasmim, o Lago Okoboji se descortinou. A origem do barulho também ficou evidente. Christian Malone e mais três pessoas jogando pickleball em uma quadra que parecia recém-construída, com vista para o lago. Os quatro jogadores, incrivelmente próximos uns dos outros, batiam uma bola de plástico amarela de um lado para o outro da rede. O barulho das raquetes acertando a bola era alto e desagradável. Ethan se perguntou se os vizinhos não reclamavam. No entanto, havia espaço suficiente ao redor da mansão de Christian Malone para o som irritante se dissipar antes de alcançar as casas vizinhas.

Ethan se aproximou da quadra no momento em que Christian sacou a bola e aguardou a devolução. Iniciou-se então uma sequência intensa de rebatidas rápidas de um lado para o outro, que Christian encerrou com um voleio alto, lançando a bola para as hortênsias e pondo fim à partida. Os jogadores bateram de leve as raquetes sobre a rede. Em seguida, Christian se virou e sorriu ao ver Ethan.

— Meu médico favorito fazendo uma visita em domicílio! — Ele ergueu as mãos como se estivesse se rendendo. — Fique tranquilo, doutor. Juro que estou bebendo água.

Christian correu até a lateral da quadra, levou um copo térmico à boca e tomou um longo gole.

Ethan deu risada.

— Não vim aqui para conferir sua hidratação. Preciso da ajuda de meu guru da tecnologia aposentado favorito.

Christian olhou para seus amigos do pickleball, todos aparentemente na casa dos setenta anos ou mais, e apontou para Ethan.

— Este é o médico que cuidou de mim quando tive a pedra nos rins, dois meses atrás. Me livrou de uma cirurgia.

— Na verdade, nem tive esse mérito. Ele expulsou a pedra antes que eu precisasse intervir.

— Ah, um bom médico se reconhece pela humildade — Christian elogiou. — Nem aceita meu agradecimento por ter me poupado de um bisturi. — Virou-se para os amigos. — Mesma hora amanhã?

Todos concordaram, seguiram para o acesso da garagem e entraram em seus carros. Depois que partiram, Christian se virou para Ethan.

— Desculpe ter exagerado a história da pedra nos rins. Eu disse a eles que por pouco não precisei de uma cirurgia. Jogar pickleball com os caras é brutal. Qualquer vantagem é bem-vinda. Se acharem que estou me recuperando de um problema, vão pegar mais leve comigo.

— Todos os caras pareciam ter uns setenta anos. Quase o dobro de sua idade.

— Idade não faz diferença no pickleball. Se tiverem chance, eles fazem picadinho de mim. Usei o truque da doença por algumas semanas, mas acho que a farsa acabou agora.

— Desculpe entregá-lo.

Christian terminou de tomar a água e fez um gesto com a mão.

— Não se preocupe. A história da pedra nos rins me ajudou a ganhar alguns jogos. Está tudo certo. Então, o que te traz aqui?

— Preciso de uma ajuda com algo em que estou trabalhando.

— Vamos entrar.

Ethan seguiu Christian pelo interior da casa e tirou a mochila do ombro, colocando-a na banqueta da cozinha. Ele abriu o zíper e retirou um saco plástico de evidências. Dentro estava o celular de Callie Jones que Pete Kramer lhe dera. Ninguém tocara nele por dez anos.

— O que você tem aí? — Christian se aproximou para ver mais de perto. — Isso é um saco de evidências?

— Sim.

Curioso, Christian arqueou a sobrancelha direita.

— É uma longa história.

— Vá em frente.

Ethan assentiu, sabendo que teria que ser sincero se quisesse a ajuda de Christian.

— Nós dois temos muito em comum.

— Sério, Ethan? Você tem pedras nos rins com regularidade e gosta de jogar pickleball?

— Não. Você deixou sua antiga vida para trás por algo diferente. Eu fiz o mesmo.

— Eu me mandei do Vale do Silício porque ia acabar morrendo se continuasse lá.

Ethan assentiu.

— Trabalhei como detetive da polícia, e deixei esse mundo pelo mesmo motivo. — Ethan viu Christian levantar um pouco o queixo, em sinal de interesse. — Eu era agente especial da Divisão de Investigação Criminal de Wisconsin.

Refletindo, Christian inclinou a cabeça.

— Você deixou a polícia... para ser médico?

— Sim. Porque, se eu tivesse continuado, aquilo teria me matado. Eu costumava investigar crimes contra crianças, e vi violência demais contra jovens. Coisas que nunca consegui impedir. O máximo que eu podia fazer era ir atrás dos criminosos e levá-los à justiça. Depois de um tempo, isso deixou de me dar qualquer satisfação, porque na sequência desse pequeno triunfo sempre havia uma criança morta. Então, pedi demissão, fui fazer medicina, e agora tento ajudar as pessoas *antes* que morram.

Confuso, Christian fez uma careta.

— Então o que você está fazendo com um celular dentro de um saco de evidências?

— Trata-se de um favor a um velho amigo. Dez anos atrás, meu antigo parceiro trabalhou em um caso de pessoa desaparecida que ficou sem solução. Como uma última tentativa de encontrar respostas, ele e o governador me pediram para dar uma olhada no caso e ver se encontro algo.

— E você encontrou?

— Tomara que você consiga me dizer. — Ethan indicou o saco de evidências. — Em 2015, uma garota chamada Callie Jones desapareceu justamente aqui, em Cherryview. A última vez que ela foi vista foi saindo da Crista. — Apontou para o lago através das janelas panorâmicas. — Os investigadores encontraram o celular e o barco de Callie, junto com gotas de sangue no píer de North Point, na manhã seguinte. Este é o celular da garota.

Christian uniu as pontas dos dedos e as flexionou, visivelmente antecipando que suas habilidades em informática estavam prestes a ser requisitadas.

— Do que precisa?

— Os agentes da DIC fizeram uma busca no celular e encontraram algumas chamadas recebidas e feitas para um pré-pago. Essa pista não deu em nada, exceto sugerir que Callie Jones estava em contato com alguém que queria permanecer anônimo.

— Parece suspeito.

— Parece. E eu preciso de sua ajuda com duas coisas. Primeiro, Callie fez várias ligações e enviou uma série de mensagens de texto para esse número pré-pago. Os peritos em tecnologia da DIC conseguiram encontrar vestígios de mensagens, mas nunca foram capazes de recuperar as mensagens originais. Eles acreditam que ela usou um aplicativo que apagava as mensagens automaticamente depois de um determinado tempo. Preciso saber se você consegue encontrá-las.

— As mensagens de texto?

— Sim.

— Talvez. Se eu conseguir acessar as entranhas do celular. Qual é o segundo problema?

— Ontem à noite, fiz algumas apurações e verifiquei a localização de onde as chamadas se originaram nos seis meses que antecederam o desaparecimento da garota. Nada pareceu importante, exceto por uma chamada que fez conexão com uma torre de celular de Chicago. Ela fez a ligação dois dias antes de desaparecer, e eu quero saber se há alguma maneira de descobrir onde exatamente Callie estava em Chicago quando fez essa chamada.

Para avaliar melhor a situação, Christian semicerrou os olhos e precisou de um tempo para refletir sobre a questão. Ele estava definitivamente em seu campo de atuação.

— Eu precisaria ter acesso ao chip.

— Podemos fazer isso. Você só precisa usar luvas.

Christian apontou para o celular.

— Traga o aparelho e venha a meu escritório.

Ethan pegou o saco de evidências que continha o celular de Callie Jones e seguiu Christian pelo primeiro andar até chegarem ao fim de um longo corredor. Christian abriu a porta de uma grande sala, cheia de monitores de computador, uma mesa com regulagem de altura e uma televisão de oitenta e cinco polegadas presa à parede. Assim que Christian entrou, todos os monitores se acenderam ao mesmo tempo.

Em um gesto de indiferença, Christian deu de ombros e ajeitou uma mecha longa de cabelo loiro-claro atrás da orelha.

— Você pode tirar o garoto do Vale do Silício, mas não tira o Vale do Silício do garoto. — Brincalhão, ele ergueu as sobrancelhas e arregalou os olhos. — Vamos dar uma olhada nesse telefone.

31

Chicago, Illinois
Sábado, 26 de julho de 2025

NO DIA SEGUINTE À VISITA A CHRISTIAN MALONE, ETHAN PEGOU a estrada de Cherryview para Chicago. Utilizando um software de rastreamento por GPS e identificando as torres de celular com as quais o sinal do telefone se conectara, Christian triangulou a provável localização de Callie Jones no momento em que fez a ligação de seu celular, na quinta-feira, 16 de julho de 2015. Christian fez uma ressalva, dizendo que não podia ter certeza absoluta, mas também deu a Ethan a impressão de que tinha poucas dúvidas de que a chamada se originara nas proximidades da esquina da Rua West Division com a Avenida North Milwaukee, no bairro de Wicker Park, em Chicago. E, mais precisamente, no número 1152 da Avenida North Milwaukee.

Ethan chegou ao cruzamento e parou no sinal vermelho, observando os estabelecimentos em cada esquina. No canto sudoeste, havia uma mercearia polonesa; do outro lado da rua, uma lavanderia; e ao lado, uma clínica veterinária. Após o sinal ficar verde, Ethan atravessou o cruzamento, seguiu pela Avenida North Milwaukee, chegou ao endereço fornecido por Christian e avistou, a sua direita, uma clínica da Planned Parenthood, provedora de serviços de saúde reprodutiva.

A uma quadra dali, ele encontrou uma vaga em uma rua lateral e estacionou o Wrangler. Voltou para a clínica a pé e entrou. A recepcionista o encarou com um olhar confuso.

— Em que posso ajudar? — ela perguntou.

Ethan retirou o distintivo da DIC e o mostrou à mulher.

— Meu nome é Ethan Hall. Sou agente da Divisão de Investigação Criminal de Wisconsin. Preciso fazer algumas perguntas sobre um caso de desaparecimento de alguns anos atrás, para verificar se há alguma forma de confirmar que a vítima passou por esta clínica.

A recepcionista parecia despreparada para lidar com a investigação de Ethan.

— É melhor você falar com minha supervisora.

— Seria ótimo.

Pouco depois, uma mulher apareceu.

— Olá. Sou Cheryl Stowe.

Ethan também se apresentou, e disse a Cheryl o mesmo que dissera à recepcionista.

— Eu gostaria muito de ajudá-lo, senhor Hall, mas as pacientes que são atendidas pela clínica são protegidas por regulamentações de privacidade de dados. Então, não poderia dizer se a pessoa que você procura passou por aqui ou não.

Ethan assentiu com a cabeça.

— Certo. A garota a quem me refiro se chama Callie Jones. Ela desapareceu de um cidadezinha perto de Madison em 2015. Consegui boas evidências forenses do celular dela que a situam neste local às dez da manhã de quinta-feira, 16 de julho de 2015, dois dias antes de seu desaparecimento. O único motivo que consigo imaginar para uma garota de dezessete anos, que morava em Wisconsin, estar parada do lado de fora deste prédio em Chicago seria para visitar esta clínica. Talvez porque estivesse grávida e querendo fazer um aborto. As evidências forenses que a colocam aqui foram convincentes o suficiente para um juiz expedir um mandado, o que me permite verificar seus registros.

Ethan apresentou o mandado de busca, mas não mencionou que o juiz, que o emitira às vinte horas da noite anterior, era amigo pessoal do governador Mark Jones.

Tensa, a supervisora engoliu em seco e concordou com um gesto de cabeça.

— Claro. Posso mostrar o que você precisar. Só preciso fazer uma ligação e consultar minha chefe.

— Sem problema.

Meia hora depois, Ethan, sentado no escritório de Cheryl Stowe, via-a digitar no computador.

— Agora sou a supervisora da clínica — Cheryl disse. — Mas em 2015, eu era enfermeira. Nossos registros digitais vão até 2008. Então, devemos conseguir acessar o que você procura de julho de 2015 por meio do sistema eletrônico de prontuários médicos. Se a garota passou pela clínica, eu vou saber em um minuto. Você disse que o nome dela era Callie Jones? — Cheryl perguntou, digitando. — Sabe a data de nascimento dela?

— Sete de agosto de 1997.

Cheryl terminou de digitar e fez um gesto negativo com a cabeça.

— Não há nenhum registro de Callie Jones em nossa clínica. É o nome completo dela?

— Sim — Ethan respondeu, com evidente decepção.

— Ela desapareceu?

Ethan assentiu.

— Dois dias depois de fazer uma ligação do lado de fora desta clínica, ela sumiu.

— E tem certeza de que ela recorreu a nossa clínica?

— Não. Mas sei que uma garota de dezessete anos, de uma pequena cidade de Wisconsin, a quase duzentos e cinquenta quilômetros daqui, fez uma ligação da esquina do lado de fora deste prédio. Dois dias depois, ela desapareceu. Meu palpite é que ela estava grávida e veio para Chicago para fazer uma aborto. E a gravidez dela pode estar diretamente relacionada a seu desaparecimento.

— Muitas pacientes que vêm a nossa clínica não usam seus nomes verdadeiros. Muitas mulheres, sobretudo adolescentes, têm medo de que os pais descubram. Então, usam nomes falsos. Essa garota pode ter feito isso.

— Então Callie pode ter vindo a Chicago, usado um nome falso e feito um aborto sem o conhecimento dos pais?

— Sim — Cheryl afirmou. — A lei não exige o consentimento dos pais para fazer um aborto em Illinois. No entanto, se essa garota fosse menor de idade, ou seja, com menos de dezoito anos, ela teria precisado de autorização dos pais para fazer um aborto em Wisconsin na época.

— Mas não aqui?

Cheryl meneou a cabeça.

— Aqui em Illinois, não.

As primeiras peças do quebra-cabeça que Ethan vinha montando começaram a se encaixar. Callie Jones estava grávida e viera àquela clínica, que não notificaria seus pais, para fazer um aborto. Viajara até Chicago para que o pai político e a mãe dominadora não descobrissem. Então, Callie ligou para alguém, possivelmente daquele mesmo prédio, para o celular pré-pago que adquirira em dinheiro. O telefone que agora estava na casa dele. O mesmo que Francis Bernard o direcionara a encontrar.

— Você disse que trabalhava como enfermeira em 2015?

— Sim, senhor. Estou aqui há quase vinte anos. Em 2015, eu era a enfermeira-chefe.

— E como enfermeira-chefe, qual era exatamente sua função?

— A enfermeira-chefe também é chamada de Mamãe Urso. A maioria das mulheres que aparece aqui está em conflito com a decisão, por causa do estigma que nossa sociedade criou em torno do aborto. Eu ajudava essas mulheres, principalmente as mais jovens, a passar por todo o processo.

Ethan tirou a mochila do ombro, abriu o zíper da parte de cima e retirou uma pasta, de onde apanhou uma foto de Callie que colocou sobre a mesa.

— Sei que já faz muito tempo, mas você viu esta garota antes?

Cheryl puxou a foto para mais perto e, em choque, levou a mão ao peito.

— Meu Deus! É ela!

32

Chicago, Illinois
Sábado, 26 de julho de 2025

— **EU CONHEÇO ESSA GAROTA.** — **CHERYL SEGURAVA A FOTO** de Callie. — Ela esteve em nossa clínica. Já faz anos, mas eu me lembro dela.

— Como? — Ethan perguntou.

— Porque... — Cheryl fez uma pausa, contendo as lágrimas. — Ela voltou para me agradecer.

— Agradecer pelo quê?

Para se recompor, Cheryl respirou fundo, encarando a foto.

— Esta garota apareceu aqui visivelmente atormentada. Ela disse que não queria que os pais soubessem que estava grávida, nem que ia fazer um aborto. Dava para ver que estava assustada e insegura sobre a decisão.

— A decisão de abortar?

— Sim. Ela me disse que era uma atleta de alto nível de algum esporte.

— Vôlei.

Cheryl confirmou.

— Sim, isso mesmo. E tinha acabado de ser aceita na faculdade. Ou era um programa que incluía faculdade e escola de medicina. Um programa de elite, de oito anos. E por causa de tudo isso, ela estava carregando um peso enorme nos ombros.

— Olha, Cheryl, eu acredito em tudo o que você está dizendo, porque corresponde à situação de Callie Jones. Mas como consegue se lembrar de tudo isso com tanta clareza, dez anos depois?

— Por causa de algo que ela me disse. Foi uma citação, e eu nunca a esqueci. Ela falou: *A tragédia da vida não é perder, mas quase ganhar.*

Ethan se lembrou de sua conversa com Lindsay Larkin. Ela mencionara a mesma citação, e disse que ela e Callie a usaram como motivação depois de perderem o campeonato estadual no primeiro ano.

— Ficou gravada em mim — Cheryl disse. — Nunca saiu da minha cabeça. E eu interpretei mal o que ela estava tentando me dizer. Achei que a garota sugeria que a gravidez faria com que ela perdesse tudo o que conquistara com tanto esforço: a aceitação na faculdade, a chance de cursar medicina, seu status com os pais, amigos e tudo o mais. Mas não era isso o que ela queria dizer. Ela queria dizer que o bebê que esperava era sua chance de conquistar tudo o que realmente queria da vida. E que ela estava tão perto de conseguir, mas prestes a perder.

— Estava prestes a perder porque ela ia fazer um aborto?

— Sim. Depois que ela me explicou isso, eu pedi para ela esperar. As pessoas acham que tudo o que fazemos aqui é incentivar os abortos, mas isso não é verdade. Nós ajudamos as mulheres em dificuldades. E essa garota estava desesperadamente precisando de ajuda. Eu pedi para ela adiar o aborto e refletir sobre o que fazer. Para conversar com o pai a respeito.

— E ela fez isso?

— Sim. Ela decidiu adiar o aborto e foi embora, mas voltou no dia seguinte. Ao vê-la de novo, achei que tivesse decidido abortar. Porém, não foi por isso que ela voltou, mas para me agradecer por ajudá-la a pôr as ideias em ordem. Ela disse que ia ter o bebê, e eu pude perceber, só por sua postura, que ela era uma pessoa diferente da que eu conhecera na véspera. Mais feliz. Mais em paz. Ela me deu um abraço forte, disse que eu tinha mudado sua vida para sempre, e foi isso. Ela foi embora e eu nunca mais a vi. Até agora. — Cheryl ainda contemplava a foto de Callie Jones. — Mas eu nunca me esqueci dessa garota. De certa forma, ela mudou minha vida tanto quanto ela afirmou que eu mudei a dela.

Surpreso com a revelação, Ethan passou a mão pelo cabelo.

— Você concorda em dar uma declaração formal explicando tudo o que acabou de me contar?

Cheryl desviou os olhos da foto.

— Ela está bem?

Ethan fez um gesto negativo com a cabeça.

— Está desaparecida há dez anos. Mas o que você acabou de me dizer pode me ajudar a descobrir o que aconteceu com Callie.

— Vou ajudar no que for possível.

Ethan anotou os dados de contato de Cheryl Stowe e saiu da clínica. Ele acabara de fazer o primeiro progresso em um caso sem solução de dez anos. E a origem fora Francis Bernard.

33

Em algum lugar ao norte de Madison
Sábado, 26 de julho de 2025

ELA OUVIU A PORTA DO CARRO BATER COM FORÇA. FAZIA DOIS dias desde que a mulher mascarada viera entregar a comida pela fresta da porta. Ela correu até o outro lado do quarto e levantou a portinhola para espiar. Ouviu a porta da frente no andar de cima se abrir, e depois passos pesados descendo a escada do porão. Quando a mulher apareceu na escada, uma balaclava preta cobria seu rosto. Ao ver que a mulher vinha em direção à porta, ela soltou a portinhola, que se fechou com um barulho.

Pouco depois, a fresta se abriu, e um par de algemas caiu no chão com um ruído metálico.

— Pega as algemas e vá para o outro lado do quarto — a mulher disse, de forma breve e ríspida.

Ela tinha sotaque?

— Agora! — a mulher exclamou.

Ao achar que algo terrível estava prestes a acontecer, ela sentiu o medo e a angústia tomarem conta. Apanhou as algemas prateadas no chão e correu para o outro lado do quarto. A mulher levantou a portinhola e falou pela fresta:

— Feche a porta do banheiro.

Ela obedeceu.

— Agora, algeme-se na maçaneta.

Ela olhou para as algemas e depois de volta para a fresta da porta.

— Algeme-se à porta ou a coisa vai piorar. E rápido! — a mulher advertiu, com a voz subindo de tom a cada uma das últimas palavras.

Ela fez um esforço mental para pensar nas opções. Havia apenas duas: obedecer e sofrer as consequências de abrir mão da capacidade de reagir, caso a mulher entrasse no quarto; ou recusar e lidar com o que viesse depois.

A mulher voltou a falar pela fresta, lenta e calmamente desta vez:

— Algeme-se à porta ou vou lançar produtos químicos no quarto que farão você desmaiar. Esse é o jeito difícil de fazer isso, mas estou disposta.

Ela viu uma mangueira aparecer pela fresta da porta. Sentiu lágrimas encherem os olhos até rolarem pelo rosto.

— Tudo bem! — ela gritou, prendendo uma das algemas ao pulso esquerdo e a outra na maçaneta da porta do banheiro.

A mangueira sumiu e a mulher espiou pela fresta.

— Mostre-me — a mulher disse. — Afaste o braço.

Ela puxou com força as algemas para provar que estava firmemente presa à porta.

A fresta se fechou e uma chave fez barulho na fechadura. Então, pela primeira vez desde que estava ali, a porta se abriu. A mulher entrou no quarto. Era alta e magricela.

— Por favor, não me machuque.

A mulher jogou algo nela. De maneira instintiva, ela cerrou as pálpebras e se encolheu. Ao ouvir um som abafado, abriu os olhos e viu um jornal no chão a sua frente. Era um exemplar do *Milwaukee Journal Sentinel*. Ela observou a primeira página e constatou que tinha a data daquele dia.

— Segure o jornal diante de si — a mulher ordenou.

A mulher usava óculos escuros grandes para esconder os olhos, enquanto uma balaclava preta ocultava o rosto.

— Levante-o — a mulher instruiu.

Ela estendeu a mão e pegou o jornal.

— Na frente de seu peito — a mulher mandou. — Pouco abaixo do queixo.

Ela segurou o jornal e viu a mulher erguer o celular. O flash a cegou momentaneamente, e ela mal percebeu quando a mulher lançou algo em sua direção antes de se virar e sair do quarto. A porta foi batida com força, e ela ouviu novamente o barulho da fechadura. Pouco depois, escutou os passos subindo a escada e o trinco da porta principal sendo acionado.

Quando sua visão voltou, ela olhou para os pés e viu o que a mulher havia jogado para ela. Era a chave das algemas.

34

Cherryview, Wisconsin
Sábado, 26 de julho de 2025

ETHAN SERVIU DUAS XÍCARAS DE CAFÉ E SE SENTOU COM MADDIE à mesa da cozinha. Inquieto, ele passou a mão pelo cabelo.

— Ela estava grávida? — Maddie perguntou.

— Segundo a mulher da clínica de Chicago, sim. Callie foi até lá para fazer um aborto, mas desistiu.

— Então, temos uma adolescente de dezessete anos grávida que decidiu ter o bebê. Se eu estivesse à frente desse caso, minha lista de pessoas que não gostaram desse decisão seria bem longa.

Ethan contara a Maddie tudo o que descobrira na última semana de investigação.

— Incluiria o pai da criança. Talvez fosse um colega de classe que não quisesse ter um filho na adolescência. Além dele, incluiria a mãe de Callie, embora isso pareça terrível. Ela desejava uma vidinha perfeita para a filha, que deveria se tornar uma cirurgiã de renome mundial. Ter um filho na adolescência não se encaixava nesse plano. Incluiria também o pai dela. Governador hoje, mas senador estadual naquela época e uma estrela política em ascensão. Uma filha adolescente desaparecida atrairia mais simpatia dos eleitores em potencial do que uma filha adolescente grávida. E eu investigaria a fundo o padrasto da garota. Para ter certeza de que não havia nada de sinistro entre eles.

Surpreso, Ethan ergueu as sobrancelhas.

— Essas são acusações graves, detetive Jacobson.

— Estou apenas dizendo como eu abordaria o caso se eu fosse responsável por ele.

— São abordagens lógicas. Se a mãe de Callie teve algo a ver com o desaparecimento da filha, jamais saberemos. Ela se suicidou no ano seguinte ao desaparecimento de Callie.

— Talvez a culpa a tenha consumido.

Pensativo, Ethan estreitou os olhos.

— É possível.

— E o pai dela?

— O argumento de proteger sua carreira política é válido, mas isso pressupõe que ele sabia que Callie estava grávida. Tudo o que descobri sugere que ele não sabia. Além disso, por que reabriria o caso depois de dez anos se ele saiu impune?

— Sim, concordo. — Maddie ajeitou o cabelo. — Bastante arriscado, ainda mais quando ninguém estava pressionando para ele reexaminar o caso.

— O padrasto é uma ideia bem sombria. Terei de pensar bem em como abordar esse tópico.

— Então, resta o pai do bebê de Callie. — Maddie arqueou uma sobrancelha. — Alguma ideia de quem poderia ser?

— Não, mas tenho que acreditar que ele vinha se comunicando com Callie por meio do Samsung pré-pago.

— Você está fazendo a perícia no telefone?

Ethan meneou a cabeça.

— Não oficialmente, mas tenho um amigo cuidando disso.

— Você não contou sobre o telefone para Pete? Ou para o governador Jones?

— Ainda não.

— Eles pediram sua ajuda, Ethan. Você descobriu coisas que ninguém descobriu na época. Callie estava grávida. E você achou o celular pré-pago pelo qual Callie ligava e enviava mensagens, que provavelmente pertencia ao pai do filho dela em gestação. Ele gostariam de saber tudo isso.

— Sim. E também gostariam de saber como Francis Bernard me levou até o celular pré-pago. Ainda não sei como explicar isso.

— Então volte lá e pergunte para ele.

Ethan assentiu e fechou os olhos por um instante ao pensar em falar com Francis de novo.

— Vou me encontrar com Lindsay Larkin hoje para refazer os passos de Callie na noite em que ela desapareceu.

— E Francis?

— Estou na lista de visitantes para vê-lo amanhã.

Ethan sabia que era inevitável voltar a Boscobel. Precisava descobrir o que Francis queria dele, e o que mais ele sabia sobre Callie Jones.

35

Cherryview, Wisconsin
Sábado, 26 de julho de 2025

ETHAN SUBIU A BORDO DA LANCHA 32 DEFIANT FABRICADA
pela Metal Shark, que integrava a frota de embarcações de patrulha perten-
centes à DIC e mantidas pelo Departamento de Polícia de Madison. Ele se
virou e estendeu a mão para ajudar Lindsay Larkin a embarcar. Ethan também quis ajudar Pete Kramer, mas este rejeitou sua mão.

— Não sou nenhum maldito inválido — Pete resmungou.

Ethan não protestou nem disse que Pete era, na verdade, a própria definição de um inválido. Então, ele deu um passo para trás no momento em
que o amigo jogou dentro do barco a bengala que passara a usar recentemente e conseguiu descer para a cabine sem ajuda, desabando com força e
sem cerimônia no assento. Um policial do Departamento de Polícia de Madison ligou o motor e manobrou a embarcação para longe do píer de North
Point.

Com o ar carregado de umidade, a temperatura vespertina girava em
torno dos quarenta graus. Ethan usava uma calça social e uma camisa de
mangas curtas. Lindsay vestia uma regata de seda e jeans. Por sorte, Pete
tirara o paletó esporte assim que se acomodou na embarcação. Quando a
lancha partiu, todos sentiram alívio com a brisa.

— Há uma ilha no meio do lago — Pete informou por cima do barulho
do motor. — O nome dela é Crista. Antigamente, havia um bar e churrasca-
ria lá, mas o estabelecimento fechou em 2017. Callie estava lá na noite em que
desapareceu. Pelo que sei, foi o último lugar onde alguém a viu com vida.

— Você estava lá, Lindsay, naquela noite na Crista? — Ethan quis saber.

— Sim, todos nós estávamos. Todas as amigas e grande parte do time
de vôlei.

— E você viu Callie?

Lindsay assentiu.

— Sim, fomos até a Crista no barco dos pais dela. Fiquei com Callie a
noite toda, até ela ir embora.

A lancha adernou para bombordo ao singrar o Lago Okoboji. Um borrifo de água veio da proa e atingiu o rosto de Ethan, proporcionando um alívio contra o calor. Eles percorreram o lago durante quinze minutos até que os motores desaceleraram e a ilha ficou visível. Era uma pequena extensão de terra, com apenas umas poucas centenas de metros de largura, que emergia da superfície do Lago Okoboji. Um longo píer, que já tivera dias melhores, estendia-se da terra como um dedo artrítico. O condutor levou a lancha até o cais, e Ethan providenciou a amarração da proa.

— Antigamente, isto aqui era um bar e restaurante muito frequentado. O único no lago — Pete disse.

Ethan contemplou o lago. Em todas a direções, as margens estavam ocupadas por casas. Uma estradinha de terra ligava o continente à parte de trás da ilha.

— E a família de Callie tinha uma casa à beira do lago?

— Sim. Tinha uma grande casa em Harmony Bay. — Lindsay apontou para o local onde ficava a propriedade.

Ethan se lembrou de que Harmony Bay também era o lugar onde ficava a mansão de Christian Malone, e perguntou-se se o guru da tecnologia teria feito algum progresso na recuperação das mensagens de texto apagadas do chip de Callie. Francis Bernard e sua próxima visita marcada para domingo de manhã também perturbaram seus pensamentos, mas Ethan afastou as distrações num piscar de olhos. Recordou-se de seu antigo mantra, de seus tempos de detetive. *Uma coisa de cada vez, Ethan.*

Todos desembarcaram da lancha e se dirigiram até uma construção em estado de abandono, a poucos metros do cais.

— Eu diria que este lugar seria uma mina de ouro. O único restaurante em um lago rodeado de casas.

— E era, Ethan — Lindsay confirmou. — Na época do ensino médio, ficava lotado, mas as pessoas pararam de vir depois que Callie desapareceu. Energia negativa e rumores sobre o que aconteceu com ela afastaram os frequentadores.

— O que vocês faziam naquela noite? — Ethan perguntou.

— Jogávamos vôlei nas quadras de areia. Vamos, eu mostro para vocês.

Eles contornaram o antigo restaurante até que as quadras de vôlei ficaram à vista, agora apenas retângulos cobertos de mato e postes enferrujados entre os quais as redes eram penduradas.

— Essas quadras de vôlei eram uma grande atração na época. — Lindsay ajeitou o cabelo para trás. — Ficavam sempre cheias. E quando as pessoas viam que Callie e eu estávamos jogando... Sabe, muita gente gostava de nos assistir.

Ethan imaginou a bela jovem de dezessete anos, que atraía uma enorme quantidade de fãs que a viam participar de competições nas quadras de vôlei e também a seguiam até a Crista para vê-la jogar partidas de lazer na areia. Imaginou homens de meia-idade observando Callie Jones das arquibancadas, e as intenções maldosas que talvez tenham surgido da admiração secreta.

— Vocês duas tinham... Acho que posso chamar de fãs? Isso rolava?

Lindsay deu de ombros.

— Pode ser, mas ninguém que a gente soubesse. Em geral, Cherryview era nossa base de fãs.

Ethan tirou um bloco de notas do bolso. Era novo. Anotou algo.

— Então vocês jogaram vôlei naquela noite?

— Sim. E a gente estava se preparando para jogar contra dois caras do time de futebol americano que tinham nos desafiado. Era algo que acontecia direto. Os caras sempre queriam jogar contra nós porque nunca conseguiam ganhar num jogo de duplas. A notícia de que a gente ia jogar se espalhou. Então, as pessoas começaram a sair do restaurante e se reunir ao redor da quadra para assistir. Estava rolando uma partida, e ficamos esperando que terminasse. Mas, naquela noite, acabamos não jogando.

— Por quê?

— Callie recebeu uma mensagem e precisou ir embora.

— Quem mandou a mensagem?

— A mãe dela. Callie disse que a mãe precisava dela em casa.

— A que horas isso aconteceu?

— Nove. Ela foi embora, e eu nunca mais a vi.

— Ninguém nunca mais a viu — Pete afirmou. — E a mensagem não era da mãe dela. Os registros telefônicos mostram que a mensagem veio do Samsung pré-pago.

Ethan caminhou até as quadras de vôlei cobertas de mato, com os pés afundando na pouca areia que restava. Olhou em volta, imaginando Callie Jones naquele exato lugar, dez anos antes.

VERÃO DE 2015

CHERRYVIEW, WISCONSIN
SÁBADO, 18 DE JULHO DE 2015

Callie estava à beira da quadra de vôlei de areia e tentava se concentrar para assistir ao desenrolar do jogo. Os clientes do restaurante aplaudiram quando um dos jogadores deu uma cortada e ganhou um ponto. Callie sabia que eles estavam aplaudindo não pelo ponto em si, mas porque isso aproximava o jogo de seu fim. E, assim que a partida em andamento terminasse, ela e Lindsay entrariam na quadra para desafiar os dois jogadores de futebol americano que vinham fazendo provocações. Callie e Lindsay estavam invictas no vôlei de areia na Crista, e todo jogador de futebol americano queria ser o responsável por acabar com a sequência de vitórias delas.

O público crescia a cada minuto, mas os pensamentos de Callie estavam em outro lugar. Ela fora até a Crista só para agradar as amigas, que pegaram no seu pé quando ela disse que não queria sair no sábado à noite. Callie preferia estar em outro lugar esta noite. Ficou olhando para o celular, esperando uma mensagem de Blake. Ela vinha tentando entrar em contato com ele desde o treino na parte da manhã, mas todas as suas mensagens e ligações ficaram sem resposta. Finalmente, o celular vibrou com uma mensagem de texto:

O que houve?

Callie digitou rapidamente a resposta:

Preciso te ver.

Onde você está?

Na Crista.

Você está bem?

> Preciso falar com você sobre o
> bebê.

Não houve resposta. Callie sentia a necessidade urgente de falar com ele. Queria ligar em vez de mandar mensagem, mas havia muito barulho na Crista, e ela receava que alguém ouvisse. Olhou ao redor para ter certeza de que ninguém estava prestando atenção nela.

> Decidi ficar com ele.

Dessa vez, a resposta foi imediata:

> Então você não fez?

> Não. Eu quero ter este bebê COM
> VOCÊ. Quero começar uma nova vida
> com você. Preciso te ver esta
> noite.

> Você está com o barco de seus
> pais?

> Sim.

> Vamos nos encontrar no píer de
> North Point. Eu te espero lá.

> Te amo, Blake.

> Eu também te amo.

Por mais um momento, Callie ficou olhando para o celular. Sua vida estava prestes a mudar, e ela sentiu o peso do último ano se afastar de seus ombros. Sentia-se pronta para tudo o que estava por vir. Para se acalmar, respirou fundo e secou uma lágrima que rolou em seu rosto. Passou o dedo na tela do celular para apagar a sequência de mensagens. O aplicativo de mensagens criptografadas que ela e Blake usavam prometia que as mensagens de texto apagadas desapareciam para sempre. A ideia de usar o aplicativo foi de Blake. Ele sempre a alertara sobre deixar rastros de comunicação no celular dela.

Callie deu as costas para as quadras de areia, pronta para correr até seu barco.

— Quem era?

Callie tirou os olhos do celular, e deparou com Lindsay atrás dela.

— Ah, hum, minha mãe — Callie mentiu. — Ela quer que eu vá para casa.

Lindsay fez uma careta.

— São nove horas de um sábado.

— A turma de sempre começou a chegar. — Callie cantarolou a música de Billy Joel, tentando distrair Lindsay da urgência que ela transparecia. Deu um sorriso forçado. — Tem um velho sentado a meu lado — continuou e, em desagrado, torceu o nariz. — Não?

— A gente vai jogar a próxima.

— Não vai dar, Linds. Minha mãe me chamou por algum motivo.

— Por que sua mãe é tão chata?

— E ela costuma fazer algo que faça sentido? — Callie meneou a cabeça. — Ela deve estar surtando por alguma coisa. Vou levar o barco para casa. Volto daqui a uma hora. Daí, jogamos contra esses caras. Vamos dar uma surra neles.

— Tem certeza de que está tudo bem?

Callie sentiu outra lágrima rolar pelo rosto. Rapidamente, ela a secou.

— Sim. Tudo certo. A gente se vê mais tarde.

Callie saiu correndo em direção a seu barco.

36

Cherryview, Wisconsin
Sábado, 26 de julho de 2025

ELES VOLTARAM A BORDO DA 32 DEFIANT E SE AFASTARAM DA
Crista. Ethan continuou a escrever em seu bloco de notas, adicionado à cronologia que criara sobre as atividades de Callie na noite de seu desaparecimento.

— Você disse que eram nove da noite quando Callie foi embora da ilha? — Ethan perguntou a Lindsay por cima do barulho dos motores do barco.

— Sim. Eu me lembro da hora porque Callie fez uma piada com *Piano Man*, de Billy Joel, quando eu disse que ela estava saindo às nove da noite de um sábado.

— A turma de sempre começa a chegar? — Pete comentou.

— Isso — Lindsay assentiu. — Algo assim.

— E a irmã mais nova falou que ela passou em casa por volta das nove e quinze — Pete acrescentou. — Ela pegou um moletom antes de sair de novo com o barco.

Ethan lera no arquivo do caso que Jaycee Jones mencionara ter acobertado Callie algumas vezes naquele verão, quando ela saía escondida tarde da noite. Jaycee não sabia com quem Callie vinha se encontrando. Só sabia que a irmã lhe pedira para que ela a acobertasse, caso a mãe perguntasse onde Callie estava.

— Ali. — Lindsay apontou para a direita. — É a antiga casa de Callie.

O policial que conduzia a lancha fez uma curva e seguiu em direção à margem. Ele desligou os motores ao se aproximarem do cais. Ethan consultou seu relógio.

— Faz sentido se ela partiu da ilha às nove e foi em direção a casa. A gente levou quinze minutos para chegar aqui. A irmã de Callie disse que ela passou em casa só para pegar um moletom e saiu de novo logo depois. Digamos, uma parada de cinco minutos?

Lindsay e Pete concordaram. Ethan fez uma anotação em seu bloco e pediu ao condutor:

— Leve-nos de volta ao píer de North Point.

A proa se ergueu assim que o condutor acelerou a lancha. Foram necessários seis minutos para chegar ao píer.

— O barco foi encontrado atracado no cais na manhã de domingo — Pete comentou.

— Se Callie saiu da casa às nove e vinte e veio direto para cá, chegou aqui antes das nove e meia. O celular e o sangue foram encontrados em que lugar?

Todos desembarcaram da lancha e caminharam até o final do cais, onde terminava o caminho de cascalho que levava ao estacionamento.

— Bem aqui. O celular estava no chão, e manchas de sangue foram encontradas por aqui. — Pete indicou o cascalho.

Ethan se lembrou das fotos da cena do crime que estavam na pasta.

— Então, Callie estava na Crista às nove horas, preparando-se para jogar uma partida de vôlei, quando recebeu uma mensagem. Ela disse para a melhor amiga que a mensagem era de sua mãe. Mas sabemos que, na verdade, era do Samsung pré-pago.

Ethan percorreu com os olhos o píer de North Point.

— Ela faz uma breve parada em casa e depois volta a sair com o barco. O barco só torna a ser visto no domingo de manhã, por um pescador que não consegue lançar seu barco de pesca porque o barco de Callie está atracado ao cais e bloqueando a rampa de lançamento.

— Exato. A polícia apareceu para rebocar o barco. Verificaram o registro da embarcação e ligaram para os Jones por cortesia. Foi então que a mãe de Callie disse que percebeu que a filha não tinha voltado para casa na noite anterior. E isso nos deixa com a pergunta que não quer calar. — Pete ergueu as sobrancelhas. — Aquela que eu venho tentando responder há dez anos.

Pensativo, Ethan inclinou a cabeça, completando o pensamento do amigo:

— Quem mandou a mensagem para ela na Crista?

— É isso aí! — Pete exclamou.

Ethan ainda não contara a Pete que descobrira que Callie Jones estava grávida quando desapareceu. Nem que ela havia decidido, justamente na véspera, manter a gravidez em vez de fazer um aborto. Ethan suspeitava fortemente que a mensagem recebida por Callie na Crista viera do pai da criança.

Ele olhou para o outro lado do lago. A mansão de Christian Malone mal era visível ao longe. Esperava que o guru da tecnologia estivesse fazendo progressos na recuperação da sequência de mensagens.

37

Boscobel, Wisconsin
Domingo, 27 de julho de 2025

ETHAN PASSOU PELA SEGURANÇA E FICOU OLHANDO ATRAVÉS do vidro para a cadeira vazia a sua frente. Tentava esconder sua frustração por estar na situação de precisar de informações do assassino de seu pai.

Um bipe alto soou. A luz na parede acima da entrada piscou, seguida por um longo zumbido enquanto a fechadura se destrancava. A porta se abriu, e Francis entrou na área destinada às visitas, com as mãos algemadas à frente e os tornozelos acorrentados. Seus olhos azul-claros contrastavam com sua pele inacreditavelmente pálida.

Ethan levantou o telefone e o colocou junto ao ouvido. Francis se sentou e fez o mesmo.

— Você precisa tomar sol, Francis. Está com a cor de um morto.

— Me deixam na cela por dias seguidos, apesar de a lei estadual estipular que os presidiários devem passar duas horas fora do confinamento a cada dia.

Confuso, Ethan franziu a testa.

— Você não espera que eu fique sensibilizado, espera?

— Não. Só estou preparando o terreno.

— Para o quê?

— Encontrou meu pacote?

— Sim, e quero saber como você sabia que o telefone estava lá.

— Desse modo, posso supor que o Agente Especial Cem por Cento examinou esse telefone.

Ethan fez que sim com a cabeça.

— Então você sabe que é o celular pré-pago descartável que seus amigos da DIC não conseguiram encontrar em 2015 durante a investigação original. E sabe que a pequena Callie Jones ligou para o dono dele várias vezes.

Ethan fizera as contas e analisara as possibilidades em sua mente. Francis estava preso fazia trinta e dois anos, desde 1993. Callie Jones desapareceu em 2015. Não havia jeito nenhum de Francis ter se envolvido diretamente no sumiço dela.

— Como ficou sabendo algo sobre Callie Jones, Francis?

— Já falamos sobre isso.

— Como sabia onde o telefone estava?

— Ah, Ethan! — Francis exclamou, dando um sorriso irônico. — Eu sei muito mais do que a localização do telefone para o qual a garota ligava. Sei quem era o dono do telefone, e onde a garota está hoje.

Ethan se esforçou para manter a calma.

— Como? Você já estava preso fazia mais de vinte anos quando Callie desapareceu.

— Como eu sei é irrelevante. *O que* eu sei é crucial. E o mais importante: o que eu quero em troca dessa informação.

Nesse momento, Ethan sorriu.

— Você não é tão idiota a ponto de achar que eu realmente negociaria com você, é?

Ethan se inclinou em direção ao vidro, perto o suficiente para ver o aspecto quase sobrenatural dos olhos de Francis. Previu que Francis tentaria usar o que soubesse sobre o desaparecimento de Callie para obter algum favor que acreditava que Ethan poderia lhe fazer. Mas, em um breve período de tempo, Ethan levantara diversas informações novas sobre o caso de Callie Jones para se sentir confiante de que, com mais tempo e determinação constante, conseguiria descobrir o resto por conta própria. Quem era o pai do bebê de Callie, e se essa pessoa tinha algo a ver com o desaparecimento dela. Francis forçara demais a barra, e ele podia muito bem ir para o inferno com qualquer pedido que estivesse prestes a fazer.

— Pode ficar com todas as informações que conseguiu, Francis, por mais degradantes que tenham sido os meios. Você nunca conseguirá nada de mim, além da promessa de uma vida inteira em sua cela minúscula e solitária.

— Volte ao armazém. — Francis, encarando Ethan sem piscar, continuou, com uma urgência contida: — No alto das vigas, há um baú. Vá até lá, agente especial Hall, e veja o que está a sua espera. Depois, volte aqui e tente manter a promessa que acabou de fazer.

Francis desligou o telefone e se ergueu da cadeira, mantendo o olhar fixo em Ethan até que o guarda o segurou pelo braço e o levou dali.

38

Milwaukee, Wisconsin
Domingo, 27 de julho de 2025

ETHAN ENTROU DIRIGINDO NA ÁREA ABANDONADA DO VALE
do Rio Menomonee, no coração de Milwaukee, cruzou os trilhos da ferrovia
como fizera da última vez e acelerou pela rua em péssimo estado, com seu
Jeep Wrangler chacoalhando nos buracos até encontrar o armazém número
9. Pegou uma lanterna no console central, retirou a Beretta do porta-luvas,
saiu do veículo e enfiou a arma na cintura ao se aproximar do armazém.
Girou a maçaneta e abriu a porta. As dobradiças rangeram, com o som
ecoando no espaço vazio, enquanto o armazém deixava escapar ar quente
pela entrada, cobrindo imediatamente o rosto e o pescoço de Ethan com uma
camada de suor.

Ele entrou no galpão escuro, iluminou com a lanterna para ter certeza
de que estava vazio e então dirigiu a atenção para o canto sudeste, onde viu
um mezanino na altura das vigas. Apressou-se até lá, olhando para o patamar que ficava seis metros acima dele. Uma escada pendia da grade metálica, com o degrau mais baixo ao nível dos olhos de Ethan. Ele puxou a
escada para testar sua resistência e, após se convencer de que a velha e enfer-
rujada estrutura suportaria seus noventa quilos, subiu os degraus até o
mezanino acima.

Ao chegar à plataforma do mezanino, ele iluminou o local com a lanterna e avistou um baú de metal colocado no canto. Concluiu a subida e rastejou até o baú. Inspecionou-o em busca de sinais de armadilha ou de
qualquer outro indício de que a abertura do baú pudesse machucá-lo seria-
mente. Algo perfeitamente plausível vindo de Francis Bernard. Por fim,
Ethan ergueu a tampa e apontou o facho de luz para dentro. Viu dois objetos no fundo do baú.

O primeiro era uma foto 20 x 25. Para enxergar melhor, Ethan semicerrou os olhos. A foto mostrava uma jovem em um cômodo e algemada a uma
porta. Ela segurava um exemplar do *Milwaukee Journal Sentinel*, cuja primeira
página tinha a data do dia anterior.

Por mais um momento, Ethan examinou a foto antes de pegar o segundo item do baú. Era um exemplar do *Milwaukee Journal Sentinel*, aberto em uma reportagem com detalhes sobre o desaparecimento de uma mulher de Milwaukee, ocorrido semanas antes, em junho. O nome dela era Portia Vail. Ethan voltou a olhar para a foto 20 × 25 e reconheceu a mulher desaparecida. E que, de alguma forma, mesmo confinado em uma solitária de um presídio de segurança máxima, Francis Bernard era o responsável por seu desaparecimento.

Quando Ethan ergueu o exemplar para ler os detalhes, uma ficha pautada caiu das páginas do jornal. Passou pela grade metálica e flutuou até o chão do armazém. Com a foto da mulher desaparecida na mão, Ethan desceu rapidamente pela escada, saltou nos últimos metros e caiu com força. Encontrou a ficha pautada, iluminou-a com a lanterna e leu a mensagem escrita com letras de forma bem traçadas:

Apresse-se, agente especial Hall. Callie Jones está morta e enterrada, mas o tempo está tiquetaqueando neste caso...

PARTE V
A OUTRA GAROTA

39

Cherryview, Wisconsin
Domingo, 27 de julho de 2025

ETHAN SE ORGANIZOU NA MESA DA COZINHA. COLOCARA TANTO a foto da garota quanto o jornal em sacos plásticos com fecho para preservar qualquer evidência que pudesse restar neles. Abriu seu laptop e digitou o nome *Portia Vail* no mecanismo de busca. O primeiro resultado foi a reportagem do *Milwaukee Journal Sentinel*, a mesma que agora estava dentro de um saco de evidências improvisado em sua bancada. Abriu o link e leu:

> MILWAUKEE, WISCONSIN, 26 DE JULHO DE 2025
>
> **PORTIA VAIL** foi dada como desaparecida por seu noivo na sexta-feira, 4 de julho. Ela se ausentara de seu emprego na Universidade de Wisconsin--Milwaukee, onde trabalhava como assistente de pesquisa, por uma semana. A jovem de vinte e sete anos foi vista pela última vez no sábado, 28 de junho. Um celular pertencente à vítima foi encontrado em seu apartamento, juntamente com sua bolsa e outros itens pessoais, sugerindo que seu desaparecimento não estava relacionado a um roubo.
>
> De acordo com algumas fontes, o apartamento da vítima não apresentava sinais de arrombamento.
>
> A Divisão de Pessoas Desaparecidas do Departamento de Polícia de Milwaukee está investigando o caso, mas não retornou as ligações do Sentinel para comentar.
>
> Esta é uma investigação em andamento. Caso alguém tenha informações sobre Portia Vail, solicita-se que entre em contato pelo número de linha direta abaixo.

Ethan desviou o olhar do computador e o dirigiu para a foto de Portia Vail algemada a uma porta de banheiro. Pegou os sacos contendo a reportagem do jornal e a foto e saiu apressado pela porta principal. Entrou em seu carro e seguiu na direção leste, rumo a Milwaukee. Ligou para Maddie durante o percurso.

40

Milwaukee, Wisconsin
Domingo, 27 de julho de 2025

ETHAN PAROU O CARRO NO ESTACIONAMENTO DA DELEGACIA do Distrito 2 do Departamento de Polícia de Milwaukee. Maddie o encontrou na entrada principal do prédio de pedra branca e o conduziu pelo escritório até chegarem a sua mesa, que ficava em um cubículo entre os outros espaços de trabalho dos detetives.

— Portia Vail — Ethan disse. — Sabe algo a respeito dela?

Maddie confirmou.

— Sim. Ela está desaparecida. Temos dois detetives trabalhando no caso agora. Quatro semanas sumida. Nenhuma pista. Por quê?

— Fui ver Francis de novo. Ele se ofereceu a me dar mais informações sobre Callie Jones em troca de minha ajuda com algo.

— Com o quê?

— Não chegamos tão longe. Eu o mandei à merda. Foi aí que ele me enviou de volta ao armazém no vale do Menomonee. E lá encontrei isto aqui.

Ethan deixou os sacos plásticos com fecho na mesa de Maddie. Ela pegou o que continha a foto 20 × 25.

— Que raios é isto?!

— De algum jeito, o filho da puta sabe onde Portia Vail está sendo mantida.

Maddie examinou a fotografia da mulher algemada a uma porta e segurando um jornal para mostrar a data.

— Como isso é possível?

— Alguém deve estar ajudando Francis. Eu liguei para Pete Kramer e contei tudo. Ele colocou o armazém sob vigilância. Se ali é o ponto de entrega de Francis e alguém está trabalhando com ele, logo ficaremos sabendo. Mas, por enquanto, preciso de tudo que o Departamento de Polícia de Milwaukee tem sobre Portia Vail.

— Preciso fazer algumas ligações.

— Não quero meter você em uma encrenca, Maddie, mas precisamos manter isso em sigilo até sabermos como Francis se encaixa nisso tudo.

Maddie concordou.

— Tudo bem.

41

Milwaukee, Wisconsin
Domingo, 27 de julho de 2025

MADDIE FEZ ALGUMAS APURAÇÕES NA DELEGACIA E ENCONTROU o nome do noivo de Portia, que havia sido o primeiro a comunicar seu desaparecimento. Ela e Ethan decidiram começar por ali. Era final de tarde quando encontraram o endereço na Avenida Clement, no bairro de Bay View, e subiram a escada até o apartamento. Era jurisdição de Maddie e, como ela estava se arriscando ao agir sem o conhecimento dos detetives responsáveis pelo caso, assumiu o comando na operação furtiva deles.

Maddie bateu na porta e um rapaz atendeu. Ele parecia ter por volta de trinta anos.

— Nicholas Brann? — Maddie perguntou.

— Sim?

— Maddie Jacobson, da polícia de Milwaukee.

A paralisia de Bell, que fazia o lado esquerdo do rosto de Maddie cair levemente, manifestava-se com força total quando ela estava sob pressão ou envolvida em situações estressantes. E infiltrar-se em um caso que não era seu se encaixava perfeitamente nisso. Sorrir tornava os músculos faciais paralisados mais evidentes, mas exibir um rosto impassível não ajudava a obter informações. Maddie apertou os lábios e optou por um sorriso discreto.

Ela estendeu o distintivo.

— Este é meu parceiro, Ethan Hall.

Ethan mostrou seu distintivo da DIC.

— Você a encontrou?

— Ainda não — Maddie respondeu. — Precisamos fazer algumas perguntas. Podemos entrar?

— Sim, claro.

Pouco depois, ao redor da ilha da cozinha, Maddie perguntou:

— Foi você quem comunicou o desaparecimento de sua noiva, não foi?

— Bem, não. Quer dizer, sim, eu comuniquei o desaparecimento de Portia, mas ela não é minha noiva. Já fomos noivos. Terminamos há alguns meses, mas decidimos tentar de novo. Então, ela não é oficialmente minha noiva. Foi isso o que eu quis dizer.

— Comece desde o início.

— Eu já falei com a polícia e prestei um depoimento para outro detetive sobre tudo isso.

— Nós sabemos. Mas surgiu uma nova pista no caso, e precisamos que você comece desde o início de novo e nos conte tudo.

— Vocês encontraram algo?

Maddie olhou para Ethan.

— Talvez, mas precisamos entender melhor a situação. Então, nos ajude. Quando foi a última vez que falou com Portia?

— Na manhã de sábado, no dia 28 de junho. Ela passou a noite de sexta-feira aqui em casa.

— Isso era incomum?

— Não, antigamente não. Mas foi a primeira vez que... Sabe, a primeira vez que ela passou a noite aqui desde que decidimos tentar de novo.

— Quanto tempo durou o noivado antes de terminar?

— Alguns meses, mas namoramos durante três anos antes disso.

— Por que o noivado acabou?

Nicholas meneou o cabeça.

— Por causa de bobagens. A família de Portia mora na Flórida, e ela queria que o casamento fosse lá, mas minha família mora aqui. Então, isso se tornou um problema. Besteiras sobre as quais a gente não conseguiu chegar a um acordo e que acabaram se tornando maiores do que realmente eram. Assim, achamos que talvez estivéssemos apressando as coisas, e decidimos dar um tempo.

— Quando isso aconteceu?

— Três meses atrás.

— Quer dizer que vocês ficaram separados nos últimos três meses e tinham acabado de reatar. Ela passou a noite de sexta-feira aqui, no dia 27 de junho. E você a viu no sábado de manhã?

— Sim, brevemente. Portia saiu cedo. Despediu-se e foi isso. Eu ainda estava na cama. Esperei que ela me ligasse porque, sabe, é aquela coisa boba que a gente faz. Ver quem vai ligar primeiro. Mas, quando não soube nada dela depois de alguns dias, decidi telefonar. Não consegui falar com Portia, e ela nunca respondeu a nenhuma de minhas mensagens. Às vezes, nós nos conectávamos pelas redes sociais, mas quando vi que ela não tinha postado nada a semana toda, liguei para os pais dela e, então, entramos em contato com a polícia.

Maddie adotou outra abordagem:

— Voltemos ao término do noivado. Havia outra mulher envolvida?

— Não, não foi nada disso. Como falei, foram só coisas bobas.

— Por acaso, ela estava saindo com outro homem?

Nicholas respirou fundo e bufou.

— Não enquanto estivemos juntos.

— Mas e depois que vocês terminaram?

— Sim. Portia me contou que teve um lance passageiro com um cara. Estávamos separados, então deixei pra lá.

Desconfiada, Maddie apertou os olhos.

— Sabe o nome desse cara?

— Do cara com quem ela teve um caso?

Maddie assentiu.

— Sim. Eu falei para o outro detetive a respeito desse homem. O nome dele era Blake Cordis.

42

Beaver Dam, Wisconsin
Segunda-feira, 28 de julho de 2025

ETHAN CONDUZIA SEU JEEP WRANGLER, E MADDIE FOLHEAVA alguns papéis no assento do passageiro. Como ela não estava oficialmente designada para o caso de Portia Vail, eles evitaram usar seu veículo descaracterizado para ir até a propriedade dos Prescott, onde Blake Cordis trabalhava. No dia anterior, depois de conversarem com o noivo de Portia Vail, Maddie voltou à delegacia e juntou tudo o que conseguiu encontrar sobre o caso da desaparecida. Ela e Ethan passaram a noite de domingo na casa dela examinando os papéis.

Durante um jantar de comida chinesa para viagem e cerveja sem álcool, Ethan atualizou Maddie sobre a ligação nebulosa entre Portia Vail, Blake Cordis e Callie Jones. Blake Cordis fora o treinador de vôlei de Callie no ensino médio, mas fora isso, Ethan não conseguia entender como aquele homem se encaixava no quebra-cabeça que Francis Bernard estava criando. À meia-noite, eles recolocaram os papéis na caixa que Maddie trouxera da delegacia e concluíram que a melhor chance de obter respostas seria fazer uma visita a Blake Cordis. Fizeram amor até as primeiras horas da madrugada, tentando afastar os pensamentos de Francis Bernard, o homem que marcara de forma tão trágica a vida de ambos, a ponto de se tornar uma presença permanente em suas existências.

Maddie, naquele momento, estudava a pilha de papéis que retirara da pasta de Portia Vail, que continha todas as chamadas e mensagens enviadas e recebidas do celular da garota no ano anterior. Nos últimos três meses, começando em abril, o número de Blake Cordis recebeu cento e vinte e sete chamadas e mensagens de texto, muito mais do que qualquer outro número. Ao examinarem a lista de contatos de Portia, notaram que o número de Blake havia sido adicionado como novo contato em 2 de abril de 2025, ou seja, logo após Nicholas Brann mencionar que ele e Portia tinham se separado.

— Cento e vinte sete chamadas ou mensagens em noventa dias — Maddie comentou enquanto eles percorriam estradas longas e desertas do centro de Wisconsin rumo a Beaver Dam. — Isso é algo bem quente e intenso.

— Parece que sim.

Maddie virou a página.

— Ouça isso. Cerca de uma semana antes de Portia sumir, as chamadas entre ela e Blake Cordis cessaram. Na maior parte. Ela parou de ligar para ele, mas ele continuou ligando para ela. Diversas ligações dele. E muitas mensagens de texto. Mas nenhuma ligação de volta por parte de Portia.

— Então Portia e Nicholas dão um tempo — Ethan disse. — Ela se envolve com Blake Cordis como uma forma de seguir em frente e, depois de três meses, decide que quer voltar com Nicholas. Portia para de responder às chamadas e mensagens de Blake Cordis, e fica no apartamento de Nicholas na sexta-feira, 27 de junho. A primeira vez que ela fica lá desde a separação. Portia acorda no sábado e vai embora. Ninguém a viu desde então.

— Exceto você, na imagem para a qual Francis Bernard de algum modo o levou.

Enquanto dirigia, Ethan tentava juntar as peças novamente: o governador o nomeando para investigar o caso não resolvido da filha; Blake Cordis, que havia sido o treinador de vôlei de Callie; e agora Portia Vail, que estava envolvida em algum tipo de relacionamento com Cordis. E, entrelaçado nisso, como uma erva daninha invasiva e descontrolada, achava-se Francis Bernard.

— Portia está desaparecida há um mês, Ethan. Devemos considerar que o tempo dela está se esgotando.

— Tenho a sensação de que é isso que Francis está esperando.

Apresse-se, agente especial Hall. Callie Jones está morta e enterrada, mas o tempo está tiquetaqueando neste caso...

43

Beaver Dam, Wisconsin
Segunda-feira, 28 de julho de 2025

A FORTUNA DA FAMÍLIA PRESCOTT VEIO DA MADEIRA. DESDE O fim da Guerra de Secessão, vinha desmatando florestas e enviando toras para todo o país. Embora a madeireira dos Prescott ainda ocupasse um lugar relevante nos negócios da família, já não era o maior empreendimento. Essa distinção cabia ao Prescott Park, o hipódromo localizado ao norte de Milwaukee. A pista de corrida de cavalos puros-sangues abrigava alguns dos maiores eventos de turfe do país e chegou até a conquistar a tão almejada Breeder's Cup no início dos anos 2000. Jacques Prescott, o atual patriarca da família, também era dono do maior haras de Wisconsin e, ao longo dos anos, inscrevera três de seus cavalos no Kentucky Derby.

Três gerações de sucesso financeiro trouxeram consigo um grande patrimônio imobiliário. Jacques Prescott e sua família moravam em uma área de quatro mil hectares perto de Beaver Dam, que incluía uma casa principal de mil e quatrocentos metros quadrados, diversos chalés para hóspedes e cavalariças que abrigavam trinta e dois cavalos. Blake Cordis, ex-professor e ex-treinador de vôlei do time feminino da escola de ensino médio de Cherryview, agora era o encarregado da manutenção e responsável por quase tudo que acontecia na propriedade dos Prescott.

Ethan e Maddie pararam diante dos portões de ferro fundido, onde um guarda estava sentado em uma guarita com ar-condicionado. Ethan baixou a janela.

— Posso ajudá-lo, senhor? — o segurança perguntou.

— Sim. — Ethan mostrou o distintivo da DIC para o rapaz. — Ethan Hall, da Divisão de Investigação Criminal de Wisconsin. A meu lado está Maddie Jacobson, detetive de polícia de Milwaukee.

Maddie apresentou seu distintivo.

— Estamos à procura de Blake Cordis.

O segurança examinou os distintivos antes de assentir lentamente com a cabeça.

— Ele deve estar nas cavalariças. Vou chamá-lo pelo rádio.

— Faça isso, por favor. Obrigado — Ethan disse.

Dez minutos depois, os portões de ferro fundido se abriram devagar, enquanto um quadriciclo descia em alta velocidade uma estrada de cascalho, levantando uma nuvem de poeira sob o calor de verão. Ethan percebeu que Blake Cordis, de jeans e camiseta, era robusto, com antebraços fortes e bíceps salientes.

O segurança saiu da guarita e trocou algumas palavras com o senhor Cordis antes que ele se aproximasse do carro de Ethan.

— Blake Cordis. Em que posso ajudar?

Ethan e Maddie voltaram a mostrar seus distintivos.

— Ethan Hall, da DIC de Wisconsin. Há algum lugar onde possamos conversar?

Blake recuou um passo e observou o carro de Ethan.

— Está de folga, policial?

— Agente especial. E esta é a detetive Jacobson.

— Do que se trata?

Ethan olhou de relance para o guarda e depois voltou a olhar para Blake.

— Acho que você vai preferir ter essa conversa em particular.

Blake assentiu com um leve aceno de cabeça.

— Podemos conversar nas cavalariças. Meu escritório tem ar-condicionado. Assim, saímos deste calor.

Blake subiu de volta no quadriciclo e deu meia-volta com o veículo. Ethan o seguiu. Eles percorreram a estrada de cascalho por cerca de oitocentos metros até avistarem as cavalariças sobre o topo de uma colina ondulada. A propriedade dos Prescott era tão grande que Ethan não via nada além de campos abertos e cercas brancas de madeira ao longe. Ao se aproximarem das cavalariças, Blake reduziu a velocidade até parar, e Ethan estacionou ao lado do quadriciclo. Ele e Maddie desembarcaram.

— Blake Cordis. — Ele estendeu a mão, aproximando-se de Ethan.

Ethan a apertou.

— Ethan Hall. Esta é Maddie Jacobson.

Maddie apertou a mão de Blake, e os três seguiram para o interior das cavalariças. Os cavalos ocupavam baias individuais, abanando os rabos por causa do calor. Os animais mal prestaram atenção aos três que passavam. Na outra extremidade da construção, Blake abriu a porta de um escritório com paredes de vidro. Ethan e Maddie entraram atrás dele.

— O calor está insuportável — Blake comentou.

O rosto de cada um estava coberto de suor, mesmo com a curta caminhada.

— Café ou água? — Blake ofereceu.

— Nada, obrigado — Ethan respondeu.

Maddie meneou a cabeça.

— Sentem-se. — Blake apontou para o sofá, sentou-se em uma poltrona e alcançou o maço de cigarros Saratoga na mesa de centro. — Vocês se importam se eu fumar?

— O escritório é seu — Maddie disse.

Blake puxou um cigarro fino e comprido do maço e o exibiu.

— Saratoga 120. Péssimo hábito que comecei no ensino médio e nunca consegui largar. Não fabricam mais esta marca. — Ele acendeu o cigarro e deu uma longa tragada. — Tenho que comprar pela internet, e custa uma fortuna.

— Você não é um homem de Marlboro? — Maddie brincou.

Blake levantou a mão que segurava o cigarro.

— Este é o único que tem um gosto decente para mim. Talvez fosse mais fácil de largar, mas isso já ficou para trás. Como posso ajudá-los?

— Você conhece alguém chamado Nicholas Brann? — Maddie perguntou.

Blake soltou uma baforada de fumaça pelo canto da boca.

— Não. Quem é ele?

— Um rapaz que mora em Milwaukee. Ele comunicou o desaparecimento da noiva há algumas semanas. Você sabe quem é a noiva dele?

Surpreso com a pergunta de Maddie, Blake ergueu as sobrancelhas.

— Como eu poderia saber se não sei quem é o cara?

— Portia Vail. — Ethan observava o homem com atenção ao revelar o nome.

Blake Cordis fez uma pausa quando estava prestes a dar outra tragada.

— Sim, eu conheço Portia.

— Sabemos que conhece — Maddie afirmou. — Você a conheceu em abril.

— Sim. — Blake ergueu os ombros. — Nós estávamos namorando — ele continuou, dando mais uma tragada —, mas eu não sabia que ela estava noiva.

— Não estava. — Maddie observava as reações dele. — Ela e Nicholas estavam dando um tempo. Até recentemente, quando decidiram tentar de novo. Sabe algo a esse respeito?

Concentrado, Blake semicerrou os olhos.

— Você perguntou e já respondeu, detetive. Eu não sabia que Portia estava noiva, o que significa que eu não sabia que ela havia reatado com ele.

— Quando foi a última vez que viu Portia?

— Eu, bem... foi... acho que há um mês. No começo do verão. Ela terminou comigo e me disse que precisava de um tempo.

— Tempo para o quê? — Maddie quis saber.

Resignado, Blake meneou a cabeça.

— Era só o jeito dela de me dizer que não estava mais a fim de mim. Tínhamos uma relação bem informal.

— Pelo que sabemos, a relação de vocês dois não era nada informal.

— Olhe, depois que nos conhecemos, nas primeiras semanas estava tudo ótimo. Coisas bem normais no início, sabe, logo depois que você conhece alguém e começa a ficar com a pessoa. Mas aí tudo esfriou, e estávamos tentando entender se queríamos um relacionamento de verdade.

— Em vez de quê?

— De apenas ficar. Mas quando eu disse que queria algo mais, Portia meio que pisou no freio.

— Isso te chateou?

Blake olhou de relance para Ethan e, em seguida, voltou a olhar para Maddie.

— Sim. Fiquei decepcionado porque eu estava a fim dela.

Ethan interveio:

— Mas aí ela te disse que estava reatando com o noivo.

Com calma, Blake fez um gesto negativo com a cabeça.

— Se precisar, eu repito isso o quanto for necessário: Portia nunca me disse que tinha sido noiva. E ela nunca me deu um motivo para querer terminar o relacionamento. Simplesmente, ela parou de responder a minhas ligações. Depois de uma ou duas semanas, entendi o recado.

Ethan olhou para Maddie. Isso fazia sentido, considerando o que eles tinham visto nos registros telefônicos de Portia.

— Quando foi a última vez que esteve em Milwaukee? — Maddie estreitou os olhos.

— Cerca de um mês atrás. Portia e eu saímos para jantar. Foi a última vez que estivemos juntos. Se quiserem a data exata, vou ter que conferir no extrato do meu cartão de crédito.

— O que aconteceu naquela noite?

— Comemos uma carne no Mo's, no centro, e eu dormi na casa dela.

Houve uma breve pausa.

— O que está havendo? — Blake indagou. — Aconteceu alguma coisa com Portia?

— Ninguém sabe dela desde a manhã de sábado, 28 de junho — Maddie respondeu. — Ela não apareceu no trabalho a semana inteira. O noivo ligou para comunicar o desaparecimento na sexta-feira, 4 de julho.

Em desconforto, Blake Cordis fechou os olhos bem devagar.

— E vocês viram meu número no celular dela e acham que tive algo a ver com isso.

— É uma suspeita razoável. — Ethan inclinou a cabeça para o lado.

— É a primeira vez que ouço falar que Portia está desaparecida.

— Você não parece muito preocupado — Maddie comentou.

— Espero que ela esteja bem, mas eu não a conhecia tão profundamente assim. Saímos por algumas semanas e dormimos juntos algumas vezes. Não passou disso.

— Você tem pouco mais de trinta anos e, nesse curto tempo de vida, teve algum tipo de relação com duas mulheres que sumiram. Ou você tem um histórico desastroso com mulheres, ou é realmente perigoso se envolver com você. — Ethan arqueou uma sobrancelha.

— Certo... — Blake soltou uma baforada de fumaça. — Entendi. Vocês andaram fuçando minha vida.

Ethan se levantou.

— Com certeza, meu chapa. Em 2015, Blake Cordis era professor do primeiro ano e treinador do time de vôlei feminino da escola de ensino médio de Cherryview, quando outra garota desapareceu.

— Não vou passar por isso de novo — Blake disse.

— A DIC reabriu o caso de Callie Jones e me designou para chefiar a investigação.

Blake apagou o cigarro e também ficou de pé.

— Eu estou sendo preso por alguma coisa?

— Ainda não. — Ethan o encarou.

— Nesse caso, vou pedir para que vocês dois se retirem.

— Você não quer responder mais perguntas sobre Portia? — Maddie perguntou.

— Não. Só se você for me prender, e mesmo assim, só com meu advogado presente. — Blake sorriu. — Podemos encerrar por aqui?

— Não viaje para lugar nenhum — Maddie disse. — Só por precaução, para o caso de a gente precisar conversar mais.

Alguns minutos depois, Ethan e Maddie passaram pelos portões de ferro fundido e partiram rapidamente da propriedade dos Prescott.

— O que você acha, Maddie?

— Não sei... Ele pareceu surpreso ao saber que Portia estava desaparecida.

— Estou de acordo. Ou ele é mesmo um ótimo ator.

Maddie olhou para Ethan quando entraram numa estrada rural deserta.

— Uma coisa é certa. Não vamos conseguir nenhuma informação de Blake Cordis. Ou seja, você vai ter que perguntar a Francis o que ele quer. E você terá que fazer isso rápido.

44

Boscobel, Wisconsin
Segunda-feira, 28 de julho de 2025

PELA QUARTA VEZ EM DUAS SEMANAS, ETHAN SE SENTAVA NA cabine de visitas da Unidade do Programa de Segurança de Wisconsin. Menos de um dia se passara desde seu último encontro cara a cara com o assassino de seu pai. Ethan estava sentado em uma das cabines centrais de uma longa fileira de cabines separadas por painéis de madeira fixadas com parafusos na parede de blocos de concreto. Estava demorando mais do que o normal para Francis chegar. Ethan temia que, quando mais precisava falar com ele, Francis negasse seu pedido de visita pela primeira vez.

Enfim, a luz na parede começou a piscar. Pouco depois, a porta zumbiu e se abriu. O assassino de seu pai se arrastou até a cabine e se sentou a sua frente. Porém, nos últimos dias, Francis Bernard se transformara em algo diferente do homem que matara seu pai. De maneira intrigante, ele se tornara uma fonte de informações da qual Ethan dependia. E ele parecia saber disso.

Os dois tiraram o telefone do gancho.

— Você vai me dizer onde Portia Vail está escondida — Ethan disse. — E depois que tivermos certeza de que ela está em segurança, irá me contar tudo o que sabe sobre Callie Jones.

— Claro! — Francis exclamou, como se tivesse sido insultado. — O que acha que eu sou, um animal?

— Fale.

— Falar? — Francis sorriu. — A informação que eu tenho não é de graça.

Ethan se inclinou em direção ao vidro.

— Você me diz onde está a garota, ou sua vida de merda neste lugar vai piorar ainda mais.

— Escute, Ethan, vamos combinar algumas regras básicas ao darmos início às negociações. Primeiro, pare de fazer ameaças vazias. Você não faz ideia de como é minha vida aqui dentro, por isso acredita ingenuamente que pode piorá-la. Você não pode, e é por isso que estou em uma posição de poder. Já me privaram de tudo o que legalmente podiam, e de alguns extras quando conseguem. As coisas insignificantes que me permitem só são possíveis porque a União Americana pelas Liberdades Civis forçou a prisão a ceder, e o diretor não tem escolha senão aceitar essas condições para não perder o financiamento. Então, cheguei ao que você chamaria de fundo do poço, e não há absolutamente nada que você possa fazer para piorar minha situação.

— Francis, me diga onde Portia Vail está escondida. — Ethan decidiu adotar o mesmo tom sereno do opositor.

— Segunda regra básica — Francis prosseguiu. — Estou chamando isso de negociação apenas no sentido de que darei algo a você em troca de você me dar algo. Mas isso não é uma negociação no sentido de que vamos ficar barganhando. Eu lhe direi onde Portia Vail está escondida. E também onde está o corpo de Callie Jones. Em troca, você me dará o que eu quero.

Ethan ficou calado por um momento e avaliou suas opções. Ele poderia desligar o telefone, ir embora da prisão e trabalhar feito louco para descobrir a ligação entre Francis Bernard e Portia Vail. Se tivesse sorte e tudo conspirasse a seu favor, talvez encontrasse a garota com vida. Mas a verdade era que Francis o tinha encurralado, e ambos sabiam disso.

O sorriso de Francis se alargou.

— Você sacou, não é, Ethan? Você sacou que, mesmo no confinamento de minha solitária, fui eu que te deixei sem saída. Acabou de se dar conta de que não tem escolha, a não ser aceitar meus termos. Callie Jones está morta há muito tempo. Vermes já rastejam nos ossos dessa garota. Eu sabia que não haveria nenhuma urgência em atender a minhas exigências só pelo que posso contar sobre o caso dela. Mas Portia Vail é outra história. Ela ainda está viva. E por quanto tempo... Depende de você, Ethan.

— O que você quer?

Francis respondeu sem hesitação:

— Ser transferido deste lugar desumano para o Instituto Correcional de Colúmbia, em Portage, em Wisconsin. Se Colúmbia foi bom o suficiente para Jeffrey Dahmer, com certeza é bom o suficiente para Francis Bernard.

— Uma transferência?

— Sim.

— Por que você acha que vou conseguir sua transferência?

— Quero fazer parte da população carcerária comum, Ethan. Quero ter uma cela com grades, não o espaço sem janelas que tem sido meu lar nos últimos anos. Quero comer em um refeitório com outros seres humanos, não dentro dos limites de minha cela. Quero andar ao ar livre, no pátio da prisão, e ver o sol de novo. Quero acesso a livros e revistas. Nenhuma dessas exigências é negociável, e você tem exatamente uma semana para atendê-las.

— Vou perguntar de novo, Francis. Por que acha que vou conseguir fazer o que você está pedindo? E nesse prazo?

— Porque você tem a atenção do governador, e ele vai querer saber onde estão os restos mortais da filha. Junto aos restos mortais dela há uma pista que revelará o assassino. E tenho certeza de que o governador não quer o sangue de Portia Vail em suas mãos. Ele tem o poder de me transferir imediatamente. Hoje é segunda-feira. Quero ser transferido deste inferno em uma semana a partir de hoje. Se eu não estiver a caminho de Colúmbia na próxima segunda-feira, a garota morre. Não me desafie quanto a isso. O tempo que você achou que tinha para descobrir o que aconteceu com Callie Jones acabou. A vida da pobre Portia Vail agora está em suas mãos.

Francis baixou a voz:

— Não há tempo para pensar. Só para agir.

Francis recolocou o telefone no gancho e se levantou. Pouco depois, um guarda estava a seu lado, levando-o de volta para sua solitária, sem janelas, de onde Ethan sabia que ele estava prestes a ser libertado.

45

Madison, Wisconsin
Terça-feira, 29 de julho de 2025

NO DIA SEGUINTE, A REUNIÃO ACONTECEU NO HOTEL EDGEWATER, em Madison. Era a segunda vez que se reuniam ali. Ethan e Pete chegaram primeiro e passaram por uma revista de segurança antes de entrar na suíte. Muita coisa acontecera desde a tarde de sábado, quando os dois visitaram a Crista com Lindsay Larkin. E agora, o tempo estava se esgotando. Pete se aproximou da janela, olhou para o Lago Mendota e disse:

— Eles chegaram.

Ethan se aproximou do amigo para olhar pela janela o acesso circular ao lado do hotel. Três SUVs pretos entraram e estacionaram. Ethan observou quando os membros da Unidade de Proteção de Autoridades de Wisconsin saíram do primeiro e terceiro veículos e abriram caminho para a entrada principal. Por fim, o governador Jones saiu do SUV do meio e entrou no hotel. Alguns minutos depois, Pete abriu a porta da suíte, e o governador entrou, enquanto um membro da equipe de segurança aguardava no corredor.

— Governador — Pete cumprimentou, apertando a mão dele.

— Senhor. — Ethan fez o mesmo.

— O que descobriram? — Mark Jones se mostrava aflito. Mesmo dez anos após o desaparecimento da filha, ele parecia desesperado por respostas.

— Não tenho certeza se *realmente* descobri algo, mas, sem dúvida, tenho algumas novidades. — Ethan apontou para a mesa de reuniões à qual todos se sentaram. — Irei direto ao ponto, porque estamos com pouco tempo devido ao desenrolar dos acontecimentos.

Mark Jones assentiu.

Ethan começou:

— Como o senhor deve saber, meu pai trabalhou como detetive no Departamento de Polícia de Milwaukee.

— Sim, eu conheço sua história.

— Meu pai foi morto no cumprimento do dever em 1993. Francis Bernard é o nome do homem que atirou em meu pai.

O governador assentiu.

— Atualmente, Bernard está preso na Unidade do Programa de Segurança de Wisconsin, em Boscobel.

— Exato, senhor. Ele está lá há trinta e dois anos e, recentemente, teve um pedido de liberdade condicional negado. Fui vê-lo depois disso. Francis e eu sempre tivemos um relacionamento um tanto conturbado.

— É compreensível. — Mark Jones apertou os lábios, em sinal de tensão. — Mas, com todo o respeito, Ethan, o que Francis Bernard tem a ver com o caso de minha filha?

— É o que estou tentando descobrir. Fui ver Francis depois da audiência de liberdade condicional. Ele sabia que eu havia sido designado para a tarefa de reabrir o caso de Callie.

— Como diabos alguém que está em um confinamento em solitária autorizado pela justiça sabe da reabertura do caso de minha filha?

— Boa pergunta, senhor. — Ethan meneou a cabeça. — Eu suspeito que a informação, que saiu nos jornais locais, foi vazada para ele por um agente penitenciário. Essa é minha melhor aposta.

— Certo. Mas por que isso é importante?

— Francis me disse que tinha informações sobre o caso de sua filha.

Pensativo e tenso, o governador Jones apoiou os cotovelos na mesa de reuniões, entrelaçou lentamente os dedos e estreitou os olhos ao mesmo tempo.

— Que tipo de informação?

— Ele me orientou a ir até um armazém abandonado no vale do Menomonee. Ali, colado no alto de uma das paredes, havia um envelope que continha um antigo celular pré-pago de 2010. Pete e eu fizemos uma perícia no aparelho e descobrimos que era o celular pré-pago que apareceu na lista de chamadas feitas a partir do telefone de Callie.

O governador ficou de pé e começou a andar de um lado para o outro pela suíte.

— Explique-me como um homem que estaria no corredor da morte em qualquer estado que não fosse Wisconsin sabe a localização do celular pré-pago para o qual minha filha ligava nas semanas que antecederam seu desaparecimento. Um telefone que todos acreditam que pertencia ao sequestrador dela, mas que ninguém conseguiu encontrar durante a investigação original.

— Estou trabalhando nisso, senhor. Francis já estava preso em 2015 quando Callie desapareceu. Ou seja, sabemos que ele não se envolveu diretamente no desaparecimento dela. A informação sobre o celular deve ter vindo de fora.

— Como? Quem?

— Temos algumas hipóteses — Ethan respondeu. — A primeira envolve os guardas. Eles são a única fonte real de informação de Francis, e pode ser que um deles saiba algo sobre o caso de sua filha. Um ou mais guardas podem estar passando informações para Francis. Seguir essa pista exigiria a criação de uma força-tarefa para investigar cada guarda, sua família e seus conhecidos, para ver se conseguimos encontrar alguma ligação com Callie. A segunda hipótese que consideramos foi a de que um antigo companheiro de cela de Francis tenha lhe passado informações sobre Callie, mas, até onde sabemos, Francis não teve companheiro de cela nos últimos dez anos, desde que Callie desapareceu. E seu contato com outros prisioneiros tem sido bastante limitado. Francis tem estado em confinamento em solitária, com apenas breves intervalos de alívio em sua condição de reclusão.

— Então, vocês não têm nenhuma ideia?

— Temos uma ideia, governador — Pete se pronunciou. — Na verdade, achamos que já descobrimos. — Ele fez um sinal com a cabeça para Ethan.

— Achamos que as informações obtidas por Francis vêm de alguém que o visitou recentemente. Pete fez um levantamento por meio da DIC e conseguiu uma lista de todos que visitaram Francis Bernard nos últimos anos. A lista é bem curta. Inclui a mim e uma mulher chamada Eugênia Morgan. Pete está no comando da ação e colocando-a sob vigilância.

— Quem é ela?

— Não sabemos muita coisa ainda, exceto o fato de que mora em Nekoosa. Estamos tentando descobrir quem ela é e qual sua ligação com Francis Bernard.

— Onde está o celular agora?

— Pedi para a equipe de perícia da DIC analisar, senhor — Pete disse. — Assim que tivermos alguma informação, eu aviso.

Ethan absteve-se de mencionar que Christian Malone vinha trabalhando na recuperação das mensagens de texto apagadas do celular de Callie. Ele sabia que Christian havia se mudado para Cherryview para fugir do estresse e da agitação. Dizer o nome dele ao governador era uma má ideia.

— Quero ver o filho da puta — Mark exigiu. — Quero ver Francis Bernard.

— Eu não aconselharia essa atitude, senhor.

— O canalha está nos fazendo de idiotas, Hall, dando informações sobre minha filha a conta-gotas. Quero falar com ele.

— Escute o que Ethan tem a dizer, Mark.

Por um momento, o governador ficou encarando Pete, depois olhou para Ethan e assentiu.

— Francis conseguiu alcançar uma posição que lhe dá vantagem. — Ethan deu de ombros. — Além do celular, ele me mostrou o caminho para uma foto de uma mulher chamada Portia Vail. Ela desapareceu de Milwaukee há cerca de um mês. Francis sabe que, se suas exigências estiverem ligadas a outra garota que desapareceu recentemente, teremos que agir com rapidez.

— Agir com rapidez para fazer o quê? — Os olhos de Mark cintilaram.

— Atender à exigência dele de ser transferido para o Instituto Correcional de Colúmbia, onde a segurança não é tão rígida e ele não ficará em uma solitária.

O governador continuava caminhando de um lado para o outro.

— Francis também promete... — Ethan começou a falar e fez uma pausa para o que precisava dizer — ... fornecer a localização do corpo de sua filha em troca da transferência. E ao que tudo indica, junto aos restos mortais de Callie, há uma pista sobre quem a matou.

Com um desespero contido, o governador passou a mão pelo cabelo. Ethan sabia que, mesmo depois de uma década, Mark Jones ainda nutria a esperança de que a filha pudesse ser encontrada com vida.

— Desculpe dar essa notícia de forma tão dura, senhor. No entanto, Francis sabe que o senhor tem o poder para autorizar a transferência, e está lhe dando uma semana para resolver isso. Ele quer ser transferido até a próxima segunda-feira.

— Do contrário...?

— Portia Vail morre.

46

Nekoosa, Wisconsin
Terça-feira, 29 de julho de 2025

***GOODBYE YELLOW BRICK ROAD*, DE ELTON JOHN, SOAVA NO** banheiro enquanto ela saía do chuveiro e examinava o corpo no espelho. A tatuagem de uma píton se enroscava na panturrilha e subia pela coxa, serpenteando ao redor do quadril, até que a cabeça surgia no umbigo, com a boca aberta e as presas à mostra. Ela se virou para a direita e ergueu o braço, puxando o seio direito a fim de observar a tatuagem mais recente gravada na lateral da costela: um coração negro.

Enquanto secava o cabelo e aplicava maquiagem — delineador escuro e rímel espesso —, ela relembrava seu trajeto até o pátio ferroviário e o armazém abandonado de duas semanas atrás, e o sucesso em garantir o boxe onde guardou o conteúdo do baú. Queria muito contar a Francis o quanto se saíra bem ao organizar todas as fotos, exatamente como ele pedira, e que seguira cada uma de suas ordens à risca. Contudo, ela teria que esperar até a próxima vez que o visse, o que, se tudo saísse como planejado, não demoraria muito. Em breve, ela poderia ver Francis sempre que quisesse. Finalmente estariam juntos. Mas isso só aconteceria se ela seguisse o plano, e o seguisse à perfeição.

Terminou de se maquiar e então se vestiu. Consultou o relógio. Tinha cinco minutos até o início da sessão de terapia obrigatória. Apressou-se até a mesa da cozinha, abriu o laptop e seguiu as instruções de acesso.

47

Milwaukee, Wisconsin
Terça-feira, 29 de julho de 2025

A DOUTORA LINDSAY LARKIN TERMINOU SUAS REUNIÕES MATINAIS, pulou o almoço e pegou a xícara de café que sua assistente lhe entregou.

— O que temos para a tarde, Beth?

— Sua agenda vai ser bem puxada. Você tem seis clientes agendados entre o meio-dia e as seis horas. Depois, a reunião do conselho até as sete. E, por fim, o evento de arrecadação de fundos no The Box.

— É hoje à noite?

— Sim. Cancelo?

— Não. Eu preciso dar as caras.

Lindsay entrou em seu escritório e se sentou atrás da mesa. Levantou a xícara.

— Não pare de trazer café esta tarde. Estou exausta.

— Pode deixar. Me avise se precisar de mais alguma coisa.

Depois que Beth fechou a porta, Lindsay acessou o computador e abriu a pasta para a primeira sessão da tarde. Ela rolou a página e clicou pelas telas criptografadas até obter acesso à sala de reunião virtual, onde aguardou a cliente aparecer. Pouco depois, o link se conectou, e o rosto de sua cliente apareceu na tela. Lindsay ligou o microfone.

— Que bom te ver, Eugênia.

Ao ver Eugênia Morgan sorrir para a câmera, Lindsay soube imediatamente que havia algo errado. Eugênia era uma cliente que Lindsay aceitara atender gratuitamente por causa do trabalho voluntário que realizava para o Departamento de Administração Penitenciária de Wisconsin. A *Anonymous Client* tinha um longo histórico de atendimento a presidiários para melhorar sua saúde mental. De vez em quando, um caso como o de Eugênia era encaminhado para ela, e Lindsay pegava.

Eugênia Morgan sofria de hibristofilia, definida como o fenômeno em que um indivíduo sente excitação sexual e atração por um criminoso condenado. Anos antes, Eugênia caíra sob o feitiço de um homem condenado por sequestrar e estuprar uma adolescente. Ela iniciara um relacionamento com o homem na prisão, escrevendo-lhe cartas e fazendo visitas frequentes. Eugênia até concordara em se casar com ele. Quando o presidiário enviou para ela uma carta instruindo-a a sequestrar uma garota e compartilhar fotos com ele, Eugênia conseguiu se libertar do feitiço por tempo suficiente para procurar as autoridades. O condenado foi acusado e julgado pela trama de cometer sequestro e tráfico sexual, considerado culpado e sentenciado a mais duas décadas de prisão.

Em troca da cooperação, Eugênia obteve imunidade, mas foi obrigada a cumprir cento e vinte horas de terapia com supervisão judicial para tratar de sua hibristofilia. Ela já vinha se consultando com Lindsay havia meses.

Ao observar sua cliente, Lindsay teve a sensação de que Eugênia regredira.

— Como você está, desde a última vez que conversamos?

— Não sei, doutora. Bem, eu acho.

— Você não soa convincente. Fale-me sobre isso.

Reunindo forças, Eugênia respirou fundo e desviou o olhar da câmera.

— Não quero me meter em encrenca.

— Tudo o que discutirmos durante a sessão é protegido pelo sigilo profissional entre terapeuta e cliente, Eugênia. Nada do que me disser lhe causará problemas.

— Sim, mas o juiz que está me obrigando a me encontrar com você não descobrirá sobre o que gente falar?

— De jeito nenhum. Não tenho contato com esse juiz. Só preciso preencher os formulários para mostrar que você está fazendo a terapia obrigatória.

— Você nunca conversa com ele?

— Nunca. E nem conversaria, mesmo que ele me procurasse. Por lei, não posso divulgar nada que você e eu discutimos durante nossas sessões.

Houve uma longa pausa. Lindsay tomou cuidado para não quebrar o silêncio. Era importante deixar que Eugênia iniciasse a conversa.

— Eu fui vê-lo.

— Francis Bernard? — Lindsay perguntou, assentindo lentamente.

Eugênia fez que sim com a cabeça.

— Sim. Eu o visitei.

— Quando?

— Algumas semanas atrás. Logo depois do Dia da Independência.

Lindsay teve o cuidado de não reagir à informação. Em vez disso, assentiu e manteve um tom equilibrado na voz:

— As recaídas acontecem. Nunca devemos nos envergonhar delas. Quando você entrou online, percebi que algo estava te incomodando.

Lindsay fez uma pausa.

— Como você se sente em relação a ir vê-lo, Eugênia?

Outra longa pausa.

— Eu não teria ido se não fosse algo que me excita.

— Sentir uma emoção ao visitar Francis Bernard é uma coisa. Visitar um criminoso na prisão não é crime, Eugênia. O que meteu você em apuros da última vez foi até onde você permitiu que seu relacionamento chegasse. Você quase se tornou cúmplice de um crime.

Eugênia concordou com um gesto de cabeça.

— Eu sei. Mas não me tornei. Eu procurei a polícia.

— O que aconteceu quando você visitou Francis?

— Só conversamos. Não podemos, sabe, nos tocar ou qualquer coisa do tipo onde ele está. Ele fica atrás da divisória de vidro o tempo todo.

— Ele te pediu algum favor? Pediu que você fizesse algo por ele que pudesse colocá-la em risco de violar a lei?

Houve mais uma pausa, mais longa do que as outras que aconteceram durante a sessão.

— Não.

Lindsay sabia que Eugênia estava mentindo.

48

Nekoosa, Wisconsin
Terça-feira, 29 de julho de 2025

APÓS A SESSÃO, ELA FECHOU O LAPTOP E SAIU APRESSADA PELA
porta. Tinha muito a fazer e pouquíssimo tempo para realizar tudo. Dirigiu
por duas horas e meia até Milwaukee e achou o bairro de Walker's Point,
onde a loja de armas ficava na Rua West Washington. Ao entrar, o cheiro de
metal e de óleo lubrificante a recebeu. Os sons abafados no estande de tiro
nos fundos ressoavam discretamente na área de exposição da loja. Ela caminhou até o balcão e examinou as armas por um momento. Então, um homem
gentil de meia-idade, com cavanhaque branco e barriga enorme, levantou-
-se da banqueta e se aproximou para oferecer ajuda.

— Procurando algo em particular? — ele perguntou com seu sotaque
cortês do Meio-Oeste.

— Sim — ela respondeu. — Estou procurando uma pistola para adicio-
nar a minha coleção.

— Algo específico?

O tipo de arma veio de sua memória.

— Uma Sig Sauer P365 Rose.

— Excelente escolha. Temos diversas Sig Sauers em exposição.

— Eu poderia testar uma?

— Claro. Há um estande de tiro completo nos fundos. Só preciso de
algum documento de identidade com foto para checagem de antecedentes
e dar início ao processo.

Ela assentiu e sorriu, enfiou a mão na bolsa e tirou a carteira de motorista e também a autorização de porte de arma, colocando-as no balcão. O
homem corpulento pegou os documentos.

— Eugênia Morgan. — Ele digitou o nome no computador. — Bonito nome.

— Obrigada.

— Vou verificar tudo rapidamente e pego a Sig nos fundos.

Quando o homem voltou, ela estava preenchendo a papelada necessária. Vinte minutos depois, ela se dirigiu ao estande de tiro. Descarregou um

pente de balas inteiro, curtindo a sensação da P365 na mão. Conseguiu lidar com o recuo leve sem dificuldade e se deu conta de que a arma era perfeita para o que precisava.

Teria que usá-la muito em breve, e queria ter certeza de que, quando chegasse a hora, acertaria a pessoa em quem estava mirando.

49

Milwaukee, Wisconsin
Terça-feira, 29 de julho de 2025

PARA A SEGUNDA COMPRA, ELA ESCOLHEU A LOJA TACTICAL
Zone, em Milwaukee. Entrou no estabelecimento e achou um vendedor.

— Procuro um colete à prova de balas.

O homem fez que sim com a cabeça.

— Temos várias marcas. Alguma em particular?

— Se puder me mostrar algumas opções...

— Claro. Me acompanhe.

Ela seguiu o vendedor até o lado nordeste da loja, onde estavam os artigos de combate e os equipamentos táticos. Facas de todos os tipos e tamanhos decoravam a parede, junto com bússolas, relógios, cantis e outros itens essenciais para o campo de batalha. Havia até um expositor de porta-cervejas no canto. O vendedor levou vinte minutos para apresentar os coletes, e ela acabou escolhendo um indicado por ele, após este prometer que, se um tiro fosse disparado contra o peito dela, o colete deteria a bala instantaneamente.

A finalidade do colete, ela disse ao vendedor enquanto entregava seu cartão de crédito, era usá-lo em um programa de tiro esportivo de que ela vinha participando e que exigia que todos os participantes usassem uma proteção. Ela não deu explicações sobre o motivo de também estar comprando um canivete suíço, mas flertou o suficiente para que o vendedor se lembrasse da mulher alta, de cabelo preto intenso e olhos cor de caramelo hipnotizantes, quando as autoridades aparecessem para fazer perguntas, o que, com certeza, aconteceria nos próximos dias.

— Boa sorte. — O vendedor entregou-lhe a caixa com o colete dentro.

— Com o quê?

— O programa de tiro esportivo.

— Ah, é verdade. Obrigada.

Ela sorriu e pegou a caixa. Esperava que uma bala nunca atingisse seu peito, mas, caso algo desse errado, estaria protegida. Esperar pelo melhor, preparar-se para o pior.

Havia só mais algumas tarefas para concluir antes da próxima segunda-feira. Ela entrou no carro e ajustou o espelho retrovisor para que a viatura descaracterizada da polícia ficasse à vista. Descobrira que o homem atrás do volante — um cara mais velho e que mancava — era Pete Kramer, agente especial da Divisão de Investigação Criminal.

Ela sempre soube que Francis era inteligente. Porém, estava começando a suspeitar de que era um gênio, e que o plano a longo prazo dele era magistral.

50

Beaver Dam, Wisconsin
Terça-feira, 29 de julho de 2025

A JANELA DA CASA DE BLAKE CORDIS FOI ABERTA SEM DIFICUL-dade. Não havia motivo para trancar o chalé. A chance de um intruso qualquer chegar à residência, situada no meio da propriedade dos Prescott, era uma improbabilidade estatística, já que nunca fora registrado sequer um arrombamento ali. Ainda assim, por hábito, Blake costumava trancar a porta da frente. Por isso, da última vez que ela estivera no chalé para vê-lo, tratou de deixar essa janela destrancada. Assim, entrou ali, levando consigo um taco de golfe, e seguiu direto para o escritório dele.

Sentada atrás da mesa, ela acessou o computador de Blake. Levou apenas um minuto para abrir os links internos e chegar às entranhas do dispositivo. Dez minutos depois, ela tinha o que precisava, e após outros dez, o computador estava configurado e organizado. Evitou uma saída teatral pela janela, preferindo sair pela porta da frente. Mas, antes de sair, abriu o armário do hall de entrada e colocou o taco de golfe no canto dos fundos. Ainda pegou um pacote de cigarros Saratoga 120 da mesa de centro, pouco se importando se Blake Cordis questionaria por que sua porta da frente estava destrancada quando voltasse do trabalho.

51

Boscobel, Wisconsin
Quarta-feira, 30 de julho de 2025

NA MANHÃ DE QUARTA-FEIRA, O GOVERNADOR MARK JONES
foi escoltado até o escritório de Ari Cutlass, diretor da Unidade do Programa
de Segurança de Wisconsin. Menos de vinte e quatro horas haviam se passado desde sua reunião com Ethan Hall, durante a qual Mark ficara sabendo
que Francis Bernard acionara uma proverbial bomba-relógio que não só
ameaçava a vida de uma garota, mas também sua carreira política, caso admi-
nistrasse mal a situação. Ele também ficara sabendo, da maneira mais cate-
górica em uma década, que sua filha estava morta.

— Governador — o diretor cumprimentou quando Mark entrou. — A
que devo o prazer de sua visita sem aviso prévio?

— Tudo bem, Ari? Desculpe por aparecer de surpresa.

— Imagine. Deve ter acontecido algo grande para tirá-lo de seu luxuoso
palácio em Madison e trazê-lo até esta pequena e miserável Boscobel. Algo
importante?

— Garanto que sim. É algo muito importante. Tem a ver com um de
seus detentos. Francis Bernard.

— Bernard? Ele cumpre uma pena de prisão perpétua. — Ari fez uma
pausa, olhando para cima, pensativo. — Na verdade, não é prisão perpétua.
Ele é beneficiado pelas regras antigas, e provavelmente receberá liberdade
condicional obrigatória em algum momento. Mas ele está aqui há trinta anos.

— Trinta e dois — Mark corrigiu. — E eu preciso de um favor.

— Sério?

— Precisamos transferi-lo para Colúmbia.

— Por quê?

— Pegue uma xícara de café e se sente. Vou te contar toda a história.

Depois de ouvir o que o governador tinha a dizer, Ari Cutlass inclinou
a cabeça, pensativo.

— É uma bela encrenca. Há quanto tempo essa garota está desaparecida?

— Um mês. E meu pessoal acha que o tempo dela está se esgotando.

— Droga, Mark...

— Nem me fale. Mas isso não é tudo. De algum modo, o desgraçado diz ter informações sobre o caso de minha filha. E só está disposto a revelar o que sabe depois que for transferido. Se conseguirmos resolver isso rápido, Ari, vou encarar como um favor pessoal.

— Ser rápido não é o problema, Mark. Posso mandar o fulano para Colúmbia hoje. O problema é a responsabilidade legal. Se eu aprovar a transferência, e Bernard for parar na ala de presos comuns em Colúmbia e matar alguém, eu é que terei de arcar com as consequências.

— Vou assegurar que você não tenha nenhum problema legal.

— É uma promessa e tanto, mas sua assinatura estará na ordem de transferência abaixo da minha. Então, se algo der errado em Colúmbia, você vai se meter na mesma enrascada que eu.

— Estou te pedindo um favor, Ari. Não só por essa garota desaparecida, mas também por minha filha. O que é necessário fazer para essa transferência acontecer na segunda-feira?

Suspirando, o diretor olhou para o teto.

— O mínimo que eu precisaria seria que Bernard passasse por uma avaliação psicológica e que um psicólogo confirmasse que ele tem condições mentais de conviver com outros detentos. Se conseguirmos isso, teremos uma barreira de proteção, caso algo desande em Colúmbia. Poderemos botar a culpa no psicólogo.

— De quanto tempo precisa para providenciar uma avaliação psicológica?

— Vou dar alguns telefonemas. Mas agendar a avaliação não é a questão. O sociopata ser aprovado nela é que será.

52

Milwaukee, Wisconsin
Quarta-feira, 30 de julho de 2025

ETHAN JANTAVA COM MADDIE, FAZENDO O POSSÍVEL PARA manter a mente ocupada até receber notícias do governador em relação aos esforços para que a transferência acontecesse na segunda-feira.

— Acha que ele conseguirá fazer isso em menos de uma semana, Ethan?

— Se Mark Jones acredita em Francis e nas ameaças dele, não terá escolha.

— Francis já te deu algum motivo para não acreditar nele?

— Infelizmente, não.

O celular de Ethan tocou. Era Lindsay Larkin. Ele o tirou do bolso e atendeu a ligação:

— Sim?

— Preciso que você venha a meu escritório imediatamente.

— O que houve?

— Quero que veja algo. É urgente.

Ethan olhou para Maddie, que semicerrou os olhos tentando adivinhar com quem falava. Ele levantou um dedo, pedindo um momento.

— Tem a ver com o caso? — ele quis saber.

— Tem — Lindsay confirmou.

— É urgente mesmo?

— Preciso que veja isso agora. Ainda hoje.

Ethan consultou o relógio.

— Estou na cidade. Chego aí em trinta minutos.

53

Milwaukee, Wisconsin
Quarta-feira, 30 de julho de 2025

ETHAN DEIXOU MADDIE EM CASA E CHEGOU À SEDE DA *ANONY-mous Client* por volta das oito da noite. Subiu de elevador até o trigésimo andar e encontrou Lindsay Larkin a sua espera assim que as portas se abriram.

— Graças a Deus — ela disse.

— O que houve?

— Vem comigo. Preciso te mostrar uma coisa.

Ethan seguiu Lindsay pelos corredores vazios. Os funcionários já tinham ido embora. Ele entrou no escritório dela, e Lindsay puxou uma cadeira atrás de sua mesa, colocando-a ao lado da dela.

— Quero que você veja isto. — Lindsay apontou para o monitor do computador.

— Do que se trata?

— Sente-se aí.

Ambos se acomodaram, e Lindsay mexeu no mouse até o monitor ficar preto por um instante e logo voltar a exibir a tela.

— O que é isso? — Ethan perguntou.

Parecia uma videoconferência em pausa.

— Eu gravo as sessões de terapia — Lindsay disse. — Com todos os meus clientes. Isso permite que os que desejam rever suas sessões tenham a oportunidade de fazê-lo. Também me permite aprimorar minha abordagem com certos clientes.

— Você grava as sessões online? — Ethan franziu o cenho. — Isso é legal?

— Todos os nossos clientes assinam formulários de consentimento. Então, sim, é legal. Acabei de finalizar uma sessão com um cliente novo agora ao anoitecer e preciso que você veja isto.

Surpreso, Ethan olhou para Lindsay.

— Não — ela disse antes que Ethan pudesse perguntar —, isso *não* é legal. Posso perder minha licença profissional por mostrar a você, mas não sei o que mais posso fazer.

Ethan olhou de Lindsay para o monitor e de volta para ela.

— O que está acontecendo?

Ela clicou no mouse, e a gravação da sessão de terapia começou a ser reproduzida. No canto superior direito, Ethan viu o rosto de Lindsay aparecer na janela enquanto ela esperava o cliente se conectar. Pouco depois, a janela maior no centro do monitor começou a exibir uma imagem borrada de uma pessoa de moletom com capuz, com as feições irreconhecíveis.

— O que é isso?

Lindsay pausou o vídeo.

— O cliente usou nosso filtro de conteúdo criptografado para esconder sua imagem e disfarçar a voz. É assim que aqueles que desejam permanecer anônimos conseguem fazer isso. — Lindsay voltou a clicar no mouse, e a reprodução do vídeo prosseguiu.

— *Boa tarde, eu sou a doutora Larkin.*

Então, o cliente anônimo falou pela primeira vez. A voz da pessoa era distorcida por meio de um filtro de inteligência artificial que a fazia soar como uma mensagem de atendimento ao cliente.

— *Preciso de sua ajuda.*

— *Claro* — Lindsay disse. — *É por isso que estou aqui.*

— *Eu te conheço, Lindsay. E você me conhece. É por isso que vim até você em busca de ajuda.*

Ethan observou o monitor. Na tela, ele viu Lindsay fazer uma pausa e olhar rapidamente para a câmera, com uma expressão de confusão, antes de continuar:

— *Certo. Como posso ser útil?*

— *Eu fiz uma coisa horrível.*

Outra pausa.

— *Quer me contar do que se trata?*

— *Fiz uma garota desaparecer.*

Ethan, que continuava a observar Lindsay Larkin na tela do computador, percebeu outra vez uma hesitação em seu olhar. A imagem do cliente anônimo, borrada e distorcida, não revelava nada.

— *Essa, ahn... garota tem nome?*

— *Tem, sim. Você a conhece.*

Desta vez, a pausa durou tempo suficiente para que Ethan desviasse o olhar da tela e se virasse para Lindsay. Ele detectou medo em sua expressão. Tenso, Ethan engoliu em seco de forma audível antes de voltar os olhos para o monitor. Finalmente, o cliente anônimo falou:

— *O nome dela é Callie Jones. Preciso de sua ajuda para me perdoar pelo que fiz com ela.*

54

Milwaukee, Wisconsin
Quarta-feira, 30 de julho de 2025

— **EU PRECISO DO NOME DO CLIENTE, LINDSAY — ETHAN DISSE.**

— Não posso dar.

— Conseguirei um mandado.

— Acho que você não entendeu. Não posso dar o nome desse cliente para você porque não tenho esse nome. Não sei quem é o cliente, nem qualquer coisa sobre ele. Ou *ela*. O filtro de criptografia de anonimato foi usado.

— Poupe-me. Isso tudo é um engodo. Bem lucrativo, com certeza. Não acredito nem por um segundo que não seja possível descobrir quem é essa pessoa. Como a sessão é paga? Pela aparência deste lugar, você não está oferecendo terapia de graça.

— Nosso portal de anonimato é gerenciado por um serviço terceirizado, inclusive os honorários. Eu não teria como conseguir o nome dessa pessoa mesmo que decidisse infringir meu código de ética.

— A DIC tem especialistas em TI. Eles conseguem quebrar a criptografia.

— Duvido. Quando criei esta empresa, fiz isso com a estrutura de segurança e privacidade em mente. E comecei a faculdade como estudante de engenharia da computação antes de mudar para o curso de psicologia. Contratei os melhores profissionais para implementar as funcionalidades de anonimato do negócio, porque todo o apelo da empresa se baseia na promessa de que a privacidade e a segurança que estabeleci vão proteger a identidade de meus clientes. Então, não, eu não acho que os peritos especializados em tecnologia do governo, que ganham sessenta mil dólares por ano, conseguiriam quebrar minha criptografia, mesmo que eu concordasse em deixar que tentassem.

— E você está me dizendo que não vai permitir?

— Não, eu não vou permitir que a DIC invada meu sistema e exponha meu cliente. Meu sustento se baseia na reputação de minha empresa de manter o anonimato de nossos clientes. Construí esta empresa rapidamente, em poucos anos. Seu crescimento vertiginoso aconteceu exatamente porque eu não comprometo meus princípios éticos sob hipótese alguma.

— Mesmo que seja para encontrar o assassino de Callie?

Nervosa, Lindsay respirou fundo.

— Olha, se eu tentasse agir discretamente para descobrir a identidade desse cliente, removendo o véu de segurança que implantei, e se soubessem que fiz isso, meu negócio desmoronaria. Ninguém mais confiaria em minha plataforma.

— Se é assim, por que me mostrou esse vídeo?

— Porque Callie era minha melhor amiga. E alguém acabou de admitir que a matou.

Ethan se dirigiu para o outro lado da mesa.

— Então, se você não irá deixar que se tente quebrar sua criptografia, qual é seu plano?

— Quero continuar atendendo meu cliente. Acho que, se eu fizer isso, conseguirei que me diga quem ele é. Pode demorar um pouco. Talvez algumas sessões, mas eu vou conseguir.

— Não duvido disso. Pelo que li a seu respeito, você é uma psicóloga muito competente. O problema com esse plano é que o tempo não está a nosso favor.

— O que quer dizer?

— Houve um desenvolvimento em minha investigação, e agora estou correndo contra o relógio. Preciso saber quem é esse cliente, e não tenho tempo para que você o faça falar ao longo de várias sessões de terapia.

— O que você descobriu?

Ethan quase contou a Lindsay sobre Portia Vail e como a vida da garota dependia dele. Quase contou sobre Francis Bernard e a transferência iminente do preso, que Mark Jones estava correndo para arranjar até segunda-feira. Uma transferência que Ethan poderia impedir, se descobrisse a identidade desse cliente anônimo.

— Tem a ver com Callie? — Lindsay perguntou.

— Tem relação com o caso dela. Isso é tudo o que posso te dizer neste momento. Mas o ponto principal é que não temos tempo para você atender esse cliente a fim de descobrir a identidade dele. Isso poderia levar várias sessões, e não podemos fazer isso. Você terá que confiar em mim.

Lindsay se levantou, e eles se encararam do outro lado da mesa.

— Vou deixar que você veja, Ethan. Eu te darei o que tenho à disposição, e veremos se seus rapazes são capazes de quebrar a criptografia. Mas preciso que você me prometa que fará isso com discrição.

— Farei mais do que manter isso em sigilo. Vou manter isso fora do sistema.

— Como pretende fazer isso?

— Eu conheço um cara que pode ajudar.

— Na DIC?

— Não. É um amigo, nada mais.

55

Cherryview, Wisconsin
Quarta-feira, 30 de julho de 2025

ERAM QUASE DEZ DA NOITE QUANDO ETHAN ESTACIONOU NA mansão à beira do Lago Okoboji. Ele tocou a campainha, que sabia que emitia um som suave por toda a casa. Logo em seguida, Christian Malone veio atender.

— Desculpe por ter ligado tão tarde, mas estou em apuros e preciso de ajuda.

— Ainda estou no horário da Califórnia. Dez da noite não é tarde. O que está acontecendo?

— Apareceu mais uma coisa. Acho que você poderia ajudar.

— Entre.

Ethan seguiu Christian pela enorme casa até a cozinha, onde se sentaram junto à ilha. Christian abriu duas garrafas de cerveja artesanal e entregou uma para Ethan.

— Obrigado.

— Ainda estou tentando recuperar as sequências de mensagem do chip da garota, Ethan. Encontrei os vestígios, mas as mensagens propriamente ditas ainda estão ilegíveis por causa de um tipo de criptografia antigo, de primeira geração. Parece que ela usava um aplicativo de criptografia para enviar e receber mensagens em relação ao Samsung pré-pago, e depois apagava tudo. O aplicativo usava um registro de data e hora que excluía permanentemente as conversas depois de sete dias. Então, as chances de eu recuperar todas as mensagens são pequenas. O máximo que posso fazer é tentar extrair as últimas sequências de mensagens enviadas antes de a bateria do celular acabar, o que teria interrompido o registro de data e horário. Deve haver mensagens de alguns dias, se eu conseguir lidar com a criptografia.

— Agradeço seus esforços, Christian. Estou atrás de uma sequência de mensagens do sábado em que ela desapareceu. Foi em 18 de julho de 2015.

— Isso só vai acontecer se a bateria do celular tiver acabado sem ser recarregada. Se isso aconteceu, digamos, dentro de vinte e quatro horas após o desaparecimento da garota, então o aplicativo de criptografia não teria conseguido excluir as últimas mensagens que ela enviou. Vou continuar trabalhando nisso. Algo mais apareceu?

Ethan assentiu.

— Já ouviu falar da *Anonymous Client*?

Tomando um gole de cerveja, Christian meneou a cabeça.

— Não.

— É uma plataforma de orientação psicológica sediada em Milwaukee que oferece consultas e sessões no conforto de sua casa.

— Então você conversa com o terapeuta por videoconferência?

— Mais ou menos.

— Quer que eu fale com alguém sobre meu transtorno de estresse pós--traumático por ter tido pedra no rim?

Ethan sorriu.

— Uma das características da plataforma, e o que a tornou tão popular, é que os pacientes podem falar com o terapeuta de forma anônima. O conceito eliminou o estigma que impede a maioria das pessoas de recorrer a uma terapia.

— Como o anonimato é mantido?

— Por meio de um filtro de conteúdo criptografado que esconde o rosto e disfarça a voz. Eu conversei com a fundadora da empresa, e ela me disse que tudo é gerenciado por um serviço terceirizado. Pagamentos, registros, tudo. Então, se alguém quiser manter o anonimato, ela garante que é possível.

— Conceito interessante. Por que está me contando isso?

— Tem a ver com o caso em que estou trabalhando. A fundadora do *Anonymous Client* era amiga da vítima aluna do ensino médio. O nome dela é Lindsay Larkin, e tenho trabalhado com ela no caso de Callie Jones. Hoje mais cedo, um novo paciente se registrou e acessou o portal online da doutora Larkin para uma sessão de terapia, usando o filtro de conteúdo criptografado.

— Certo.

— Durante a sessão, esse cliente confessou que matou Callie Jones.

Espantado, Christian ergueu as sobrancelhas.

— Existem leis bastante rigorosas pertinentes à confidencialidade entre terapeuta e paciente. Mas se um paciente confessa um crime, essas leis deixam de valer. Eu poderia seguir os trâmites legais e conseguir um mandado. E depois, pedir para os peritos especializados em tecnologia da DIC tentarem quebrar a criptografia.

— Mas?

— Mas Lindsay Larkin está preocupada com o negócio dela, que se orgulha de assegurar a privacidade de quem acessa anonimamente. Se vazasse a informação de que a DIC invadiu o portal de orientação psicológica de Lindsay para descobrir a identidade desse cliente, o modelo de negócio dela iria para a cucuia.

— E? Duvido muito que sua preocupação principal seja o modelo de negócios de uma terapeuta.

— Não, minha principal preocupação é que estou correndo contra o tempo. Meu prazo final é segunda-feira, e sinceramente não sei se o pessoal da DIC conseguirá resolver isso tão rápido. Mas achei que, se você desse uma olhada, talvez fosse capaz de quebrar a criptografia antes de segunda e descobrir a identidade desse cliente.

Christian sorriu e afastou uma mecha de cabelo loiro dos olhos.

— Criptografia, é isso? E aí? Você quer que eu invada o programa online da empresa dela?

— É possível?

— Invadir o sistema dessa empresa? Claro que é possível.

— Então, você vai fazer isso? Você *pode* fazer isso?

— São duas perguntas diferentes. *Posso* fazer isso? — Christian fez uma careta. — Tenha dó, cara... Eu escrevi o código de criptografia para o Cram-Case, e nunca fomos invadidos. Sei mais sobre cibersegurança do que os manés que fazem isso para viver. Claro que posso fazer. Eu *vou* fazer? Isso depende.

— De quê?

— De você me prometer de maneira oficial que não vou me ferrar por causa disso. Escute, doutor, não me importo de fuçar para você no telefone de uma garota morta. Mas eu vim para Cherryview para fugir das encrencas, e não me meter nelas. Estou curtindo meu anonimato. Ninguém me conhece aqui, exceto alguns parceiros de pickleball, e a última coisa de que preciso é uma ação judicial enorme e desagradável iluminando o canto escuro do meu esconderijo. E é isso que me espera se eu for pego invadindo o portal online de uma empresa nacional.

— Você tem a autorização da CEO e fundadora da empresa.

— Precisarei disso por escrito, e também algo das autoridades. E não é nada pessoal, doutor. Só estou dizendo o que meus advogados vão me aconselhar a fazer.

Ethan assentiu.

— Então, você quer uma proteção *de verdade*?

— Eu quero algum tipo de imunidade oficial para que aquilo que eu vier a descobrir não se volte contra mim.

Ethan tirou o celular do bolso e fez uma chamada, colocando o aparelho no viva-voz.

— Alô? — responderam do outro lado da linha.

— Governador Jones, aqui é Ethan Hall. Acho que estou chegando perto de resolver o caso de Callie, mas preciso de um favor.

56

Nekoosa, Wisconsin
Quinta-feira, 31 de julho de 2025

NA MANHÃ DE QUINTA-FEIRA, ELA VESTIU A PERUCA LOIRA
antes de deixar a casa. Saiu pela porta dos fundos, atravessou a rua atrás da residência e apertou o botão da chave do carro. O Range Rover emitiu um sinal sonoro ao destravar as portas. Ela se acomodou ao volante e arrancou com o SUV. Deu uma volta pelo bairro, só por garantia. Ao passar pela casa, ela não deu nenhum sinal de ter percebido o veículo descaracterizado estacionado mais adiante na rua. Era de novo o cara mais velho e que mancava. O nome *Eugênia Morgan* aparecera na lista de visitantes de Francis, e não restava dúvida de que a DIC estava se empenhando para desvendar o caso. Ela precisava tomar cuidado. Faltavam apenas alguns dias.

Na terça-feira, ela permitira que o policial disfarçado a seguisse até Milwaukee, onde ela fez paradas na loja de armas e pela loja de artigos de combate e equipamentos táticos. Não havia nenhum problema em deixar que ele a visse comprar uma arma, um colete à prova de balas e um canivete. Na verdade, Francis queria que as autoridades soubessem dessas compras. Porém, para os últimos detalhes que lhe tinham sido atribuídos, ela não poderia ser seguida. Daí, a peruca loira e o segundo veículo. O policial no veículo descaracterizado da DIC se achava no encalço de uma mulher alta, magricela e com cabelo preto intenso, que dirigia um Ford Focus. A mulher loira que passara pela casa de Eugênia Morgan em um Range Rover não lhe despertava interesse algum.

Ela colocou os óculos escuros ao passar pelo veículo descaracterizado, sem sequer lançar um olhar de soslaio. Uma espiada no retrovisor confirmou que o agente especial Kramer não dera a mínima para ela. O carro dele não saiu do lugar. Ela seguiu em direção a Milwaukee e acelerou pela Interestadual 794 até ter certeza de que ninguém a seguia. Então, pegou a saída e chegou ao Veteran's Park. Parou em uma vaga no estacionamento norte do parque, a uma boa distância de seu destino. A trilha que serpenteava pelo bosque na extremidade norte conduzia até a margem do Lago

Michigan. Ali, sentiu uma suave brisa no rosto, um contraste agradável com a tarde tórrida.

Ela encontrou um banco perto da água, sentou-se e fingiu olhar para o celular enquanto observava se alguém a seguira. Não viu ninguém. Por fim, voltou para a trilha e foi em direção a uma Little Free Library*. O estande da biblioteca comunitária parecia uma grande casinha de passarinho. A estrutura triangular estava apoiada em um poste de carvalho e abrigava uma variedade de livros gratuitos para quem quisesse pegar.

Ela caminhou até o estande da biblioteca e abriu a porta. De sua bolsa, tirou um livro e o colocou na prateleira. Em um movimento ligeiro, retirou o envelope que havia colocado entre as páginas do livro e o colou com fita adesiva no topo do interior da biblioteca. Ela deu uma olhada na coleção de livros, finalmente escolhendo um romance de Danielle Steel. Verificou se o envelope estava bem esticado e fixado no teto.

Satisfeita, fechou a porta da biblioteca e voltou para o banco com seu romance. Ela leu os três primeiros capítulos enquanto observava o parque. Quando teve novamente certeza de que ninguém a havia seguido, caminhou de volta pelo bosque até seu Range Rover.

Ela digitou o endereço no GPS e se acomodou para a viagem de cinco horas e meia até Ashland, ao norte. A cidade ficava perto do Lago Superior e da divisa entre Wisconsin e Minnesota. Lá, a leste da cidade, ela encontraria o Lago Morikawa. Francis lhe dissera que havia apenas oito casas na vasta área ao redor do lago. Uma delas pertencia a um casal de idosos: Hugh e Ruth Winchester.

Ela teria que visitar os Winchester mais tarde naquela noite, embora eles não estivessem a sua espera. Era melhor para todos que ela chegasse sem aviso prévio.

---

* Uma Little Free Library, ou Pequena Biblioteca Livre, é um sistema de troca de livros gratuito, onde as pessoas podem pegar um livro e, se quiserem, deixar outro em troca. São pequenas caixas, geralmente de madeira, instaladas em locais públicos, onde qualquer pessoa pode acessar e compartilhar livros, promovendo a leitura e o senso de comunidade.

57

Boscobel, Wisconsin
Quinta-feira, 31 de julho de 2025

FRANCIS, SENTADO NA CAMA DE SUA CELA SEM JANELAS, OUVIU
a campainha soar, indicando que sua porta estava prestes a ser aberta. Esse
era o procedimento formal pelo qual os guardas entravam em sua cela, e não
como André Monroe fazia nas madrugadas. Desde o início do verão, o chefe
dos guardas vinha entrando sorrateiramente na cela de Francis e fornecendo
um fluxo contínuo de notícias sobre a investigação de Ethan Hall do caso de
Callie Jones, além de atualizações sobre as últimas novidades no caso de Portia Vail. Em troca, Francis dava a André Monroe o que ele queria. Contrariar o senhor Monroe resultaria em uma surra que Francis não podia correr
o risco de levar. Uma estada prolongada na enfermaria atrapalharia seus planos. Então, Francis cedia às exigências de André Monroe. Nesse dia, no
entanto, algo diferente estava acontecendo.

— Ajoelhe-se no canto — um guarda gritou pelo sistema de interfone.

Francis se levantou da cama.

— Fique de frente para a parede e coloque as mãos nas costas.

Francis se ajoelhou no canto, encostou a testa na parede e estendeu as
mãos para trás. Os guardas entraram, algemaram-no e o colocaram de pé.
Ao se virar, deu de cara com André Monroe.

— Estão chamando você, Francis.

Francis permaneceu calado. Uma imagem de duas noites atrás surgiu
em sua mente: André Monroe com a calça arriada até os joelhos, gemendo,
de pé diante dele.

— O psicólogo quer ter uma conversa com você. Provavelmente, ele
teme que você esteja pensando em se matar.

O chefe de segurança se inclinou para mais perto.

— Você quer se matar, Francis?

Francis olhou para além dele e não respondeu.

André Monroe adotou um tom de voz infantil:

— Você precisa conversar com alguém sobre seus sentimentos?

Nenhuma resposta.

— Tirem este sujeito daqui — André ordenou.

Os dois guardas que seguravam os braços de Francis o conduziram para fora da cela. Ao passar pelo vão da porta, Francis soube que Ethan Hall havia iniciado o processo de transferência. Ele tinha só mais três dias naquele inferno.

58

Lago Morikawa, Wisconsin
Quinta-feira, 31 de julho de 2025

QUANDO ELA CHEGOU AO LAGO MORIKAWA, O LONGO DIA DE verão chegava ao fim. O horizonte reluzia com um entardecer cor de cereja. As nuvens pairavam sobre o lago, com as partes inferiores ostentando uma tonalidade vermelho-sangue. Ela achou inevitável considerar aquele tom apropriado, levando em conta o que estava prestes a acontecer.

Contornou o lado norte do lago e começou a descer pela margem leste. Encontrou o acesso da propriedade de Hugh e Ruth Winchester e entrou. Meia hora antes, uma parada para descanso assegurou que suas pernas estivessem revigoradas após a longa viagem. O casal era idoso, mas ela ainda precisava estar ágil. Àquela altura do jogo, ela não estava dando nada como certo. Erros precisavam ser evitados a todo custo.

Ao sair do carro, verificou a bolsa em busca do canivete. O vizinho mais próximo estava a uma boa distância, mas ela não podia correr o risco de usar sua pistola, temendo que os disparos fossem ouvidos. O canivete seria mais complicado e daria mais trabalho, mas seria mais seguro a longo prazo. Caminhou até a porta da frente e tocou a campainha. Pouco depois, Ruth Winchester atendeu.

— Em que posso ajudá-la? — a idosa perguntou.

— Eu me chamo Eugênia Morgan, e estou completamente perdida. Estou tentando achar o caminho para a cidade, mas meu sistema de navegação não está funcionando. Por mais que tente, não consigo sair deste lugar.

— Ah, pode ser complicado — Ruth disse, assentindo. — E os sinais de celular ou de satélite, seja lá o que faz esses mapas funcionarem, nunca são confiáveis por aqui. Vou chamar meu marido. Ele consegue explicar o caminho para a cidade.

— Obrigada. E desculpe pelo incômodo. Está escurecendo, e eu sabia que estaria em apuros quando a noite chegasse.

— Espere só um instante, querida. Vou chamar Hugh.

Ela ficou na varanda enquanto a mulher entrava na casa. Então, enfiou a mão na bolsa e tirou o canivete. Manteve-o ao lado do corpo. Pouco depois, Hugh Winchester se aproximou da porta. O homem era idoso e frágil, com as décadas deixando sua coluna encurvada. Ele abriu a porta de tela com um leve empurrão.

— O que posso fazer por você?

Ele mal terminara de falar quando ela ergueu o canivete e cortou a lateral esquerda de seu pescoço. Levando em conta o volume absurdo de sangue que escorreu pelo ombro e desceu pelo peito, ela percebeu que havia seccionado a artéria carótida dele. Com uma expressão confusa, Hugh Winchester levou a mão ao pescoço, sentiu o sangue e desabou.

Ela não perdeu tempo, passou por cima do corpo de Hugh e entrou na casa. Encontrou a esposa junto à pia da cozinha. Aproximou-se dela por trás e repetiu o processo. Dois minutos depois de tocar a campainha da casa dos Winchester, o casal estava se esvaindo em sangue. Hugh na entrada da casa, e Ruth no chão da cozinha.

A torneira continuava aberta, e ela aproveitou para lavar a lâmina do canivete antes de guardá-lo na bolsa. Em seguida, tomou um copo de água e começou a faxina. Uma hora depois, o corredor até a garagem estava manchado de sangue, e os corpos, empilhados no freezer. Verificou se a porta da frente se encontrava fechada e, então, entrou no carro para mais uma longa viagem. Dessa vez, seu destino era a fronteira com o México.

59

Madison, Wisconsin
Sexta-feira, 1º de agosto de 2025

A REUNIÃO FOI NOVAMENTE REALIZADA NO HOTEL EDGEWATER, em Madison. Era uma tarde de sexta-feira. Ethan estava com Pete Kramer quando a porta da suíte se abriu e Mark Jones entrou, segurando uma pasta de arquivo.

— Vamos nos sentar, senhores — Mark disse.

Todos se acomodaram ao redor da mesa de reuniões.

— Ari Cutlass é o diretor em Boscobel. Ele e eu nos conhecemos há muito tempo. Então, eu lhe pedi um favor. Ari concordou com a transferência na segunda-feira, mas só se conseguisse o aval de um dos psicólogos da prisão.

— Para o caso de haver repercussões?

— Exatamente, Kramer. A preocupação de Ari é que, após tantos anos preso em uma solitária, Francis surte quando o colocarem junto dos presos comuns. E se ele matar alguém, Ari não quer ser responsabilizado pelas consequências.

— O senhor providenciou a avaliação psicológica? — Ethan perguntou.

— Ontem — Mark respondeu. — O desgraçado não só foi considerado apto como foi aprovado com louvor.

— Então temos tudo de que precisamos para realizar a transferência? — Pete arqueou as sobrancelhas.

O governador olhou para Ethan.

— Quase tudo.

Ethan assentiu, tirou um envelope do bolso de trás e o colocou na mesa.

— Minha carta — Ethan disse. — Para a comissão de liberdade condicional, o diretor do presídio e o Departamento de Administração Penitenciária de Wisconsin, manifestando meu desejo de que Francis Bernard seja transferido da Unidade do Programa de Segurança de Wisconsin para o Instituto Correcional de Colúmbia, a fim de lhe proporcionar melhores condições de vida e mais liberdade após trinta e dois anos de reabilitação.

Em uma mistura de angústia e repulsa, Ethan suportou o refluxo ácido que lhe queimava o esôfago.

O governador pegou o envelope.

— Obrigado. — Mark suspirou. — Sei que não foi fácil escrever isto aqui.

— O que importa é que o canalha vai continuar atrás das grades. — Ethan encolheu os ombros. — E se isso nos trouxer informações sobre o assassino de sua filha e o paradeiro de Portia Vail, terá valido a dor de escrever essa carta.

Ethan não mencionou que, no fundo, ainda alimentava a esperança de que Christian Malone conseguisse descobrir quem era o cliente anônimo de Lindsay Larkin antes de segunda-feira. Ainda havia uma chance de impedir a transferência de Francis.

O governador colocou a carta de Ethan na pasta, acrescentando-a à avaliação psicológica de Francis Bernard e à carta oficial do gabinete do governador. Isso completou a documentação e, uma vez entregue à prisão, iniciaria o processo célere de transferir Francis Bernard para o Instituto Correcional de Colúmbia na segunda-feira.

— Então, e agora? — Pete quis saber.

Pensativo, Ethan inclinou a cabeça e disse:

— Francis disse que, assim que a ordem de transferência for atendida, e ele estiver a caminho de Colúmbia, irá me contar tudo o que sabe sobre o assassino de Callie e o paradeiro de Portia Vail.

— O canalha vai esperar até o último minuto. — Mark fez um esgar. — E segundo Ari Cutlass, Francis mandará o advogado revisar os documentos para ter certeza de que a transferência vai mesmo acontecer, e que a gente não está só blefando para arrancar informações dele.

— Como é maravilhoso nosso sistema de justiça — Pete ironizou —, que permite ao assassino de um policial exercer tanto poder de dentro de uma cela.

Mark olhou para Ethan.

— Alguma novidade a respeito de como Francis pode ter informações sobre minha filha ou Portia Vail?

Ethan fez que não com a cabeça.

— Nada ainda. Pete tem vigiado a movimentação de Eugênia Morgan.

— Nada de muito suspeito — Pete afirmou. — Ela comprou uma arma esta semana, mas não se aproximou do armazém aonde Francis mandou Ethan ir. Se Eugênia Morgan tem algo a ver com passar informações para Francis, ainda não conseguimos descobrir o que é. E quando se trata de ligá-la a Portia Vail de forma significativa, não encontramos nada relevante.

Por um momento, o silêncio tomou conta do ambiente, enquanto todos sentiam o peso da situação.

— Qual é nosso plano, senhores? — Ethan indagou.

— Vou formalizar a transferência. — Mark tornou a olhar para Ethan. — Precisarei de você em Boscobel na segunda-feira de manhã para conversar com Francis antes da transferência e conseguir as informações que ele está nos oferecendo.

Ethan assentiu. *Vamos lá, Christian. Faça sua mágica.*

60

Hachita, Novo México
Sábado, 2 de agosto de 2025

ANTELOPE WELLS, NO NOVO MÉXICO, ERA O PONTO DE PASSAGEM menos movimentado ao longo da fronteira entre Estados Unidos e México. Cerca de setenta quilômetros ao norte de Antelope Wells ficava Hachita, o último vestígio de civilização antes de os Estados Unidos se encontrarem com o México. Hachita estava a um dia de viagem de Nekoosa. O trajeto incluía a passagem por cinco estados: Iowa e Missouri primeiro, antes de atravessar na diagonal todo o Kansas. Na noite de sexta-feira, ela pernoitou em um hotel barato em Dodge City.

Depois de acordar cedo no sábado de manhã, ela iniciou a segunda parte de sua viagem. Passou por Oklahoma e pelo Texas antes de entrar no Novo México, onde dirigiu por horas sem parar. O cronograma que Francis lhe impusera não deixava espaço para paradas desnecessárias, razão pela qual ela usou uma fralda geriátrica durante a viagem de longa duração.

Ela entrou na empoeirada cidade de Hachita às quatro e meia da tarde de sábado. O momento não poderia ter sido mais oportuno. Encontrou a agência dos correios, estacionou em frente ao pequeno edifício e esperou. Observou um funcionário surgir pouco antes das cinco da tarde e caminhar até a caixa de correspondência no fim do estacionamento. O homem destrancou a caixa e retirou a bandeja interna que havia recolhido os envelopes depositados ao longo do dia. Ela o viu colocar uma nova bandeja vazia dentro da caixa antes de voltar para dentro do prédio.

Ela pegou o pacote no assento ao lado do motorista. O envelope pardo lhe fizera companhia durante a longa viagem desde Wisconsin. Estava endereçado a Eugênia Morgan, e chegara a Nekoosa no início da semana. Exibia a caligrafia inconfundível de Francis. Ao ver a letra dele, ela era tomada por uma excitação. Francis fora rigoroso em relação às instruções de como ela deveria lidar com o envelope. Ela as seguiu à risca.

Antes de tocar no pacote, ela calçou luvas de látex. Desprendeu o clipe de metal dourado que mantinha o envelope fechado e rasgou o selo adesivo.

Observou o interior e viu um único envelope branco não selado. Segurou o canto com o polegar e o indicador, e o retirou do pacote maior.

O nome no envelope estava novamente escrito na caligrafia esmerada de Francis:

Agente especial Ethan Hall

Havia uma carta dentro, mas ela não fez questão de ler. Francis não lhe pedira isso. Ela enfiou a mão na bolsa e achou a chave do boxe que havia alugado. Deixou-a cair dentro do envelope antes de fechá-lo com um pano úmido, e não com a própria saliva. Saiu do carro e se apressou a entrar na agência dos correios. O funcionário separava encomendas atrás do balcão quando ela se aproximou.

— Olá — ela disse.

O homem se virou, visivelmente surpreso com a mulher alta e bonita, de cabelo preto intenso e olhos castanhos chamativos.

— Olá — ele respondeu. — Estamos quase fechando.

— Que sorte. Cheguei bem na hora. — Ainda usando as luvas de látex, ela mostrou o envelope. — Preciso enviar esta correspondência, mas gostaria que isso fosse feito daqui a alguns dias. É possível?

Em um gesto de aceitação, o funcionário balançou a cabeça para a frente e para trás.

— Posso programar um atraso. Quando você quer que seja postado?

— Quinta-feira. Pode ser?

— Claro — ele respondeu, pegando o envelope. — Posso fazer isso, sim.

Se o funcionário notou as luvas de látex, não deu sinais disso. Ele colocou o envelope na balança e verificou o valor do envio.

— Você já colocou selos de sobra. Está tudo certo. Precisa de mais alguma coisa?

— Não, é só isso. Agradeço sua ajuda.

— Não tem por quê.

Ela sorriu e, em dúvida, virou um pouco a cabeça.

— Vai mesmo ser enviado na quinta-feira?

— Eu mesmo cuidarei isso. Fique tranquila.

Outro sorriso.

— Obrigada. — Ela saiu da agência e voltou a entrar no carro.

A remessa postal começaria sua viagem para o norte do país na quinta-feira e não chegaria à casa de Ethan Hall antes do próximo fim de semana. Até lá, ela e Francis já teriam começado sua nova vida juntos. Apenas mais alguns dias, mas ainda havia muito para fazer.

Depois de alguns minutos, no horário de fechamento da agência, ela viu o funcionário sair do prédio. Ele trancou a porta da frente, entrou no único outro carro no estacionamento e seguiu pelo caminho empoeirado para lugar algum.

Com o estacionamento completamente vazio, ela estendeu a mão para o assento de trás e pegou uma fralda geriátrica nova. Saiu do carro, levantou a saia, tirou a fralda molhada e frouxa que usava e se livrou dela. Vestiu uma nova com um puxão firme e sentiu alívio imediato. Dentro do veículo, encontrou o frasco de seu medicamento estimulante no porta-luvas e engoliu dois comprimidos. Não poderia se dar ao luxo de pernoitar em um hotel na volta para Nekoosa, pois ainda tinha muito trabalho a realizar antes da manhã de segunda-feira.

Ela saiu do estacionamento, com o carro deixando uma nuvem de poeira para trás, e a fralda molhada no asfalto.

61

Cherryview, Wisconsin
Domingo, 3 de agosto de 2025

NA NOITE DE DOMINGO, ETHAN FINALMENTE RECEBEU UMA ligação de Christian.

— Conseguiu? — perguntou ao atender.

— Infelizmente, não, Ethan. A doutora Larkin não estava brincando quando disse que tinha uma criptografia de alto nível. Está demorando mais do que eu esperava para decifrar a codificação. Vou conseguir, mas não antes de segunda-feira, doutor. Sinto muito, meu chapa.

Frustrado, Ethan respirou fundo.

— Não se preocupe. Eu sei que você está fazendo todo o possível. Vá em frente. Mesmo que seja só depois de amanhã, quero saber o que você descobrirá.

— Pode deixar — Christian disse. — Mas, a propósito, finalmente consegui recuperar as mensagens de texto de Callie Jones do chip dela. E acho que você vai querer dar uma olhada.

— Já estou indo até aí.

* * *

Ao abrir a porta, Christian ofereceu uma cerveja para Ethan.

— Vamos entrar. As sequências de mensagens estão meio bagunçadas, mas acho que consegui recuperar quase tudo que sobrou.

Ethan tomou um gole de cerveja, seguiu Christian pela mansão e entrou no refúgio tecnológico do californiano, onde o ar era consideravelmente mais frio que no restante da casa, para manter o conjunto de computadores e processadores funcionando com eficiência. As telas brilhavam e piscavam em todos os cantos. Christian se sentou diante de um dos monitores e começou a digitar com uma velocidade absurda.

— Eu te falei que a garota usou um aplicativo para criptografar as mensagens e apagá-las depois de enviadas. O aplicativo usado por ela não existe mais, por isso demorei tanto para recuperar as mensagens. Tive que utilizar engenharia reversa para recuperar a tecnologia antiga e conseguir acesso. E mesmo assim, ainda não recuperei tudo. Mas achei as mensagens de sábado, 18 de julho de 2015. Foi a noite em que ela desapareceu, não é?

Ethan se lembrou da visita à Crista com Lindsay Larkin e de ficar sabendo que Callie havia ido embora às pressas após receber uma mensagem. Desde então, ninguém mais a vira, exceto Jaycee Jones, a irmã mais nova de Callie, quando esta passou rapidamente em casa para pegar um moletom.

— Sim, foi.

— Imaginei. — Christian deu de ombros. — Porque é a última mensagem que apareceu no celular dela. Chegou às nove e dois da noite.

Christian pressionou as teclas por mais um pouco até que a mensagem apareceu. Ele se encostou à mesa e fez a cadeira com rodinhas deslizar para o lado a fim de dar espaço para Ethan, que se aproximou e leu:

> O que houve?

> Preciso te ver.

> Onde você está?

> Na Crista.

> Você está bem?

> Preciso falar com você sobre o bebê. Decidi ficar com ele.

> Então você não fez?

> Não. Eu quero ter este bebê COM VOCÊ. Quero começar uma nova vida com você. Preciso te ver esta noite.

> Você está com o barco de seus pais?

> Sim.

> Vamos nos encontrar no píer de North Point. Eu te espero lá.

> Te amo, Blake.

> Eu também te amo.

Ethan desviou o olhar do monitor.

— Então, meu caro, a pergunta de um milhão de dólares é: você sabe quem é esse Blake?

Ethan deixou a cerveja na mesa e correu em direção à porta, dizendo:

— Sei.

VERÃO DE 2015
CHERRYVIEW, WISCONSIN

A superfície do lago estava lisa como vidro. Callie singrava a água com a lancha Malibu 20 VTX de seus pais, com o horizonte tingido de lavanda, como se fosse o último suspiro de um longo dia de verão. Depois de deixar a Crista, ela passou em casa. Foi uma parada rápida para pegar um moletom, para o caso de Blake e ela decidirem dar uma volta pelo lago enquanto conversavam. Sua mãe e Damien não estavam em casa. Então, Callie só precisava se livrar da irmã mais nova. Jaycee queria saber para onde Callie estava indo, já que não era de volta para a balada na Crista.

— Por aí — Callie respondeu.

— Por aí onde?

— Por aí.

O encontro foi breve, e Callie sabia que seu laconismo poderia vir a ter consequências negativas. Se Jaycee estivesse de mau humor, ela ligaria para a mãe e contaria que Callie estava aprontando algo. Então, o telefone de Callie começaria a tocar sem parar com as ligações da mãe. Mas ela não tinha tempo para conversar com a irmã mais nova. E uma parte dela não se importava se a mãe soubesse o que ela estava fazendo ou com quem vinha se encontrando.

Agora, navegando pelo lago, Callie se sentia livre e leve. O desprezo de seus pais parecia se afogar na esteira deixada atrás da lancha. De repente, Callie pouco se importava com o que sua mãe diria ao saber sobre a gravidez ou de sua decisão de ter o bebê. Ou o que sua nova vida significaria para a carreira política do pai. Ou sobre a faculdade, a escola de medicina, a bolsa de estudos ou ganhar o campeonato estadual pelo terceiro ano seguido. Tudo isso ficara em segundo plano, deixado para trás pela alegria em relação a seu bebê e pela vida que ela e Blake teriam juntos.

Ao se aproximar do píer de North Point, Callie avistou o cais. A claridade no horizonte era apenas o suficiente para iluminar seu caminho. Ela desligou o motor da Malibu, com a esteira de água borbulhando atrás de si, enquanto engatava a marcha a ré para reduzir o embalo e manobrava ao lado do longo cais. Estava vazio.

— Onde você está? — ela sussurrou.

O luar iluminava o cais quando Callie pisou nele, estendendo-se também pela superfície do Lago Okoboji. Do centro do lago, as luzes da Crista eram visíveis. Os sons distantes da música podiam ser ouvidos. Enquanto fazia a amarração do barco, Callie apertou os olhos, mas não viu nenhum veículo. O píer de North Point era usado como rampa de lançamento. Ao caminhar pelo cais, Callie se perguntava por que Blake não se achava a sua espera no carro.

Colocou a mão no ventre e fechou os olhos, imaginando a criança que crescia ali. Fazia apenas dois dias desde sua visita à clínica, onde Cheryl, a enfermeira, convenceu-a a dar um tempo antes de tomar uma decisão da qual ela não poderia voltar atrás. O plano era pensar melhor a respeito por um ou dois dias, e se Callie ainda quisesse levar adiante o procedimento, ela retornaria, e Cheryl a ajudaria durante o processo.

Mas, desde o momento em que Callie saiu da clínica, ela soube que jamais poderia seguir com aquilo. Um vínculo estranho, mas mágico, havia se desenvolvido entre ela e a criança por nascer. Era algo que ela não compreendia e nunca poderia explicar, mas esse vínculo a trouxe até o píer de North Point para encontrar a pessoa com quem queria construir uma vida.

Será que todos concordariam com sua decisão? Callie tinha certeza de que não. Mas era uma decisão dela, e só dela. Não de sua mãe, de seu pai, nem de nenhuma de suas amigas. Era a sua vida, e ninguém mais iria dizer como ela deveria vivê-la. Passara anos ouvindo os planos que os outros faziam para ela. Desde o vôlei e como gastar cada momento acordada — na academia ou na quadra — até seus estudos e seu futuro. Porém, com uma vida crescendo dentro dela, Callie estava pronta para deixar tudo para trás. Seus pais poderiam dizer que ela estava jogando fora uma oportunidade única. Contudo, na verdade, ela estava apenas escolhendo outro caminho. O da maternidade, e isso parecia absolutamente certo. Callie sentiu o pesado fardo dos últimos anos se afastar de seus ombros. E pela primeira vez em muitos anos, Callie Jones se sentia empolgada com o futuro.

Ela caminhou até a extremidade do cais e pisou fora dele. As cigarras ciciavam, e seu canto ecoava pela noite. Um cachorro latiu ao longe. E um galho estalou atrás de Callie. Antes que pudesse se virar, ela sentiu uma pancada na parte de trás da cabeça. O impacto foi forte, atordoando-a e paralisando-a no lugar. Callie teve a presença de espírito de se virar, com os olhos arregalados e imóveis. Em seguida, veio outra pancada, dessa vez, no alto da cabeça. Um filete quente escorreu do contorno do couro cabeludo e desceu pelo rosto. Ela levou a mão à face. Ao retirá-la, seus dedos estavam cobertos de sangue espesso.

Callie sentiu uma terceira pancada, que a mergulhou na escuridão.

62

Beaver Dam, Wisconsin
Domingo, 3 de agosto de 2025

ETHAN SAIU DA CASA DE CHRISTIAN E ENTROU EM SEU CARRO.
Eram quase onze da noite quando ele entrou na rodovia 151 e seguiu rumo norte, em direção a Beaver Dam. Cinquenta minutos depois, deixou a rodovia e pegou estradas secundárias até chegar à propriedade dos Prescott. Seguiu além da entrada principal e da guarita de segurança por onde ele e Maddie haviam passado uma semana atrás, preferindo encostar no acostamento, cerca de meio quilômetro adiante.

Ethan desligou o motor, apagou os faróis e saiu para a noite úmida. O céu estava repleto de estrelas, e as cigarras ciciavam na escuridão. Ele caminhou até a cerca de ripas de madeira branca que delimitava a propriedade dos Prescott. Ethan transpôs a cerca rapidamente e percorreu um campo aberto até encontrar uma trilha que seguia paralela à estrada de cascalho que ele e Maddie usaram na segunda-feira. Andou por oitocentos metros até que as cavalariças ficaram visíveis. Seguiu adiante até avistar, a distância, o chalé de Blake Cordis, com a luz incandescente amarela vazando pelas janelas.

Parou na beira do acesso que levava ao chalé e deu uma olhada rápida ao redor antes de continuar. Subiu os três degraus até a porta da frente, e estava prestes a bater quando ouviu o som de uma espingarda sendo engatilhada. Não se deu ao trabalho de erguer as mãos ou de exibir algo além de relaxamento quando se virou para se deparar com Blake Cordis ao pé da varanda, com uma espingarda calibre .12 apoiada firmemente no ombro direito, e o cano apontado diretamente para ele. Ao reconhecê-lo, Blake baixou a arma.

— Você está querendo morrer? — Blake perguntou.

— Só vim fazer algumas perguntas adicionais.

— Sério? À meia-noite? Está invadindo uma propriedade.

— Chame a polícia — Ethan sugeriu.

Blake baixou ainda mais a espingarda até que ela ficasse pendurada em sua mão direita e apontada para o chão.

— Callie Jones comprou um celular pré-pago para que vocês dois pudessem se comunicar.

Suspirando, Blake abaixou a cabeça, e seus ombros caíram.

— Ela recebeu uma mensagem desse celular às vinte e uma horas no dia em que desapareceu.

Blake fez um gesto negativo com a cabeça.

— Eu não tive nada a ver com o desaparecimento de Callie.

— As evidências que descobri contam uma história bem diferente.

— Não há evidências de que eu tenha feito algo contra ela.

— Só porque você se livrou delas?

— Porque nunca existiu nenhuma para ser encontrada.

— Callie estava grávida — Ethan disse.

Blake permaneceu em silêncio. De repente, o canto das cigarras soou mais alto do que antes.

— Você era o pai.

As cigarras continuaram cantando enquanto Ethan fazia uma pausa.

— Ela decidiu ter o bebê, em vez de fazer o aborto em Chicago.

Acuado, Blake passou a mão esquerda pelo cabelo, continuando a segurar a espingarda com a mão direita.

— Como sabe de tudo isso?

— Fui designado para investigar o caso. É o que venho fazendo.

Para se acalmar, Blake respirou fundo e indicou a porta atrás de Ethan.

— Vamos entrar.

Ethan assentiu. Blake subiu a escada e abriu a porta da frente. Ethan o seguiu para dentro e sentiu de imediato o alívio do ar-condicionado. Blake encostou a espingarda na parede e foi até a cozinha.

Ethan ergueu a arma e abriu o cano.

— Posso?

Blake fez um gesto com mão.

— Fique à vontade.

Ethan retirou os dois cartuchos e os enfiou no bolso. Em seguida, recolocou a espingarda no canto.

— Cerveja?

— Sem dúvida — Ethan respondeu.

Blake pegou duas latas na geladeira e as deixou na mesa da cozinha antes de se sentar. Ethan se acomodou do outro lado. Os dois abriram as cervejas e tomaram um gole.

— Sim, Callie estava grávida. — Blake assumiu: — E sim, eu era o pai.

— Ela foi a Chicago para fazer um aborto.

Blake tomou outro gole e ficou olhando para a lata de cerveja, girando-a no círculo de condensação que se formara na mesa.

— Callie foi até a clínica, mas não fez o aborto. Eu disse que queria ser pai, mas entenderia se ela não quisesse ter a criança. Falei que a decisão era dela. Ela estava cheia de problemas, na época.

— Você contou algo disso para Pete Kramer durante a investigação?

Blake meneou a cabeça.

— Não. Ele nunca perguntou, e eu nunca falei a respeito. Eu sabia que, ao me abrir sobre meu relacionamento com Callie, isso me colocaria na posição de principal suspeito. E como eu não tinha nada, e digo de verdade, *nada* a ver com o desaparecimento dela, fiquei em silêncio.

Ao tomar um gole de cerveja, Ethan refletiu sobre Blake Cordis. Assim como durante sua visita com Maddie, Ethan julgou que Blake era um ator muito bom ou estava falando uma parte da verdade.

— Façamos o seguinte. — Ethan estalou a língua. — Eu vou lhe dizer o que acho que aconteceu, e você me diz se estou certo ou errado.

Blake concordou com um gesto de cabeça.

— Você estava tendo um relacionamento sexual com Callie Jones, uma de suas atletas da escola. Você já era maior de idade. Tinha vinte e um anos em julho de 2015. Faria vinte e dois em setembro. Callie tinha dezessete. Você a engravidou, e um aborto era a única maneira de manter o relacionamento em segredo. Porém, após pensar a respeito, Callie decidiu ter o bebê. Na noite de sábado, 18 de julho de 2015, ela te enviou uma mensagem para contar isso. Vocês trocaram mensagens usando o celular Samsung pré-pago, e ela informou que teria o bebê e queria começar uma vida a seu lado. Sem saída, você decidiu resolver as coisas do seu jeito. Disse a Callie para encontrá-lo no píer de North Point, onde você a matou.

Blake sorriu e terminou de beber a cerveja com um gole longo.

— Errado, errado e, vejamos... ah, sim, errado de novo.

— Você e Callie usavam um aplicativo de mensagens criptografadas, que apagava as sequências de mensagens de vocês depois de serem enviadas. Você foi esperto e cauteloso, mas eu consegui recuperar as mensagens. Eu vi a sequência delas da noite do desaparecimento de Callie.

— Talvez você tenha feito isso. E isso provavelmente explica muita coisa. Mas não significa que matei Callie.

— Então me explique onde é que eu estou errando.

— Você acertou quase tudo. Eu era apaixonado por Callie Jones, com certeza. Ainda a amo, até hoje. Eu a fiz mudar de ideia sobre o aborto, e não o contrário. Eu queria começar uma nova vida com ela. Mas Callie tinha a vida inteira pela frente, tipo a faculdade e a escola de medicina, e carregava o peso do mundo nos ombros. Os pais dela eram dois lunáticos. O pai, nosso grande governador de Wisconsin, sumiu durante os anos do ensino médio da filha. Estava mais interessado na carreira política do que nela. A mãe de Callie era bipolar e vivia indiretamente através de Callie, como se os sucessos da filha também fossem seus. Se Callie não se destacasse em tudo, ou seja, academicamente, atleticamente, socialmente, a mãe mergulharia em crises profundas de depressão. E Callie tinha que suportar tudo isso. Então, eu disse a Callie que entenderia se ela não quisesse o que eu queria.

— Acontece, Blake, que naquela noite foi Callie quem enviou uma mensagem para você, dizendo que queria começar uma nova vida com você. Você falou para ela encontrá-lo no píer de North Point. O que houve depois disso?

Blake meneou a cabeça.

— Está vendo, é nesse ponto que você está errado.

— Me explique.

Blake jogou sua lata de cerveja vazia no lixo e pegou outra na geladeira.

— Eu perdi o celular pré-pago. Na noite de sexta-feira, eu estava com o aparelho quando nós dois trocamos mensagens. Porém, em algum momento no sábado, o telefone sumiu. Eu queria contar para Callie, mas não podia correr o risco de mandar uma mensagem de meu próprio telefone. Sabia que ela iria a uma balada com as amigas na Crista no sábado à noite, e nós tínhamos planos de nos ver no domingo. Achei que, se não encontrasse o telefone até lá, eu contaria para ela no domingo, e a gente compraria outro.

Desconfiado, Ethan semicerrou os olhos. Tentou decifrar o homem do outro lado da mesa. Embora já houvesse se passado uma década, Ethan conduzira várias conversas como aquela com assassinos de criança no passado, e nenhuma delas fora tão convincente quanto a de Blake Cordis naquela noite.

— Você não estava com o Samsung no sábado? No dia em que Callie desapareceu?

— Não, eu não estava com ele. E se está dizendo que alguém mandou uma mensagem para Callie naquela noite para atraí-la ao píer de North Point, eu acredito em você. Mas não fui eu.

Blake tomou um gole da cerveja.

— Juro por Deus, sr. Hall. Não fui eu.

* * *

Ethan pulou a cerca e foi em direção a seu carro. Entrou e deu a partida. Os faróis iluminaram o acostamento de cascalho a sua frente, assim como os insetos voando em círculos na noite. O canto das cigarras era audível até dentro do Wrangler. Mas nada disso chamava sua atenção. A mente de Ethan estava a mil. Sua intuição lhe dizia que ele fizera suposições erradas: Blake Cordis não era o homem que ele procurava, e algum outro enigma sinistro estava se desvelando a sua frente. Sabia que o tempo de que precisava para desvendar o mistério se esgotara. Francis estava pronto para ser transferido pela manhã, e Ethan, tão longe de encontrar Callie Jones ou Portia Vail quanto quando começara a procurar.

Ele não tinha outra escolha a não ser ir até Boscobel e implorar por respostas.

63

Nekoosa, Wisconsin
Domingo, 3 de agosto de 2025

DEPOIS DOS INTERVALOS NECESSÁRIOS PARA ENCHER O TANQUE e de uma soneca de quatro horas em uma parada de caminhões, ela estava de volta a Wisconsin às dez da noite de domingo. Seguiu o GPS do Range Rover passando por Boscobel e acessou a rodovia estadual 58 de Wisconsin, ao norte de Ithaca. Ali, encontrou um trecho deserto logo depois de uma curva. Conduziu o Range Rover para o acostamento, avançou pela margem gramada e se embrenhou na vegetação que margeava a estrada. Pegou o saco de *fast-food* no assento a seu lado e saiu do veículo com as pernas rígidas e doloridas. Descartou a fralda geriátrica no mato e voltou mancando para o asfalto. Ao avaliar o que havia feito, sentiu-se satisfeita com o fato de o Range Rover estar bem escondido.

Andou cerca de três quilômetros até um posto de gasolina e chamou um Uber para voltar para sua casa em Nekoosa.

* * *

Ela pagou ao motorista e seguiu pelo caminho de entrada. Olhou para a rua, mas o veículo descaracterizado já havia ido embora. O agente especial Kramer nunca vigiara a casa de Eugênia durante a noite. Ele costumava aparecer pela manhã para ficar de olho nela, mas até o meio da manhã do dia seguinte ela já estaria bem longe.

Pouco antes da meia-noite, ela digitou a senha para abrir a porta da garagem. Entrou e viu o Ford Focus estacionado na segunda vaga. Deixou a satisfação tomar conta, mas só por um momento. Ainda havia muito a fazer.

Deixou as chaves do carro na tigela sobre a mesa da cozinha e abriu a porta para o porão. Desceu lentamente a escada e verificou se nada estava fora do lugar. Em sua mão, um saco de *fast-food* manchado de gordura, cujo conteúdo estava frio fazia muito tempo. A viagem até a fronteira sul levara mais de dois dias, e ela sabia que a mulher deveria estar faminta. Precisava que ela estivesse calma e dócil dentro de algumas horas, e os sedativos na comida garantiriam isso.

Ao chegar ao patamar do porão, ela se dirigiu até a porta e espiou o interior do quarto pela fresta. A mulher estava deitada na cama, com algemas presas aos pulsos e tornozelos. Ela arremessou o saco com o lanche para dentro do quarto e subiu apressada a escada para se deitar. Francis insistira para que ela conseguisse tempo para dormir, para estar o mais descansada possível quando ele mais precisasse dela.

Talvez pelo fato de o fim estar próximo, ou porque sua nova vida estava prestes a começar, qualquer que fosse o motivo, quando ela encostou a cabeça de cabelo preto intenso no travesseiro, adormeceu instantaneamente e sonhou com Francis. Os meses de planejamento tinham encolhido para semanas. Semanas para dias. E agora, apenas poucas horas os separavam do novo começo juntos.

PARTE VI
TRANSFERÊNCIA DE PODER

64

Boscobel, Wisconsin
Segunda-feira, 4 de agosto de 2025

FRANCIS, DEITADO EM SUA CAMA, COM AS MÃOS ATRÁS DA cabeça e as pernas cruzadas, estava acordado desde as quatro da manhã. Ele percorreu a cela com os olhos e fez um inventário de seus poucos pertences. Sua vida inteira consistia em um único livro surrado, um jornal velho e três folhas de papel de carta da prisão. Mas tudo aquilo estava prestes a mudar.

O zumbido abafado da porta de sua cela sendo destrancada ecoou pelo espaço vazio onde ele passara muitos anos de sua vida. Rapidamente, ele se sentou na cama.

— Fique em pé — o guarda disse por meio do sistema de interfone. — Ajoelhe-se no canto e coloque as mãos nas costas.

Foi a primeira vez que Francis ficou feliz em passar por aquele processo humilhante. Sabia que aquele seria o último dia em que teria que suportar uma tarefa tão degradante quanto se ajoelhar no canto de um cômodo. Obedeceu as ordens e colocou as mãos nas costas.

Um guarda entrou na cela, algemou-o e se inclinou sobre o ombro de Francis.

— Não sei quem você bajulou pra conseguir isso, mas, de algum jeito, sua transferência foi aprovada para Colúmbia — o guarda sussurrou junto a seu ouvido.

Ele segurou Francis pelo cotovelo e o ajudou a se levantar.

— Vamos. Precisamos colocar o macacão de transporte em você.

Francis deixou que o guarda o levasse para fora da cela e pelos corredores da prisão. Sentia os olhares dos outros presidiários a acompanhá-lo pelas janelinhas de vidro gradeadas das portas de suas celas.

Pobres coitados, Francis pensou. Eles não tinham liberdade nem esperança de algum dia obtê-la. A esperança era o que o mantivera vivo todos aqueles anos. Esperança e determinação de pensar em como sair daquele lugar. Boscobel fora projetada para destruir tanto a mente quanto o espírito, mas Francis encontrara uma maneira de se manter alerta e ativo. A esperança fora sua salvação até agora. Ele tinha esperança de que a única pessoa em quem confiava o faria atravessar esse dia e seguir adiante.

Ao chegarem à área de transferência, três outros guardas o aguardavam. O macacão de transporte vermelho estava pendurado em um suporte resistente. Feito de neoprene reforçado revestido com espuma, o macacão protegia tanto o detento em transferência quanto os guardas da escolta. Assim que fosse vestido, Francis mal conseguiria se mover, pois o traje era composto de diversas partes, cada uma das quais fixada por um mecanismo de trava separado. Uma manga acolchoada foi presa ao redor de cada um dos braços e pernas. Um colete, apertado no peito a ponto de dificultar sua respiração. E, finalmente, um capacete vermelho e acolchoado, com uma única fenda horizontal para os olhos, foi colocado sobre a cabeça.

— Parece o Boneco Michelin — um dos guardas disse, antes de todos rirem.

Francis ouviu uma porta se abrir com um rangido. Rapidamente, os guardas ficaram em silêncio. Ele não conseguia se movimentar, e o capacete restringia a visão. Então, tudo o que podia fazer era ficar parado e esperar. Finalmente, com o canto direito dos olhos, Francis percebeu um rosto. Era André Monroe.

Ao olhar para Francis, o chefe dos guardas deu uma risada e disse:

— Hora de cair na estrada, garotão. Fui encarregado de te levar até Colúmbia. — E ele continuou, com a voz baixa: — Mas não se preocupe. Liguei para meus amigos de lá para contar como você é solícito com os guardas, principalmente tarde da noite. Irá fazer muito sucesso. Meus amigos não veem a hora de você chegar.

Francis permaneceu calado. Não daria a André Monroe nenhum motivo para impedir a transferência.

— Tem um figurão que veio até aqui para falar com você antes da transferência. Ele é do gabinete do governador ou alguma merda dessas. Você fala com ele e depois a gente vai embora. — Monroe virou a cabeça e assobiou.

Francis tornou a ouvir a porta se abrir com um rangido, seguido do som de passos lentos e metódicos. Então, o rosto de Ethan Hall ficou visível pela fenda do capacete de transporte.

Pela primeira vez em dias, Francis se permitiu sorrir.

65

Nekoosa, Wisconsin
Segunda-feira, 4 de agosto de 2025

O CELULAR VIBROU AO SOM DA MÚSICA QUE ELA HAVIA ESCO-lhido para acordar: *Goodbye Yellow Brick Road*, de Elton John.

Ela não demorou para abrir os olhos. Não os apertou para se proteger da claridade matinal. Em vez disso, abriu-os de uma vez, bem arregalados e alertas. Sentiu a adrenalina se apossar dela. Era como se tivesse dormido doze horas, e não apenas quatro. Saltou do leito tomada pela liberdade de deixar tudo para trás. O impulso de fazer a cama foi substituído pela ideia de que, depois desse dia, nunca mais voltaria àquela casa. Deixar os lençóis em desordem deu-lhe uma sensação de imprudência e euforia.

Ligou a central de áudio e vídeo da casa, que tinha alto-falantes em todos os cômodos. Colocou *Goodbye Yellow Brick Road* para tocar no modo repetição. Aumentou o volume, alto o suficiente para abafar os sussurros de dúvida e arrependimento que sabia que começariam a ecoar dos cantos recônditos de sua mente, mas não tanto a ponto de chamar a atenção dos vizinhos.

Ela se dirigiu apressada para o banheiro e se olhou no espelho. Tirara as lentes de contato de cor castanha da noite anterior, devolvendo aos olhos a cor azul natural. O removedor de tintura aguardava em cima da pia. Ela o misturou com bicarbonato de sódio até a tigela ficar cheia de uma pasta espessa e borbulhante, que massageou em seu cabelo preto. Isso causou um ardor em seu couro cabeludo, mas ela continuou até que a mistura começasse a espumar com a tintura preta intensa de seu cabelo. Entrou no chuveiro e viu uma torrente de água muito escura escorrer pela barriga chapada e descer pelas pernas até sumir pelo ralo. Repetiu o processo três vezes, até que o preto profundo do cabelo desaparecesse e o loiro natural reaparecesse.

De volta ao espelho, ela abriu a embalagem da tintura de cabelo loiro e seguiu as instruções. Sabia que o processo de devolver o loiro dourado reluzente ao cabelo levaria uma hora. Prendeu as tiras de papel-alumínio nos fios o mais próximo possível das raízes. Não ficaria perfeito, mas seria melhor que o preto acentuado que suportara no último mês.

No quarto, vestiu pela cabeça uma camiseta velha, mas não se preocupou em colocar uma calça ou uma calcinha, preferindo cumprir a última tarefa que Francis lhe pedira com o mínimo de roupa possível, com receio de manchá-las com sangue. Desceu até a cozinha e consultou o relógio do micro-ondas. Naquela manhã, estava com o tempo contado, e isso era bom. Tempo demais permitiria que ela pensasse no que estava prestes a fazer. Tempo demais faria sua mente divagar e permitiria que os pensamentos se voltassem contra ela. Tempo demais e ela poderia desistir de tudo e fugir. Porém, não tinha tempo para pensar, refletir ou mudar de ideia. Se quisesse uma vida ao lado de Francis, não podia parar de agir.

Pegou a bolsa de lona que havia arrumado na noite anterior e a levou para a garagem, onde a colocou no assento da frente do Ford Focus. Retirou o canivete da bolsa e voltou para dentro da casa. Por alguns minutos, andou de um lado para o outro na cozinha, enquanto Elton John continuava a abafar suas preocupações. Quando o relógio marcou oito e quarenta e cinco da manhã, soube que não podia esperar mais.

Ela se dirigiu até a porta do porão e desceu a escada rapidamente. Espiou o interior do quarto para verificar se a mulher ainda estava algemada à cama. Melhor ainda, a mulher dormia. O lanche a deixara saciada, fazendo-a cair no sono, e o sedativo misturado no hambúrguer a manteve ali. Ela abriu o canivete suíço adquirido na loja de equipamentos táticos, destrancou a porta e se apressou em direção à cama. Com um movimento rápido, cortou o pescoço da mulher, ignorando as vibrações do cabo quando a lâmina atingiu a cartilagem e o osso. Os olhos da vítima se abriram brevemente, enquanto um jato de sangue jorrava da ferida.

Ela deixou o canivete cair no chão e correu para fora do quarto, batendo a porta com força ao sair e, com sorte, deixando para trás todas as lembranças daquele momento.

Subiu correndo, passou pela cozinha e pegou a escada para o segundo andar. Ao chegar ao banheiro e se mirar no espelho, ficou chocada ao ver a camiseta branca manchada de sangue, e o rosto também exibindo respingos vermelhos causadas pelo último suspiro da mulher.

Tirou a camiseta, arrancou o papel-alumínio do cabelo e parou por um instante para se admirar. A seus olhos, o sangue que cobria seu rosto desapareceu, e tudo o que viu foi sua nova versão. A mulher loira que Francis

Bernard amava, com a tatuagem da píton que serpenteava pela coxa e do coração negro no lado direito da costela. Deu as costas para o espelho e entrou no chuveiro, ensaboando o rosto e o cabelo por alguns minutos. Secou-se com uma toalha, vestiu-se e saiu de casa.

Enquanto se distanciava no Ford Focus, Elton John ecoava de dentro da casa. *When are you gonna come down? When are you going to land?*

66

Boscobel, Wisconsin
Segunda-feira, 4 de agosto de 2025

A FECHADURA ELETROMECÂNICA DA TRANCA CHIOU AO SER destravada. Um agente penitenciário abriu a porta com um empurrão, e Ethan entrou na área de transferência. Então, ele viu Francis Bernard com o macacão de transporte vermelho e acolchoado. O traje era tão restritivo que as mãos de Francis estavam algemadas com uma longa corrente, pois seus braços não conseguiam se juntar.

Na cabeça, Francis usava um capacete redondo vermelho, sem aberturas, exceto uma fenda horizontal na altura dos olhos. Ethan se aproximou do assassino de seu pai. Embora não pudesse ver o rosto de Francis, as rugas nos cantos dos olhos dele informavam a Ethan que ele sorria.

— Você conseguiu o que queria, Francis. Mas a transferência ainda não é sua. O governador ainda pode melar tudo isso se você não der as informações que prometeu.

— Acha mesmo que eu seria tão estúpido de oferecer algo que não pudesse cumprir, Ethan?

— Me diga onde Portia Vail está escondida.

— Tudo o que você precisa saber está na Little Free Library situada na extremidade norte do Veteran's Park, em Milwaukee. Tem um envelope lá, Ethan. Está pregado no topo do interior da biblioteca.

— Você me diz agora onde a garota está ou essa transferência não vai rolar.

— Se o furgão de transferência não sair esta manhã, ela morrerá. É assim que as coisas funcionam, Ethan. Não dá para mudar isso agora.

— Quem está te ajudando, Francis?

— Rápido, Ethan. A garota não aguentará muito mais tempo.

Por mais um momento, Ethan ficou olhando pela fenda. Em seguida, virou-se e saiu apressado.

67

Boscobel, Wisconsin
Segunda-feira, 4 de agosto de 2025

ETHAN SAIU CORRENDO PELOS PORTÕES DA PRISÃO E SE DIRIGIU ao estacionamento. Maddie o aguardava no veículo descaracterizado. Ethan entrou rapidamente e bateu a porta do passageiro com força.

— Veteran's Park, em Milwaukee — ele disse.

Maddie saiu cantando os pneus do estacionamento da Unidade do Programa de Segurança de Wisconsin, em Boscobel, e seguiu rumo ao leste. Desta vez, estavam em missão oficial, e Maddie ligou as luzes e acionou a sirene.

— Que diabos é uma Little Free Library? — Ethan perguntou.

— É uma biblioteca comunitária que parece uma casinha de passarinho. Elas estão por toda parte. Quer se livrar de um livro? Deixe-o dentro de uma Little Free Library. Quer pegar um livro de graça? Vá até uma Little Free Library e pegue um.

— Sério? Nunca vi uma.

— Já viu, só nunca percebeu.

Com Maddie acelerando até cento e sessenta quilômetros por hora, e os outros carros dando passagem, eles chegaram a Milwaukee em pouco mais de duas horas. Localizaram o Veteran's Park, e Maddie parou depois de uma derrapagem no estacionamento. Eles saltaram do carro e saíram correndo pelo bosque na extremidade norte. Ethan avistou a Little Free Library: uma estrutura de madeira em formato de cabana com telhado em A, apoiada em um poste de madeira fixado no concreto.

Ofegante, Ethan escancarou a porta da pequena estrutura. Ela estava repleta de livros enfileirados numa única prateleira. Ele afastou os livros com um movimento brusco e enfiou a mão dentro. Passando os dedos de um lado para o outro no topo, sentiu o canto de um envelope e o desprendeu da fita adesiva que o segurava.

Ethan olhou para Maddie ao mostrar o envelope, e afastou os pensamentos perturbadores sobre o papel de Francis em tudo aquilo. Rasgou o envelope e tirou dele uma única ficha pautada:

Portia Vail

Alameda Summerset 286

Lago Sherwood

Rome, Wisconsin

— Um endereço em Rome — Ethan disse.

— Onde fica esse lugar?

Ethan digitou o endereço no celular.

— Parece um vilarejo não reconhecido oficialmente perto de Nekoosa.

Ele se lembrou de que Eugênia Morgan morava em Nekoosa, e Pete estava vigiando a casa dela.

— Ao norte de Madison. Fica a duas horas e meia daqui.

— Vamos! — Maddie exclamou, e eles correram em direção à viatura.

68

Ithaca, Wisconsin
Segunda-feira, 4 de agosto de 2025

ELA SE FORÇOU A DIRIGIR DEVAGAR. A ÚLTIMA COISA QUE PRE- cisava era ser parada por excesso de velocidade. Deu uma olhada no espelho retrovisor e piscou para afastar a culpa que tentava distraí-la. Ao longo do tempo, esperava conseguir esquecer o que havia acontecido no porão. As horas e os dias seriam suficientes para suavizar as marcas da memória da lâmina cortando o pescoço da mulher. Os meses apagariam a sensação nauseante que ainda permanecia em sua mão, desde quando a lâmina do canivete atingiu o osso e a cartilagem. E, por fim, os anos eliminariam sua tristeza e arrastariam sua melancolia pelo ralo do tempo. Ela não se arrependia de nada. De nada do que fizera na noite de quinta-feira com o casal idoso na casa deles no Lago Morikawa. De nada do que acabara de fazer no porão em Nekoosa. E de nada do que estava prestes a fazer em um trecho deserto da estrada. Francis a convocara, e ela sabia que tudo aquilo era necessário.

Seguiu até a rodovia estadual 58, ao norte de Ithaca, e chegou ao pequeno trecho da rodovia onde abandonara o Range Roger na noite anterior. Era o trajeto que o furgão com Francis a bordo seguiria até o Instituto Correcional de Colúmbia. Agora que via a rodovia à luz do dia, sentia-se ainda mais satisfeita com o local. Logo ao sul da curva, havia um longo trecho que seguia por cerca de três quilômetros até uma curva fechada à direita, onde setas de sinalização amarelas indicavam aos possíveis motoristas desavisados que se afastassem da defensa metálica e do barranco abaixo. A curva obrigava os veículos a reduzir a velocidade de noventa para cinquenta quilômetros por hora. Era o local perfeito.

Ela passou pela curva, deu meia-volta para que o Ford Focus ficasse voltado para o sul e estacionou no acostamento. A partida do furgão de Boscobel era prevista para o fim da manhã, mas ela não tinha como saber se estava no horário. Teria que se manter atenta. Deveria estar exausta depois da viagem de volta da fronteira com o México no dia anterior, mas, surpreendentemente, sentia-se desperta e alerta, quase transbordando de energia.

Saiu do carro e andou alguns metros até a curva, de onde podia ver o longo trecho da rodovia ao sul. Parou e esperou. Duas horas depois, nada do furgão de transporte. Apesar da ansiedade e da dúvida, não deixou que isso a desanimasse. Para se distrair, voltou a revisar o plano. No assento da frente do furgão, dois agentes penitenciários deveriam estar a postos, cada um armado com spray de pimenta, arma de eletrochoque e pistola. Uma espingarda calibre .12 deveria estar atrás do assento da frente. E no compartimento de detenção, na parte traseira do furgão, deveria estar o homem que ela amava.

Enquanto revisava os passos do plano, ela avistou a distância, como uma carruagem encantada surgindo no horizonte, o furgão do Departamento de Administração Penitenciária de Wisconsin atravessando as ondulações de calor que se erguiam do asfalto. Correu de volta para o Ford Focus e deu a partida. Seguiu devagar pelo acostamento até chegar ao início da curva, então entrou no meio da pista, ligou o pisca-alerta e levantou o capô.

Ela procurou na bolsa a pistola que adquirira no início da semana e ajustou o colete que usava por baixo da camiseta. Não havia mais tempo para revisar os detalhes do plano. Em última análise, seu trabalho era simples: fazer o que fosse necessário para tirar Francis daquele furgão.

69

Ithaca, Wisconsin
Segunda-feira, 4 de agosto de 2025

ANDRÉ MONROE ESTAVA AO VOLANTE DO FURGÃO DA PRISÃO.
Ele havia solicitado que um guarda de baixo escalão, sob sua orientação, o acompanhasse no transporte. Estavam transferindo Francis Bernard para o Instituto Correcional de Colúmbia. De alguma forma, o filho da puta conseguira ser aprovado na avaliação psicológica e convencera o governador a autorizar a transferência. Ele devia ter advogados muito bons, Monroe pensou, embora se perguntasse quem pagava a conta. Bernard estava preso fazia mais de trinta anos, e qualquer dinheiro que ele tivesse poupado antes de ser encarcerado certamente já acabara.

Ainda assim, ele conseguira, e a vida estava prestes a melhorar consideravelmente para o bom e velho Francis Bernard. Monroe sabia que o isolamento andava afetando-o. Francis estava no limite, e esses eram os melhores tipos de prisioneiros. Sentiam-se arrasados e submissos, desesperados por qualquer coisa que tornasse a vida deles um pouco menos miserável. Monroe curtira suas visitas noturnas a Francis. Era uma pena vê-lo partir.

Monroe deu uma olhada no monitor preto e branco situado no painel, que exibia uma imagem em tempo real da câmera instalada no canto do compartimento de detenção. Francis, de pé, pois o macacão de transporte o impedia de se sentar, estava preso com um cordão atado ao teto e às duas laterais do furgão.

— O que é isso? — o guarda ao lado de Monroe indagou, semicerrando os olhos para enxergar melhor através do para-brisa. — Devo comunicar?

Monroe desviou a atenção do monitor e voltou a olhar através do para-brisa. À frente, um carro parado bloqueava a estrada.

— Sim — Monroe respondeu. — Comunique.

E pressionou um interruptor perto do volante que ligou a câmera do painel. Ao se aproximar, ele viu uma mulher jovem, usando um short bem curto, se curvando enquanto examinava o motor do carro, com o capô aberto.

Ele reduziu a velocidade, e ela saiu de debaixo do capô, com um frasco de óleo de motor em uma das mãos e um celular junto ao ouvido.

Monroe estacionou o furgão perto dela. Era uma garota muito atraente. Tinha cabelo loiro lustroso e estava toda suada e desarrumada, enfrentando o calor da manhã. A tatuagem de uma píton serpenteava pela coxa e desaparecia dentro do short jeans.

— Qual é o problema, mocinha? — Monroe perguntou com um sorriso. — Não me diga que o pneu furou no meio do nada.

A jovem afastou o celular do ouvido.

— O problema não é o pneu, mas o motor. Superaqueceu. Acabei de ligar para o seguro atrás de um guincho, mas disseram que demoraria uma hora ou mais para chegar até aqui. — Ela se aproximou da janela do lado do motorista. — Não acho que vocês, dois rapazes tão musculosos, teriam tempo para me ajudar, teriam?

70

Hancock, Wisconsin
Segunda-feira, 4 de agosto de 2025

MADDIE LIGARA AS LUZES E ACIONARA A SIRENE ENQUANTO eles se dirigiam a toda a velocidade para o norte pela Interestadual 39, passando pela cidade de Hancock. Ethan, que estudava o mapa no celular, disse:

— Há um laguinho em Rome. O Lago Sherwood. Parece que o endereço é de uma casa no lado norte do lago.

— Quanto tempo falta?

— Trinta minutos.

— Devo pedir reforço da polícia de Nekoosa?

— Você decide. Mas a informação está vindo do homem mais insano que já conheci. Não sei o quanto é confiável, nem o que iremos encontrar quando entrarmos na casa.

— Acha que pode ser uma cilada?

— Não sei. Armadilhas, talvez. Provavelmente uma perda de tempo. Deve ser só uma pista falsa.

— Certo. — Maddie respirou fundo. — Vamos manter isso entre nós até sabermos com o que estamos lidando.

Ethan observava pelo para-brisa os carros freando e desviando para o acostamento, dando passagem a ele e Maddie, que seguiam em alta velocidade. Ao olhar para o endereço na ficha pautada um pressentimento ruim se apoderou dele.

— Maddie, precisamos nos apressar.

Ela pisou mais fundo no acelerador.

71

Ithaca, Wisconsin
Segunda-feira, 4 de agosto de 2025

MONROE DESVIOU O OLHAR DA JOVEM DE SHORT CURTÍSSIMO e com uma tatuagem provocante na perna e fitou o parceiro. Sorriu e arqueou uma sobrancelha, em sinal de interesse. Mas antes que o guarda pudesse retribuir o sorriso, seu rosto desapareceu em um manchão vermelho. Monroe piscou algumas vezes até que sua mente assimilasse a situação. Só então percebeu o buraco na testa do colega, logo acima do olho direito. Ao virar a cabeça de volta para a garota, deu de cara com o cano de uma Sig Sauer P365, com um rastro de fumaça subindo em espiral.

— Se você tentar sacar a arma, eu vou matá-lo como matei seu parceiro — ela afirmou. — Saia do carro agora.

Monroe tirou as mãos do volante.

— Já dei o alerta. O reforço está a caminho.

— Então é melhor você se apressar. — Ela sorriu.

Em seguida, a mulher abriu a porta do furgão e fez um gesto para que ele saísse. Monroe obedeceu. Ela pegou a arma do cinto dele.

— Vire-se.

Ele tornou a obedecer.

— Abra a porta de trás.

— Não posso fazer isso.

Então, Monroe ouviu o disparo da pistola e sentiu uma dor lancinante na parte de trás da perna esquerda. Desabou quando o joelho se rompeu, berrando enquanto rolava no chão.

A garota ficou de pé sobre ele.

— Não quero mais saber de respostas negativas esta manhã. Você vai abrir a porta de trás, ou eu atirarei em sua testa e descobrirei como abri-la sozinha. — Ela apontou a arma para o rosto dele.

— Não atire — Monroe implorou, levantando as mãos.

— Abra a porta!

— As chaves estão em meu cinto.

— Passe para mim!

Monroe estendeu a mão trêmula para o cinto. A dor no joelho fazia todo o seu corpo tremer. Ele encontrou o molho de chaves e o tirou do cinto de utilidades. Ergueu as chaves, notando sua mão coberta de sangue por ter segurado a perna ferida.

A garota apanhou as chaves e correu até a traseira do furgão. Quando ela ficou fora de vista, Monroe se virou para se debruçar e usar os cotovelos para rastejar até o assento do motorista. Se conseguisse se meter dentro do furgão, daria partida no motor e fugiria para salvar a pele.

Monroe deixava escapar um gemido a cada movimento dos braços, com muco e saliva escorrendo pelo rosto. Chegou até a porta aberta e começou a dolorosa tentativa de se levantar. Estava molhado de suor, em parte pelo calor, mas principalmente pelo esforço de resistir à dor. Enquanto sua visão ficava turva, a vertigem ameaçava jogá-lo de volta ao chão. Agarrou o cinto de segurança e o usou para se erguer. Quando conseguiu apoiar o queixo no assento do motorista, olhou além do console. A porta do passageiro se abriu, e a garota se inclinou sobre o corpo do colega morto.

Ela estendeu a mão para dentro do furgão, pressionou o botão de ignição para desligar o motor e pegou a chave eletrônica do painel.

— Não achou mesmo que eu te deixaria ir embora sem Francis ter a chance de se despedir, achou? — ela perguntou.

Por sobre o ombro da garota, o rosto de Francis Bernard apareceu. Já sem o capacete, a expressão dele não era de raiva, nem de preocupação. Era simplesmente séria, direta e sem emoção. E então Francis sorriu.

72

Rome, Wisconsin
Segunda-feira, 4 de agosto de 2025

ELES SAÍRAM DA RODOVIA E SEGUIRAM O GPS POR UMA VIA
lateral. Depois de algumas derrapagens, chegaram a uma pequena comunidade residencial à beira do lago, com as casas próximas da água.

— É 286 — Ethan leu na ficha, enquanto Maddie virava na Alameda Summerset.

Maddie reduziu a velocidade para olharem os números da casas, estampadas em placas vermelhas fixadas no jardim da frente de cada uma, e apontou à frente.

— Ali.

Ela parou diante de uma casa claramente abandonada. Não havia entrada para carros. O jardim estava tomado por grama alta e ervas daninhas. O revestimento vinílico se deformara por anos de calor no verão, e a tinta descascava ao redor das janelas e persianas. Eles se entreolharam e acenaram com a cabeça antes de sair do veículo.

Maddie colocou a palma da mão na empunhadura de sua arma. Ethan foi menos cauteloso e simplesmente tirou sua Beretta da cintura durante a aproximação da porta da frente. Os dois espiaram pelas janelas. As cortinas sujas impediam a visão. O interior da casa estava escuro e silencioso. Maddie bateu na porta da frente.

— Polícia! Abra a porta.

Sem resposta, ela voltou a bater. Nada. Tentou a maçaneta, mas estava trancada, embora a porta rangesse com fragilidade.

— Esta porta é muito fácil de abrir — Ethan comentou. — Eu a abriria com um único chute.

Maddie pareceu pensar por um momento.

— Não temos mandado.

— Não estamos procurando provas. O que procuramos é uma garota desaparecida, que está sumida há um bom tempo.

Maddie assentiu e deu um passo para trás. Ethan ergueu a perna e chutou a porta, com o pé acertando perto da maçaneta. A porta se despedaçou, e os dois entraram, apontando suas armas para o que quer que os aguardasse.

73

Ithaca, Wisconsin
Segunda-feira, 4 de agosto de 2025

FRANCIS OBSERVOU A MÃO ENSANGUENTADA DE ANDRÉ MONROE escorregar do cinto de segurança. O chefe dos guardas caiu no asfalto, fora de vista.

— Depressa — Francis disse.

Ele esperou que ela terminasse de destravar os arnês de seu traje de transporte. Quando a última fivela foi solta, seu peito se expandiu à medida que seus pulmões finalmente puderam se encher de ar. Francis deixou o macacão vermelho cair no chão e fez uma pausa para beijar apaixonadamente a garota diante de si. Fazia uma eternidade desde seu último beijo em uma mulher.

— Pegue o carro. — Ele apontou para o chão. — Deixe a arma. Eles precisam encontrá-la.

Ela deixou a Sig perto do furgão e apontou com o queixo na direção de André Monroe, que gemia de dor do outro lado.

— Aquele lá é o cara que te visitava à noite?

Francis assentiu.

— Vá.

Francis a observou se afastar às pressas do banho de sangue no furgão, dirigindo-se até o Range Rover que ele a mandara esconder no mato. Quando ela contornou a curva, ele enfiou a mão dentro do furgão e pegou a espingarda calibre .12 atrás do assento da frente. Verificou se a arma estava carregada e, em seguida, contornou lentamente a dianteira do furgão. Encontrou André Monroe caído ao lado da porta do motorista, contorcendo-se de dor por causa do ferimento da perna. Sua cúmplice era uma mulher esperta. Francis dissera a ela para fazer todo o necessário para Monroe abrir a porta traseira do furgão, mas que não o matasse. Qualquer outra pessoa no furgão era descartável, menos Monroe. Francis tinha algo em mente para o guarda que o havia atormentado.

Livre do macacão de transporte apertado e bastante concentrado na tarefa diante de si, Francis nunca considerou que usava apenas uma cueca e uma camiseta branca. Ao chegar perto de Monroe, o guarda olhou para ele. Francis percebeu a derrota e a resignação em seu olhar. Já vira aquele olhar antes, embora muito tempo atrás. As mulheres que Francis matara nas margens do Lago Michigan mostraram expressões semelhantes ao saberem que o fim estava próximo. Ao saberem que suplicar de nada adiantaria.

— Abra a boca — Francis ordenou. — Agora é minha vez.

Ele cutucou o cano da espingarda nos lábios de Monroe e os pressionou sem parar até que o cara abrisse a boca e a ponta do cano entrasse nela. Com os lábios fechados ao redor do cano, as bochechas de Monroe se inflaram a cada tentativa de expelir o ar. Seus olhos estavam arregalados e aterrorizados pouco antes de Francis puxar o gatilho.

74

Rome, Wisconsin
Segunda-feira, 4 de agosto de 2025

ETHAN E MADDIE EXAMINARAM O PRIMEIRO ANDAR DA CABANA estilo rancho. Ao sair do quarto, ela disse:

— Vazio.

— Nada aqui também. — Ethan baixou a arma e percorreu a cozinha com os olhos. Na mesa, algo chamou sua atenção. Ele se aproximou e pegou o pacote de cigarros que estava ali. Levantou-o para Maddie ver.

— Saratoga 120 — Maddie observou.

A marca de cigarros fora do mercado que Blake Cordis fumou quando Ethan e Maddie o interrogaram pela primeira vez.

— Não é melhor fazer uma ligação, Ethan? Mandar alguém pegar Blake Cordis?

Em dúvida, Ethan passou a língua nos lábios e olhou com atenção toda a cabana.

— Não faça isso até termos uma ideia do que está acontecendo. — Então, Ethan inclinou a cabeça. — O que é esse barulho?

Ambos ficaram parados e aguçaram a audição.

— É uma música? — Maddie perguntou.

O som vinha de algum lugar dentro da cabana. Como já haviam examinado o primeiro andar, a única origem possível era o porão. Ethan apontou com o queixo para a porta na cozinha. Maddie a abriu. Uma escada dava acesso a um porão escuro.

Ethan se dirigiu até a porta, olhou para a escada apertando os olhos, e ficou ouvindo. A música vinha da escuridão abaixo. Fazia uma década que ele não se metia numa loucura como aquela. De repente, sentiu saudade do caos do pronto-socorro. Era preferível à ideia de descer até o porão escuro de uma casa abandonada à beira do lago, sem saber o que o esperava.

Ethan foi o primeiro a descer, com Maddie logo atrás. Com os braços tensos, ele manteve a Beretta apontada para o chão. Quanto mais escada abaixo, menos a luz da cozinha os acompanhava. Enfim, chegaram ao patamar do porão e viram-se mergulhados na mais completa escuridão.

Ele prestou atenção. A música agora estava mais alta, mas ainda abafada. Achou um interruptor na parede e o ligou. As lâmpadas no teto piscaram antes de acender de vez, iluminando o ambiente. Do outro lado do porão, havia uma porta com uma fresta horizontal no centro, como se fosse uma fenda da caixa de correio. O som vinha do outro lado da porta.

Ethan se apressou até lá. Ele e Maddie se agacharam na postura de tiro. Ele girou a maçaneta, mas estava trancada. Lentamente, levantou a portinhola da fresta e olhou para dentro do cômodo. De imediato, reconheceu o local como sendo o da foto de Portia Vail, na qual ela estava algemada a uma porta e segurando um jornal. Ethan viu uma mulher deitada na cama. A origem da música era a televisão ligada dentro do quarto.

— Portia? — ele chamou através da fresta.

A mulher não se moveu.

— Portia Vail? — Ethan tornou a chamar, mais alto desta vez. — Sou Ethan Hall, da Divisão de Investigação Criminal, junto com a detetive Jacobson, do Departamento de Polícia de Milwaukee. Estamos aqui para ajudar.

Ethan continuou a olhar pela fresta, mas a mulher não se moveu. Ele encostou o ombro na porta, mas, ao contrário da porta da frente, essa era reforçada e resistente. Não havia como arrombá-la. Eles olharam ao redor e acharam uma chave pendurada em um gancho na parede. Ethan a pegou, inseriu-a na fechadura, girou-a, e a porta se abriu.

Ele e Maddie entraram correndo no quarto. Ethan manteve a Beretta à frente e verificou se estava vazio. Também inspecionou o banheiro, enquanto Maddie se aproximava da mulher na cama.

— Portia? — Maddie disse.

Por fim, como por milagre, Portia Vail se sentou e observou Maddie com os olhos semicerrados.

— Eu estou sonhando? — a mulher perguntou.

— Não. Agora você está a salvo. Sou a detetive Jacobson, e ele é o agente especial Hall. Nós vamos tirá-la daqui.

Soluçando, Portia Vail estendeu os braços, e Maddie a abraçou. O telefone de Ethan tocou. Ele enfiou a Beretta na cintura e tirou o celular do bolso de trás. Pelo identificador de chamadas, era Pete Kramer.

— Portia Vail está viva. Ela está conosco.

— Ethan, me escuta! — Pete o interrompeu. — Francis Bernard conseguiu escapar do furgão que o levava para Colúmbia.

— Escapou?!

— Sim, acabamos de receber a notícia.

— Como?!

— Ainda estamos recebendo atualizações, mas parece que o furgão foi interceptado a caminho de Colúmbia por um veículo enguiçado. Os dois guardas foram mortos. Um levou um tiro na testa, e o outro, um tiro à queima-roupa de espingarda. O carro enguiçado no local é um Ford Focus registrado em nome de Eugênia Morgan.

— Merda! Você precisa encontrá-la, Pete.

— Estou na casa dela em Nekoosa agora e pronto para entrar. Queria que você ficasse sabendo sobre Francis por mim, não pela televisão.

— Estou perto de Nekoosa. Vail estava sendo mantida em uma casa abandonada em Rome. Estou indo te encontrar agora.

— Vou entrar. A gente se vê quando você chegar.

— Tenha cuidado.

— Até já, parceiro.

75

Nekoosa, Wisconsin
Segunda-feira, 4 de agosto de 2025

PETE KRAMER DESLIGOU A LIGAÇÃO COM ETHAN, GUARDOU O celular no bolso interno do paletó e ficou encarando a casa de Eugênia Morgan. O apoio estava a caminho, e ele avaliou esperar a chegada do reforço ou, pelo menos, a de Ethan. Porém, havia a possibilidade de que Eugênia Morgan e Francis Bernard estivessem ali dentro, e esperar não era uma opção. A porta da garagem estava aberta, mas o lugar, vazio.

Saiu do carro, deixando a bengala para trás. Sacou a pistola Glock 45 do coldre e se apoiou na perna boa antes de começar a caminhar mancando em direção à entrada da garagem. Percorreu com os olhos o bairro sossegado, sabendo que o local em breve estaria cheio de viaturas policiais e veículos de reportagem.

Ele avançou mais alguns passos com dificuldade rumo à entrada da garagem. Então, percebeu que não só a porta da garagem estava aberta, mas também a porta dentro da garagem que dava acesso à residência. Parou quando ouviu algo. Prestou atenção para ter certeza. Era uma música, e vinha lá de dentro. Depois de mais alguns passos, conseguiu chegar à garagem e identificou a música: *Goodbye Yellow Brick Road*, de Elton John.

76

Nekoosa, Wisconsin
Segunda-feira, 4 de agosto de 2025

O SOL SE PUNHA. AS FITAS AMARELAS DE CENA DO CRIME DELI-mitavam o perímetro da casa de Eugênia Morgan. Entre todos os tipos de veículos estacionados de maneira desordenada, incluíam-se viaturas policiais, carros descaracterizados de detetives, um furgão do IML e uma caminhonete da polícia científica na entrada da garagem. As disputas de território haviam começado entre as diversas jurisdições envolvidas no caso. Como Pete Kramer fora o primeiro a chegar ao local e o responsável por encontrar o corpo de Eugênia Morgan — com a garganta recém-cortada e deitada sobre um colchão ensanguentado em um porão sinistramente decorado com um altar dedicado a Francis Bernard, incluindo uma parede coberta por fotos dele e por uma bandeira branca com um coração negro —, a Divisão de Investigação Criminal reivindicara a cena como sua. Porém, o Departamento do Xerife do Condado de Wood também estava mostrando força e assumindo o máximo de controle possível. Como acreditava-se que o local do crime estava ligado ao desaparecimento e à milagrosa recuperação de Portia Vail — resgatada na cidade vizinha pela detetive Maddie Jacobson —, o pessoal do Departamento de Polícia de Milwaukee também resolvera dar uma olhada no local. E por fim, como o quebra-cabeça sobre o papel que Eugênia Morgan desempenhara na fuga de Francis Bernard ainda estava sendo montado, autoridades do Departamento de Administração Penitenciária de Wisconsin também estavam presentes.

Ethan passou a tarde sendo inquirido, depois que ele e Maddie encontraram Portia Vail viva em uma cabana abandonada misteriosamente perto da casa de Eugênia Morgan, em Nekoosa. Portia estava em excelente estado e não havia sido maltratada. Ela contou uma história de ter sido mantida em cativeiro, mas com acesso a um chuveiro, banheiro, entrega diária de comida, televisão e livros para passar o tempo. A respeito de quem a sequestrara, tudo o que Portia conseguiu dizer foi que se tratava de uma mulher alta, que entregava sua comida todos os dias através da fresta na porta. Sua captora sempre usara máscara e capuz; e, para esconder os olhos no dia em que tirou uma foto de Portia segurando um exemplar do *Milwaukee Journal Sentinel* algemada à porta do banheiro, usou óculos escuros.

Ethan estava dentro da área delimitada pela fita da cena do crime, mas afastado da movimentação dentro da casa de Eugênia Morgan. Pete e Maddie o ladeavam.

— O que você soube sobre a fuga, Pete?

— Ainda estamos juntando as peças. Mas do que temos certeza é que o Ford Focus de Eugênia Morgan foi encontrado no meio da estrada com o capô levantado. Suspeitamos que o furgão parou ou, ao menos, reduziu a velocidade por causa do carro enguiçado. Então, Eugênia atirou e matou os guardas. Como exatamente isso aconteceu ainda está sendo investigado. Um dos guardas levou um tiro de uma Sig Sauer que foi recuperada no local. Estamos fazendo os exames balísticos agora, mas achamos que era a Sig que Eugênia comprou na loja de armas em Milwaukee.

— E o outro guarda?

— Levou um tiro da espingarda que estava no furgão. Parece que... O que estou ouvindo falar é que quem matou o guarda colocou o cano da espingarda na boca dele e puxou o gatilho.

Denotando cansaço, Ethan deixou escapar um longo suspiro.

— Então, o que temos? Eugênia Morgan visita Francis em Boscobel. Ela é a única pessoa na lista de visitantes dele, além de mim, nos últimos três anos. O porão dela está decorado com um altar dedicado a Francis e uma bandeira com um coração negro. Isso revela que ela estava totalmente obcecada por ele. O carro dela é encontrado no local onde o furgão de transporte foi interceptado. A arma que Eugênia comprou é a mesma usada para matar o guarda. E aí? Depois que ela ajuda Francis a escapar, ele a traz para cá e corta a garganta dela?

— Não sei. — Pete meneou a cabeça. — Nada disso faz sentido ainda, mas estamos tentando juntar as peças. Aqui está o ponto crucial. — Ele abriu uma pasta de arquivo. — E isso é uma novidade. Então, não compartilhe com ninguém.

Pete desviou o olhar para Maddie.

— Não queremos que a polícia de Milwaukee se meta nisso até sabermos com o que estamos lidando.

— Vou manter em sigilo — Maddie prometeu, assentindo.

Pete retirou fotos em preto e branco da pasta, entregou uma delas para Ethan e informou:

— Foram tiradas pela câmera do painel do furgão de transporte.

Ele e Maddie a examinaram com atenção.

— O guarda reportou o veículo enguiçado, como manda o protocolo, e forneceu uma breve descrição da mulher para a central de operações. Nas palavras exatas do guarda... — Pete leu suas anotações: — "Mulher branca, alta, cabelo loiro e uma tatuagem de cobra serpenteando pela perna direita."

Pete apontou para a foto que Ethan segurava. Era a imagem da mulher que ajudara Francis Bernard a escapar.

— Eugênia Morgan é alta, mas tem cabelo pretíssimo e nenhuma tatuagem.

— Então, quem diabos é essa? — Maddie apontava para a fotografia.

— Não sabemos. As imagens não são das melhores. Pode ser Eugênia Morgan disfarçada, mas não temos certeza.

O celular de Ethan tocou.

— Ethan Hall.

— Tudo bem, doutor? — Christian perguntou. — Sei que estou atrasado um dia, mas consegui decifrar a criptografia.

— Encontrou alguma coisa?

— Encontrei *tudo*. Venha logo para cá.

— Estou no norte do estado, bastante ocupado. Mas chegarei aí o mais rápido possível. — Ethan desligou e olhou para Pete e Maddie. — Aconteceu algo que preciso resolver. Posso pegar seu carro, Pete?

— Algo que eu precise saber, Ethan?

— Ainda não sei.

Pete colocou a mão no bolso e jogou as chaves para Ethan.

— Quer ajuda? — Maddie ofereceu.

— Não até eu ter mais informações. Ligo para você quando eu souber. Fique de olho nela por mim, Pete.

— Maddie não precisa de um agente manco da DIC para protegê-la. Ela tem proteção ininterrupta da polícia de Milwaukee. Porém, a DIC reforçará a segurança dela até encontrarmos Francis. O governador até ofereceu alguns agentes da Unidade de Proteção de Autoridades, caso ela queira.

Em um sinal de confiança, Maddie colocou uma mão no ombro de Pete, dizendo:

— Eu ainda escolheria Pete, em qualquer situação. Mas já falei com meus rapazes. Eles não me perderão de vista até termos Francis de volta à prisão.

— Quando você terminar aqui — Ethan disse para Maddie —, passe lá em casa. Quero que fique comigo esta noite.

77

Beaver Dam, Wisconsin
Segunda-feira, 4 de agosto de 2025

LINDSAY PAROU DIANTE DOS PORTÕES DA PROPRIEDADE DOS Prescott. A guarita do segurança estava vazia a essa hora do noite. Os portões estavam trancados. Ela apertou o botão do interfone, sabendo que tocaria no chalé de Blake. Não era a primeira vez que estava ali nesse horário.

— Sim — a voz de Blake soou áspera do alto-falante.

— Oi, sou eu.

Pouco depois, os portões se abriram com um rangido. Lindsay passou pelos portões de ferro fundido e entrou na propriedade. Ela seguiu pela estrada sinuosa até ver o chalezinho de merda onde Blake Cordis fora exilado uma década antes. Era uma sensação agridoce vê-lo ali.

Assim que Lindsay estacionou o carro, Blake abriu a porta da frente. Ao sair do carro, a umidade noturna a envolveu.

— Oi — Lindsay disse com sua voz mais sedutora.

— Oi.

— Posso entrar?

Indiferente, Blake deu de ombros.

— Não vou deixar você ficar aí fora nessa sauna que chamamos de verão. E a gente não aguentaria cinco minutos com os mosquitos enormes daqui.

Lindsay entrou atrás dele, sentindo um leve cheiro da loção pós-barba. Desde a primeira vez em que o viu, no ensino médio, Blake virou seu mundo de cabeça para baixo. E o cheiro da loção pós-barba dele, mesmo tantos anos depois, nunca saíra de sua mente.

— Algo para beber? — Blake ofereceu ao fechar a porta.

— Claro.

— Cerveja ou uísque? É o que tenho.

— Uísque, então. — Lindsay deu de ombros.

Ela se sentou no sofá. Blake serviu duas doses de uísque irlandês e entregou uma para ela.

— Saúde — ele brindou.

Lindsay sorriu e tomou um gole.

— Então, o que está acontecendo? — Blake se sentou na poltrona ao lado dela.

— São dez da noite de uma segunda-feira, Blake. O que acha que está rolando? — ela indagou com ironia.

— É uma péssima ideia, Lindsay.

— Somos adultos, Blake. Temos o direito de tomar decisões ruins.

Blake ficou calado. Então, Lindsay se levantou e colocou o copo na mesa de centro. Ela usava uma blusa sem mangas, com os dois primeiros botões desabotoados. Lindsay segurou o terceiro e o abriu, expondo o decote e revelando a falta de sutiã.

Inquieto, Blake se moveu na poltrona. Lindsay sabia que ele não iria resistir naquela noite. Ela se aproximou e se sentou no colo dele.

— Por que estamos nos privando disto? — Lindsay aproximou os lábios dos dele. — Por que não fazemos o que quisemos fazer o verão todo?

Claro que Lindsay sabia o motivo pelo qual Blake se recusara a transar com ela no início do verão. Era porque ele começara a sair com outra mulher. Mas, por enquanto, Portia Vail estava fora da jogada, e ela sabia que fazia cinco semanas que Blake não transava. Devia ser um recorde para ele.

Lindsay pressionou os lábios nos de Blake, e suas bocas se abriram. O copo de uísque caiu da mão dele e bateu no chão exatamente quando ela sentiu as mãos fortes agarrarem a parte de trás de suas coxas e subirem por seu short. Aquilo seria mais fácil do que ela imaginara.

Blake se levantou da poltrona e a ergueu, enquanto Lindsay envolvia a cintura dele com as pernas. Eles se beijaram até chegarem ao quarto. Lá, ele a deitou na cama e caiu em cima dela. Lindsay logo mudou de posição para ficar por cima. Desta vez, quem mandava era ela, recuperando o que ele lhe roubara anos atrás.

78

Cherryview, Wisconsin
Segunda-feira, 4 de agosto de 2025

ETHAN OBSERVAVA POR CIMA DO OMBRO DE CHRISTIAN.
Enquanto isso, o guru da tecnologia digitava a um ritmo alucinante, com
três monitores de computador piscando e registrando letras e números brancos sobre um fundo preto.

— Ah, entendi... — Christian sussurrou, percorrendo rapidamente o
código-fonte. — Isso é inteligente, mas nada muito sofisticado. Sem dúvida,
algo que se aprende na universidade, e não no mundo real. Há uma solução
alternativa... Que eu acho...

Christian continuava digitando a uma velocidade estonteante. Ethan
não acreditaria que a agressividade daquele movimento pudesse gerar algo
inteligível, não fosse o fato de o computador responder toda vez que os dedos
de Christian tocavam as teclas.

— É isso aí, vamos nessa! Aí está! — Christian apoiou as mãos na mesa
e se lançou para trás na cadeira. — Agora é com você, garotão.

Ethan puxou uma cadeira e se sentou diante do computador.

— O que é isso que estou vendo?

Agora, era Christian quem observava por cima do ombro de Ethan. Ele
apontou para a tela.

— Essas são todas as consultas da doutora Larkin nos últimos três
meses. Estão listadas pelo número de identificação do paciente e eram criptografadas e protegidas, mas agora tudo o que você precisa fazer é clicar
no link e vai encontrar tudo o que precisa saber. Você tem a data da confissão anônima?

— Dia 30 de julho. — Ethan rolou para baixo até chegar à data
correta.

Havia várias consultas listadas naquele dia. Ethan clicou no número de
identificação do último paciente do dia. Imediatamente, algumas letras brancas apareceram sobre um fundo preto.

```
Blake Jaxson Cordis
Data de nascimento: 4 de setembro de 1993
IP: 192.458.177.296
```

Ethan fez um gesto negativo com a cabeça.

— O que foi? — Christian perguntou.

Pensativo, Ethan passou a língua pela parte interna do lábio inferior enquanto observava o nome de Blake. Talvez, ponderou, o fato de passar tanto tempo longe do trabalho investigativo tivesse entorpecido sua intuição.

— Não era o que eu esperava ver.

— Imaginei que não fosse. — Christian deu de ombros. — Só queria ter certeza de que o senhor Cem Por Cento estava no caminho certo. Chega pra lá.

Ethan deslizou a cadeira para o lado, deixando que Christian assumisse o controle do computador. Ele fez isso de maneira muito rápida.

— Quem quer que seja Blake Jaxson Cordis, ele não é o cliente que acessou o sistema no dia 30 de julho.

— Não é?

— Não, mas alguém que quer que você pense que é. Alguém com boas habilidades em informática também. Mas eu entendi o que foi feito. O preenchimento do endereço IP foi invertido e, em seguida, processado através do software de criptografia do portal online, de modo que, se você olhasse, mas não fuçasse demais, ou mesmo que fuçasse, mas não soubesse o que estava fazendo, o que a maioria das pessoas não sabe, pareceria que o vídeo tinha se originado do computador de Blake Cordis.

— E não foi isso que aconteceu?

— Não.

— Sendo assim, de onde veio?

— Você já viu o filme *Quando um Estranho Chama*?

— Não.

— Sério? É muito bom. Você devia ver.

— Não estou com muito tempo aqui, Christian.

— Desculpe, eu divaguei.

Christian voltou a martelar o teclado até o aparecimento do vídeo real da sessão. O rosto do paciente estava borrado a ponto de não ser reconhecível, enquanto a imagem de Lindsay Larkin surgia em uma pequena janela no canto superior direito do monitor. Um botão triangular de "play" foi colocado no centro da tela.

— Trata-se de um perseguidor que aterroriza uma mulher com ligações telefônicas perturbadoras — Christian disse.

— O quê?

— O filme. *Quando um Estranho Chama*. Mas a reviravolta é que, quando a polícia rastreia os telefonemas, descobre que estão vindo de dentro da casa. Enfim, isso me lembrou desse filme. — Christian clicou no botão para reproduzir o vídeo.

Nele, Lindsay Larkin pergunta:

— Essa, bem... Essa garota tem nome?

— Sim. Você a conhece.

A voz do paciente estava abafada e distorcida, transformada no tom digital de inteligência artificial.

— O nome dela é Callie Jones. Eu preciso de sua ajuda para me perdoar pelo que fiz com ela.

Christian se afastou da mesa mais uma vez, apontou para o monitor e instruiu:

— Pressione a tecla Esc, e o filtro desaparecerá.

Por um momento, Ethan olhou para Christian antes de voltar a olhar para o teclado. Ele pressionou a tecla, e o filtro de criptografia desapareceu. A imagem do paciente anônimo ficou em foco na tela. Ethan piscou várias vezes para esclarecer sua confusão. Ele estava vendo Lindsay Larkin confessando a si mesma que matara Callie Jones.

79

Beaver Dam, Wisconsin
Segunda-feira, 4 de agosto de 2025

LINDSAY CONSEGUIU CHEGAR AO ORGASMO, EMBORA TENHA sido por conta própria. O treinador Cordis não tinha mais o mesmo domínio sobre ela como no passado. Mesmo assim, ela fez questão de se satisfazer, usando-o como um meio para atingir um fim. Seu orgasmo demorou muito mais para ser atingido do que o de Blake. O reencontro deles foi abaixo das expectativas em termos de sinergia. Porém, essa noite não era sobre satisfação sexual. Era sobre um desenlace.

Lindsay saiu da cama e vestiu a calcinha.

— Aonde você vai? — Blake perguntou em tom brincalhão, como se outra rodada os aguardasse caso ela passasse a noite com ele.

— Tenho um dia cheio de clientes amanhã. E aposto que você também estará muito ocupado.

Lindsay precisou de todo o autocontrole para não dizer mais nada. A vidinha miserável de Blake estava prestes a ruir, agora que Portia Vail fora encontrada viva. Lindsay ainda não vira nenhuma notícia sobre seu resgate, mas Francis Bernard fora transferido nesta manhã, e o plano era que ele entregasse a Ethan Hall o endereço da cabana em Rome, onde Lindsay mantivera a garota nas últimas semanas. Alguns meses antes, ela comprara a cabana em péssimas condições por meio de um fundo que registrara em nome de Blake. E Lindsay deixara pistas suficientes dentro da cabana para que a polícia encontrasse o caminho até Blake: os cigarros Saratoga, cujo gosto ela agora sentia na boca ao beijá-lo, eram a pista mais evidente. Porém, Ethan Hall encontraria as outras.

Desta vez, Lindsay não estava deixando nada ao acaso. Ela usara Francis Bernard para entregar o celular pré-pago para Ethan Hall. Só o aparelho talvez tivesse sido o suficiente. Mas, para garantir, ela usou suas habilidades em programação e criou a confissão anônima por meio da tecnologia de criptografia da empresa. Lindsay sabia que aquele rastro seria difícil de seguir, e ainda mais difícil de decifrar. Porém, logo que Ethan Hall conseguisse superar a barreira da segurança cibernética, o rastro levaria ao computador de Blake; ela se certificara de que assim fosse. Depois que todas as peças se encaixassem, terminaria com a polícia invadindo a casa de Blake na propriedade dos Prescott, dentro de um ou dois dias.

— Sabe, da última vez que dormimos juntos, eu nem sabia como te chamar. — Lindsay deu um sorriso doce, como se estivesse relembrando.

Blake se sentou, apoiando-se nos cotovelos, e olhou para ela com uma expressão confusa.

— Imagino que você não fizesse ideia de como eu estava assustada naquela noite.

Lindsay puxou o short para cima e o abotoou.

— Você se lembra da noite em que tirou minha virgindade? O verão em que você começou a treinar o time em Cherryview? O verão em que fiz dezessete anos, e você era o novo, jovem e promissor treinador de vôlei?

Tenso, Blake engoliu em seco. O tom brincalhão sumiu quando ele falou:

— Eu me lembro daquela noite, Lindsay. Foi muito importante para mim.

— Sério? — Lindsay abotoou a blusa. — Não tive certeza, já que você começou a transar com Callie uma semana depois.

— Eu não... Lindsay...

— Você sabia que eu era virgem quando a gente transou naquela noite? Devia saber, não é? Eu tinha dezessete anos, e não foi exatamente a noite de sexo mais fácil. Quero dizer, você passou por aquilo como qualquer homem, preocupado só consigo mesmo. Mas, sim, eu não sabia como chamá-lo depois que você me penetrou. Eu só o chamara de *treinador Cordis* até então, e isso pareceu totalmente inadequado no momento. Entretanto, eu fiz planos. — Lindsay fez uma pausa e riu, recordando. — Eu *realmente* planejei sussurrar seu nome em seu ouvido na próxima vez em que a gente transasse. Mas isso nunca aconteceu. Você tirou minha virgindade, deixou que eu me apaixonasse por você, e depois me ignorou completamente para fugir com minha melhor amiga.

— Nós não fugimos, Lindsay.

— Claro que não, mas estavam prestes a fugir. Os dois estavam apaixonados, não é? Quer dizer, eu li a troca de mensagens de texto de vocês. Você e Callie escreveram palavras de carinho e afeto um para o outro. Tente imaginar minha surpresa quando li aquilo.

Blake deixou de se apoiar nos cotovelos e se sentou reto na cama.

— Como você leu nossas mensagens?

— Você tirou minha virgindade numa semana, e na seguinte, já estava apaixonado por Callie?

— Não foi assim que aconteceu, Lindsay.

— Acho que não importa, tantos anos depois. Mas saiba que você está prestes a sofrer muito, e as coisas que você enfrentará em breve... Você merece todas elas. Quero dizer, olhe para nós dois. É a própria definição de ironia, não? Você já acreditou que tinha total controle sobre mim. Você podia tirar minha virgindade e partir meu coração, e nem ao menos conversar comigo sobre isso. Podia fugir com minha melhor amiga, e eu deveria ficar de braços cruzados e aceitar. Você acreditava que era muito superior. Mas olhe para nós agora. Você limpa merda de cavalo para viver, e eu sou dona de um império. A maré realmente virou.

Lindsay sorriu.

— E só para você não ficar na dúvida, Blake, o que rolou hoje à noite teve apenas o objetivo de recuperar o que é meu. — Ela se dirigiu à porta, mas se virou antes de sair. — Curta seu tempo na prisão, *treinador*.

80

Beaver Dam, Wisconsin
Segunda-feira, 4 de agosto de 2025

LINDSAY FOI EMBORA DA PROPRIEDADE DOS PRESCOTT SE SEN-tindo satisfeita, apesar do sexo mixuruca. Foram necessários dez anos, mas as coisas finalmente haviam chegado ao fim. Se Ethan Hall fizesse seu trabalho, Blake logo estaria atrás das grades. Se ele não quis uma vida com ela, então não teria vida nenhuma.

Dirigindo pela estrada durante a noite, a mente de Lindsay se transportou para dez anos atrás. Ela mal podia acreditar que haviam se passado tantos anos desde aquele verão, ou que tivesse levado tanto tempo para executar um plano que considerara diversas vezes. Contudo, Lindsay perdera a coragem naquela época, e não conseguiu levar adiante. De forma ingênua, ela acreditava que, depois que Callie sumisse, ela e Blake ainda poderiam ficar juntos. Apesar de ele tê-la rejeitado nos meses após o sumiço de Callie, Lindsay ainda tinha esperança de que houvesse uma chance para eles. Porém, nos anos que se seguiram, Blake nunca cedera a suas investidas. Até essa noite. Mas era tarde demais.

O jogo a longo prazo vinha sendo jogado fazia algum tempo, e Lindsay estava convencida de que jogara com perfeição.

Uma garoa começou a cair. Borrifava o para-brisa e distorcia os faróis dos carros que vinham em sentido contrário, permitindo que sua mente voltasse ao dia fatídico em que tudo começou.

Desde que eles transaram, ele se mostrava distante. Ela se perguntava se era assim que todos os homens se comportavam depois do sexo. Mas a situação dela era única, não era? Blake Cordis era o charmoso novo treinador de vôlei por quem todas as garotas eram apaixonadas, mas ele a escolhera. Os dois se paqueraram durante os treinos até que, um dia, ele se ofereceu para levá-la para casa depois de Lindsay ter ficado até tarde refazendo as linhas da quadra do ginásio. Porém, em vez de levá-la para casa, eles acabaram indo para o apartamento dele.

Lindsay sentia-se nervosa quando eles entraram no quarto de Blake. Jamais esqueceria o momento em que ele desabotoou o botão de seu jeans. Soube que não havia mais volta, e fez o possível para esconder que era sua primeira vez. Ficou contente por não ter sido com um garoto qualquer na noite do baile de formatura, ou com um amigo depois de uns drinques a mais. Fora com Blake Cordis, um homem por quem ela estava apaixonada.

Porém, as coisas que Lindsay esperava que acontecessem depois daquela noite nunca aconteceram. Nenhum romance floresceu. Nenhum namoro aconteceu. Nenhum encontro secreto existiu, em que um amor proibido fosse eletrizante demais para deixar para lá. Em vez disso, o treinador Cordis ignorou-a por completo. Ele lhe disse que fora um erro se envolver com uma de suas jogadoras, e que precisavam pôr um ponto-final naquilo e retomar uma relação estritamente profissional entre atleta e treinador.

Lindsay, de coração partido, não estava disposta a abrir mão da relação deles. Assim, decidiu que falaria com Blake em seu escritório na manhã de sábado, depois do treino. Seria o sábado em que Callie Jones viria a desaparecer, ainda que Lindsay não pudesse saber disso.

Ela não deu nenhum aviso. Simplesmente esperou o fim do treino e a saída das companheiras de time. Então, dirigiu-se ao escritório dele.

— Oi, Lindsay — Blake a cumprimentou depois que ela bateu no batente da porta. — Aconteceu alguma coisa?

— Precisamos conversar.

— Tudo bem. Tem a ver com o time?

— Precisamos conversar sobre nós dois.

Blake se levantou da cadeira atrás da mesa e olhou para além dela, em direção ao corredor. Ele baixou a voz quando voltou a falar:

— Achei que tínhamos combinado de manter um relacionamento estritamente profissional: eu como seu treinador, e você como minha atleta. Você lembra?

— Na verdade, não lembro, porque meu plano nunca foi esse.

Era o plano de Blake, e ele esperava que ela aceitasse, sem perguntas e sem arrumar confusão. Ele achava que poderia tirar a virgindade dela e nunca mais falar com ela novamente.

— Preste atenção, Lindsay. Nós dois corremos o risco de arranjar muitos problemas por causa do que rolou.

— Não é justo o que você fez. — Ela entrou no escritório.

— Treinador?

248

Blake olhou para o vão da porta e deparou com Curt McGee, diretor de atletismo de Cherryview, parado no corredor.

— Oi, Lindsay — Curt disse.

— Senhor McGee... — Lindsay sorriu.

Curt olhou para Blake e inclinou a cabeça, em sinal de dúvida.

— Precisamos revisar o orçamento. A reunião está começando agora lá em cima.

— Sim, é claro — Blake afirmou. — Lindsay e eu só estávamos falando de trabalho. Parabéns pelo treino de hoje, Lindsay. Muito bom. A gente se vê na segunda.

Lindsay deu um sorriso amarelo e assentiu.

— Até lá, então.

Blake saiu junto com o diretor de atletismo e deixou Lindsay sozinha em seu escritório. Quando ele desapareceu, ela começou a chorar e a soluçar. Seus soluços discretos foram interrompidos por um toque abafado. Era o som estridente de um celular tocando. Por um momento, Lindsay ficou escutando, e então caminhou até a mesa de Blake. Ela abriu a gaveta superior e viu um celular dobrável Samsung iluminado com uma mensagem de texto recente.

Lindsay olhou rapidamente para porta aberta do escritório de Blake, e então estendeu a mão para pegar o aparelho. Um nome se destacava na tela de identificação de chamada.

`Callie`

Ela abriu o celular e leu a mensagem de texto:

> Vou a uma balada na Crista esta noite. Mas quero vê-lo. Ligo para você quando voltar. Eu te amo.

Lindsay ficou olhando para o telefone. Podia ouvir a voz da amiga ecoando em seus ouvidos.

Eu te amo.

Em choque, Lindsay sentiu o estômago embrulhar. Ela guardou o celular em seu bolso e, com lágrimas rolando pelo rosto, saiu correndo do escritório de Blake.

VERÃO DE 2015

CHERRYVIEW, WISCONSIN

Lindsay se manteve na penumbra do restaurante. No interior do bar, a música tocava em alto volume. Aqueles que se aventuraram até a Crista começaram a encher a cara. Lindsay olhou na direção das quadras de vôlei e viu Callie parada à beira de uma delas. Os refletores em estilo de estádio, que permitiam partidas de vôlei até de madrugada nas noites de verão, brilhavam intensamente, enfrentando a escuridão que se aproximava. Lindsay tirou o celular dobrável de Blake do bolso e viu que Callie enviara diversas mensagens. Ela digitou uma resposta para Callie.

> O que houve?

> Preciso te ver.

> Onde você está?

> Na Crista.

> Você está bem?

> Preciso falar com você sobre o bebê. Decidi ficar com ele.

Com falta de ar, Lindsay ficou olhando para o aparelho. Só voltou a respirar quando seus pulmões arderam a ponto de tirá-la do transe. Ela fez uma pausa antes de digitar a resposta:

> Então você não fez?

> Não. Eu quero ter este bebê COM VOCÊ. Quero começar uma nova vida com você. Preciso te ver esta noite.

> Você está com o barco de seus pais?

> Sim.

> Vamos nos encontrar no píer de North Point. Eu te espero lá.

> Te amo, Blake.

Desta vez, Lindsay respondeu sem hesitar:

> Eu também te amo.

Lindsay enfiou o celular no bolso e saiu da penumbra, ofegante e com as mãos trêmulas.

Callie estava grávida. Blake era o pai. Ele também transara com ela. Ele estava apaixonado por Callie.

Lindsay se aproximou por trás de Callie, que não tirava os olhos do celular.

— Quem era?

Ao se virar, Callie desviou o olhar do aparelho.

— Ah, hum, minha mãe. Ela quer que eu vá para casa.

Lindsay apertou os olhos e fez uma careta.

— São nove horas de um sábado.

— A turma de sempre começou a chegar.

Lindsay viu Callie dar um sorriso forçado.

— Tem um velho sentado a meu lado... — continuou e, em desagrado, torceu o nariz. — Não?

— A gente vai jogar a próxima.

— Não posso, Linds. Minha mãe me chamou por algum motivo.

— Por que sua mãe é tão chata?

— E ela costuma fazer algo que faça sentido? — Callie meneou a cabeça. — Ela deve estar surtando por alguma coisa. Vou levar o barco para casa. Volto daqui a uma hora. Daí jogamos contra esses caras. Vamos dar uma surra neles.

Lindsay ficou impressionada com a facilidade com que a amiga conseguia mentir. Ela viu uma lágrima rolar pelo rosto de Callie.

— Tem certeza de que está tudo bem?

Rapidamente, Callie secou a lágrima.

— Sim. Tudo certo. A gente se vê mais tarde.

Lindsay a observou se afastar às pressas. Da beira da quadra de vôlei de areia ela viu Callie subir no barco e zarpar do cais. Então, virou-se e seguiu apressada até os fundos do restaurante. Sabia, por amigos do time de futebol americano que trabalhavam na Crista, que havia uma frota de cinco buggies 4x4 usada para transportar mantimentos pela estradinha de terra que ligava a ilha ao continente.

Assim que deixou os baladeiros para trás, Lindsay saiu correndo e subiu em um buggy. Como a chave estava na ignição, Lindsay ligou o motor e partiu, com o veículo chacoalhando enquanto ela acelerava para chegar antes de Callie ao píer de North Point.

* * *

Lindsay desligou os faróis do buggy ao entrar no estacionamento do píer de North Point. O cais era o local onde aqueles que não tinham casas no Lago Okoboji lançavam seu barcos na água para passar o dia navegando. Em uma manhã típica, o estacionamento ficava cheio de picapes e trailers. Mas, normalmente, as pessoas retiravam os barcos do lago antes de anoitecer. Nessa noite, o lugar estava vazio.

Lindsay estacionou o buggy nas sombras, ao lado do estacionamento, e desembarcou. No compartimento de carga na traseira do veículo havia um taco de golfe. Ela já tinha visto os jogadores de futebol americano arremessando bolas de golfe na Crista, tentando acertar uma balsa de madeira que flutuava a cerca de cem metros do cais. Sem pensar muito, ela pegou o taco e seguiu apressada pela lateral do estacionamento até a rampa de lançamento de barcos e o píer que se estendia sobre a água. No meio do lago, avistou a Crista e as luzes das quadras de vôlei. De vez em quando, o som de uma música ecoava pelo lago. Naquele momento, de onde ela se escondia na escuridão, pôde ouvir uma velha canção de Tom Petty. Depois de apenas cinco minutos, Lindsay viu um barco se aproximando. Só podia ser Callie. Lindsay tinha chegado antes.

Ela se embrenhou mais fundo na mata, perto do final do cais, e ficou observando a aproximação de Callie na lancha dos pais. Oculta pela escuridão, Lindsay permaneceu nas sombras, vendo Callie fazer a amarração do barco e subir no píer. Callie olhou na direção do estacionamento, decerto esperando ver o carro de Blake, e saiu caminhando lentamente pelo cais. Assim que ela pisou no cascalho no fim do cais, Lindsay saiu das sombras. Um galho estalou sob seu pé, mas antes que Callie pudesse se virar, Lindsay ergueu o taco de golfe e, num único movimento rápido, acertou a parte de trás da cabeça de Callie.

O som do impacto foi perturbador. Lindsay sentiu o taco penetrar no crânio da amiga. Ela recolheu o taco, esperando que Callie caísse no chão. Em vez disso, Callie se virou e a encarou. Lindsay voltou a erguer o taco e acertou o topo da cabeça de Callie. O golpe pareceu transformar Callie numa estátua, até que ela levou a mão ao rosto e tocou o sangue que escorria como lava pela pele. Lindsay ergueu o taco pela terceira vez e acertou Callie novamente. Dessa vez, sua amiga e companheira de time — e a garota que roubara Blake dela — desabou no chão.

81

Milwaukee, Wisconsin
Segunda-feira, 4 de agosto de 2025

AO CHEGAR EM CASA, A LEMBRANÇA DAQUELA NOITE AINDA pesava na mente de Lindsay. Seu aprendizado lhe ensinara mecanismos para lidar com os sentimentos sobre aquele período de sua vida, e maneiras de compartimentá-los. Logo após os acontecimentos, Lindsay se distraiu esforçando--se ao máximo para reconquistar Blake. Deu a ele um mês para viver o luto e lidar com a confusão de ter perdido a mãe de seu filho. Lindsay também esperou a investigação arrefecer. Depois, tentou reacender o que um dia existira entre os dois. Quando ele repeliu suas investidas, ela decidiu lhe dar mais tempo.

Lindsay visitou o apartamento tarde da noite durante seu penúltimo ano na faculdade, mas só para descobrir que Blake não tinha o menor interesse por ela. Voltou a tentar depois de se formar e abrir sua própria empresa, acreditando de forma ingênua que Blake se impressionaria com seu sucesso. No entanto, finalmente, com o passar do tempo, Lindsay entendeu que, por mais que desejasse reviver a magia que compartilharam um dia, Blake não sentia o mesmo. Assim, após anos de rejeição, a motivação de Lindsay se transformou: de desejo em vingança.

Ao longo dos anos, Lindsay atendeu clientes que sofriam de transtorno obsessivo amoroso, e não era tão cega a ponto de não detectar em si mesma os sintomas evidentes desse transtorno. Ela sabia que estava presa nas garras dessa aflição, e decidiu que a única maneira de superá-la seria encontrar um desenlace para o caso. E o desenlace só viria depois que ela fizesse justiça em relação a Blake Cordis. Pensou bastante e por muito tempo sobre como fazer isso, optando pela ideia de que o celular pré-pago que mantivera escondido por anos seria a ferramenta perfeita.

Lindsay sabia que usar o telefone era a maneira perfeita de executar sua vingança, mas ainda assim nunca conseguira levá-la adiante. Apesar da frustração, havia uma brasa de amor por Blake Cordis que permanecia insuportavelmente acesa. Representava uma ínfima esperança de que talvez um dia eles voltassem a ficar juntos. Essa brasa a impediu de colocar seu plano em ação por anos. Porém, ela finalmente se apagou quando Lindsay ficou sabendo do caso amoroso de Blake com Portia Vail.

Numa noite tórrida de álcool e diazepam, Lindsay arquitetou o plano de sequestrar Portia Vail e incriminar Blake. O plano se tornou realidade depois de Ethan Hall ter sido designado para reabrir o caso de Callie. De repente, Lindsay soube para quem entregaria o Samsung pré-pago. E quando ela começou a atender Eugênia Morgan como cliente, as peças de sua vingança começaram a se encaixar. A pobrezinha, que sofria de hibristofilia, estava apaixonada por Francis Bernard, um homem condenado por matar um policial. Ao investigar o passado dele, Lindsay descobriu que a história de Francis estava intimamente ligada a Ethan Hall. Foi então que seu plano tomou um rumo inesperado, mas absolutamente perfeito.

Durante anos, a *Anonymous Client* prestara trabalho voluntário para o sistema penitenciário do país, oferecendo atendimento psicológico para presidiários. Ao examinar os pedidos pendentes de sua aprovação, Lindsay analisou a lista de presos da Unidade do Programa de Segurança de Wisconsin procurando exames de saúde mental. Entre os nomes da lista, constava ninguém menos que Francis Bernard. Lindsay assumiu o caso sem remuneração e, em uma semana, estava frente a frente com o homem que assassinara o pai de Ethan Hall.

Apenas advogados e profissionais da área de saúde podiam interagir pessoalmente com os detentos no presídio de segurança máxima em Boscobel. A primeira sessão de Lindsay com Francis Bernard aconteceu em uma pequena sala de reuniões, em vez da cabine de visitas, onde uma divisória de vidro os separaria e suas conversas poderiam ser ouvidas pelo sistema telefônico da prisão. Naquela sala modesta, Lindsay apresentou os detalhes de sua proposta. Após uma única sessão, ela soube que Francis Bernard estava desesperado por uma transferência para uma prisão mais humana e que faria qualquer coisa para deixar a solitária.

Lindsay informou a Francis que, para aumentar a chance de seu pedido de transferência ser aprovado, ele precisaria passar por uma avaliação psicológica, a qual ela se comprometeu a facilitar, desde que recebesse algo em troca. Caso Francis concordasse em levar Ethan Hall a certas provas que Lindsay havia plantado — especificamente, o celular pré-pago Samsung e o paradeiro de Portia Vail, que Francis poderia usar como moeda de troca —, Lindsay retribuiria assinando a avaliação psicológica que o tiraria do presídio de Boscobel e o encaminharia para o Instituto Correcional de Colúmbia.

O plano de Lindsay era tão meticuloso que ela jamais pensou na possibilidade de que Francis tivesse um próprio.

82

Milwaukee, Wisconsin
Segunda-feira, 4 de agosto de 2025

LINDSAY ENTROU NA GARAGEM DE SUA CASA, SITUADA NO
bairro de Lower East Side. Ela comprara o imóvel em 2024, depois de passar muitos anos morando na cidade. Soltou uma risada contida ao estacionar na garagem espaçosa, maior que o chalé inteiro de Blake Cordis. Uma casa que nem era dele, mas que fora deixada em herança para ele pela família Prescott em troca de uma vida inteira de servidão cuidando das cavalariças. Uma existência lamentável, mas mesmo assim mais do que merecida.

Ela desligou o motor do Mercedes e fechou a porta da garagem. Apesar da empolgação, não podia se deixar levar. Ainda havia muito a fazer, mas, se seu plano tivesse saído conforme o planejado nesse dia, então Ethan Hall já deveria ter encontrado Portia Vail escondida na cabana abandonada em Rome. Uma busca rápida teria revelado os cigarros Saratoga 120 de Blake, que Lindsay plantara ali no fim de semana. Ela pegara o pacote de cigarros na noite em que invadiu o chalé dele para redirecionar o software de criptografia para o endereço IP do computador de Blake. Junto com o celular pré-pago que ela havia plantado no armazém e as fotos que tirara de Portia Vail algemada à porta do banheiro, as autoridades teriam o suficiente para prender Blake.

O golpe final, é claro, seria levar Ethan Hall até o corpo de Callie. Lindsay fornecera as coordenadas a Francis durante a última sessão, e em breve a polícia encontraria o local não muito longe do píer de North Point. Foi ali, em uma antiga usina elétrica abandonada à beira da água, que Lindsay escondeu o corpo de Callie em um tambor de duzentos litros antes de empurrá-lo para a lagoa. Uma autópsia revelaria que a causa da morte fora um trauma causado por um taco de golfe. O mesmo taco que Lindsay escondera no armário do chalé de Blake.

Ela verificara o tambor duas vezes nos dez anos que se passaram. Por uma estranha ironia do destino, a família Prescott comprou o terreno que incluía o prédio em ruínas que outrora havia sido uma usina elétrica, além da lagoa ao lado. Portanto, a área permaneceu desabitada desde então, e o tambor permaneceu durante uma década abandonado e ignorado logo abaixo da superfície da água.

Lindsay apagou as luzes da garagem ao entrar em casa, ligando ao mesmo tempo as luzes da cozinha. E soltou um grito ao dar de cara com Francis Bernard sentado à mesa. Ele usava uma camiseta branca manchada por respingos de sangue. Lindsay não fazia ideia de que aquele sangue era de André Monroe, outra pessoa que tentara se aproveitar de Francis enquanto ele estava preso.

Francis deu um sorriso carregado de ironia.

— Olá, doutora Larkin.

83

Milwaukee, Wisconsin
Segunda-feira, 4 de agosto de 2025

ETHAN ESTACIONOU SEU JEEP WRANGLER JUNTO AO MEIO-FIO diante da casa da doutora Lindsay Larkin, em Lower East Side, desligou os faróis e esperou. Em menos de dez minutos, chegaram mais dois carros: os de Pete Kramer e de Maddie Jacobson. Pete estava em seu veículo descaracterizado da DIC; Maddie, em sua viatura do Departamento de Polícia de Milwaukee. Outras duas viaturas apareceram em seguida, ocupadas por quatro policiais designados para proteger Maddie Jacobson, a única vítima sobrevivente dos assassinatos no Lago Michigan, até que Francis Bernard fosse capturado. Ethan solicitara a presença do Departamento de Polícia de Milwuakee para prender Lindsay Larkin.

Ethan queria interrogar Lindsay, para saber como ela conseguira fazer tudo aquilo. Como tinha envolvido Francis Bernard na história e que papel talvez tenha desempenhado em sua fuga. Também queria entender o motivo de ela ter matado a melhor amiga, e por que escolhera Blake Cordis para pôr a culpa. Lindsay era uma fonte inesgotável de informações, mas só depois que a tivessem sob custódia, em segurança.

Ele sabia que tudo o que fizesse a partir daquele momento seria analisado minuciosamente pelas autoridades policiais, pelos promotores de justiça e pelos poderosos advogados de defesa de Lindsay Larkin. Por isso, Ethan planejava não cometer erros. Foi por esse motivo que chamou Maddie para realizar a prisão formal. Havia certo grau de nebulosidade clandestina em seu acordo com a Divisão de Investigação Criminal, e Ethan queria evitar uma violação do protocolo processual. Também por isso deixou sua arma no porta-luvas.

Ethan, Pete e Maddie se reuniram na rua, em frente à casa de Lindsay.

— Você vai na frente, Maddie. Tudo tem que ser feito conforme as regras.

— Certo, Ethan. — Ela se virou e percorreu o caminho de entrada, seguida por Ethan e Pete.

Na primeira batida de Maddie na porta da frente, a porta se entreabriu. Surpresa, Maddie olhou para Ethan e Pete. O Lower East Side era um bairro de gente rica. Os moradores costumavam deixar as portas destrancadas, mas não *abertas*.

Maddie sacou a arma. Pete fez o mesmo. Maddie se preparou para entrar na residência, com Ethan e Pete logo atrás. Ela abriu a porta com um empurrão e gritou dentro da casa às escuras:

— Doutora Larkin? Departamento de Polícia de Milwaukee. A senhora está aqui?

Silêncio.

O hall de entrada tinha as lâmpadas apagadas, mas a luz na cozinha no final do corredor estava acesa.

— Doutora Larkin? — Maddie tornou a gritar.

Ante a persistência do silêncio, o trio seguiu para a cozinha, vasculhando os cômodos à esquerda e à direita pelo caminho. Ao se aproximarem da cozinha, Ethan ouviu Maddie sussurrar:

— Meu Deus.

Acelerado, Ethan passou por Maddie. Lindsay Larkin estava sentada à mesa da cozinha com um garrote apertando seu pescoço. O rosto estava inchado, e a pele tinha a cor de mármore branco. Escorria sangue pelo pescoço, do lugar onde o cordão havia sido apertado contra a pele. Ao chegar mais perto, Ethan percebeu que o sangue da doutora Larkin se espalhara sobre a madeira branca da mesa da cozinha.

Quase, Ethan, quase.

PARTE VII
PONTAS SOLTAS

84

Milwaukee, Wisconsin
Terça-feira, 5 de agosto de 2025

A TELEVISÃO ESTAVA SINTONIZADA NO TELEJORNAL LOCAL como se fosse apenas uma música de fundo. Maddie arrumava a bagagem. Ethan passara a noite ali. Ele quase não pregara o olho, apesar dos policiais de plantão do lado de fora do apartamento de Maddie. Ao todo, quatro policiais do Departamento de Polícia de Milwaukee foram designados para vigiar a residência de Maddie e agir diante de qualquer coisa suspeita. Além dos policiais, dois agentes da DIC pernoitaram dentro de uma viatura no beco atrás do apartamento de Maddie.

A morte da doutora Lindsay Larkin dominava os noticiários locais, e, como o assassinato ocorrera a poucos quilômetros do apartamento de Maddie, Ethan sabia que Francis estava por perto. E não pretendia correr riscos.

Ao sair do closet, viu que Maddie parara de arrumar a bagagem para assistir ao noticiário. Na televisão, a repórter aparecia diante da casa de Lindsay Larkin, com a fita amarela de isolamento ao fundo, junto com viaturas policiais e furgões da polícia científica.

— A doutora Lindsay Larkin, fundadora da *Anonymous Client*, uma das principais empresas de orientação psicológica online, foi encontrada morta em sua casa no bairro de Lower East Side, na noite passada. A polícia ainda não divulgou detalhes sobre a morte da doutora Larkin. Apenas informou que se trata de uma investigação de homicídio em curso. Há especulações de que um ex-paciente da doutora Larkin esteja envolvido. No entanto, mais uma vez, os detalhes estão apenas começando a surgir. O chefe do Departamento de Polícia de Milwaukee divulgou um comunicado no início desta manhã, mas se recusou a confirmar a ligação entre a morte da doutora Larkin e Francis Bernard, um detento de grande notoriedade que fugiu enquanto era transferido da Unidade do Programa de Segurança de Wisconsin, em Boscobel. Bernard estava sendo levado para o Instituto Correcional de Colúmbia, em Portage, quando o furgão de transporte sofreu uma emboscada e os dois guardas da escolta foram mortos. E a morte da doutora Larkin acontece logo após outro homicídio ocorrido ontem em Nekoosa, ao norte de Madison. Francis Bernard continua foragido.

A repórter devolveu a transmissão para o estúdio, que passou para uma previsão do tempo, informando sobre uma tempestade que finalmente iria pôr fim à onda de calor recorde que assolara o Meio-Oeste durante todo o verão.

— Talvez seja hora de desligar — Ethan disse.

Então, Maddie se afastou da tevê, com os olhos cheios de lágrimas.

— Ele está perto. Sinto isso profundamente.

Ethan jogou as roupas que trazia do closet na cama de Maddie.

— É por isso que estamos saindo daqui o mais rápido possível. Minha cabana, por meio de uma brecha legal que vem sendo passada há três gerações, está registrada em uma fundação ligada à empresa de mineração de cobre do meu bisavô, que já não existe mais. Ninguém vai nos encontrar lá porque ninguém sabe que sou o dono da cabana. O Lago Morikawa é o lugar mais seguro para você neste momento.

Maddie assentiu e continuou a arrumar a bagagem.

85

Madison, Wisconsin
Terça-feira, 5 de agosto de 2025

ETHAN PUXOU O MANCHE PARA TRÁS E TIROU O HUSKY DO chão. O hidroavião fez uma leve curva para a esquerda, subindo até dois mil e quatrocentos metros de altitude, para seguir rumo ao norte, em direção ao lago.

— Duas horas até lá — Ethan disse para Maddie pelo fone de ouvido.

Maddie assentiu, mas manteve os olhos fechados.

— Você não dormiu quase nada — Ethan comentou. — Dê uma cochilada. Irá se sentir melhor.

Maddie voltou a assentir.

Com a rota programada no GPS, Ethan ligou o piloto automático. Depois de travar os controles e ajustar os parâmetros, ele se acomodou para o voo até o Lago Morikawa. Evitou colocar a música *Leave All Your Troubles Behind*, de Jimmy Buffett, nos fones. A *vibe* parecia inadequada para essa viagem até a cabana. Além disso, ele queria que Maddie dormisse. Eles tinham levado bagagem para passar duas semanas, mas planejavam ficar no norte o tempo que fosse necessário até as autoridades encontrarem Francis Bernard.

86

Lago Morikawa, Wisconsin
Terça-feira, 5 de agosto de 2025

LIVRE E EM PAZ, HARRIETT ALSHON SAIU DA CABANA E SE SENTOU numa cadeira Adirondack, na varanda. Seu longo cabelo loiro esvoaçava sobre os ombros com a brisa leve que soprava do Lago Morikawa. Mas não era só a beleza ao redor que a ajudava a se sentir à vontade. Sua jornada como Eugênia Morgan finalmente chegara ao fim. Livrar-se daquela identidade, após tê-la mantido por tanto tempo, e voltar a ser quem realmente era foi mais transformador do que ela imaginara. Estava em paz consigo mesma, de volta a seu verdadeiro eu. Claro que parte de seu vigor vinha do fato de enfim saber que ela e Francis estariam juntos, como sempre haviam planejado.

O relacionamento deles começara dois anos antes, a partir de uma simples carta. Ela lhe escrevera, sem realmente esperar uma resposta. Ao recebê-la, ficou estupefata. Sabia que a União Americana pelas Liberdades Civis havia vencido uma batalha judicial que permitira aos detentos da Unidade do Programa de Segurança de Wisconsin o uso do correio, mas jamais imaginara que Francis acabaria respondendo. Contudo, ele respondeu, e eles continuaram a se corresponder até que, certo dia, chegou uma longa missiva de Francis detalhando sua visão de como poderiam ficar juntos.

Ele explicitara que ela nunca deveria tentar visitá-lo. Era fundamental que o nome de Harriett jamais aparecesse na lista de visitantes. Quando as autoridades fizessem uma verificação, veriam apenas que Eugênia Morgan o visitara. Não saberiam que quem fizera a viagem até Boscobel não havia sido Eugênia, mas sim Harriett. Como poderiam saber? Harriett era a cara de Eugênia. Ela tingira o cabelo de preto intenso e usara lentes de contato para mudar a cor dos olhos, igualando-os aos de Eugênia.

Com a mulher algemada a uma cama no porão de sua própria casa em Nekoosa, Harriett pegara a carteira de motorista e a usara para se registrar na Unidade do Programa de Segurança de Wisconsin quando visitou Francis. Usara o mesmo documento para alugar o boxe no depósito, comprar a arma usada para matar o guarda e também o colete à prova de balas, que, felizmente, não precisou deter nenhum tiro. Harriett dirigira o Ford Focus de Eugênia para interceptar o furgão de transporte e o deixara lá, junto com a Sig Sauer que Francis lhe dissera para largar no meio da estrada. Os dois itens facilmente levariam a polícia a Eugênia Morgan.

Tudo o que Harriett fizera por Francis fora sob a identidade de Eugênia Morgan. Os detetives e os investigadores não podiam chegar a outra conclusão senão que Eugênia Morgan, uma mulher que sofria de hibristofilia e escrevera para Francis setenta e cinco vezes em dezoito meses, era a sua cúmplice. Então, na madrugada de segunda-feira, Harriett cortara a garganta da mulher. De acordo com o noticiário, a polícia agora acreditava que Francis estava sozinho. Isso não poderia estar mais longe da verdade. Harriett estava com ele no presente e estaria a seu lado até o fim, onde quer que fosse e quando acontecesse.

Harriett enfiou a mão na bolsa e pegou a carteira de motorista que colocara ali semanas antes. Deslizou o documento para fora da capa plástica e o segurou sob o sol do começo da tarde. O rosto de Eugênia Morgan a encarava de volta. A semelhança era impressionante e, não pela primeira vez, ela acreditou que o destino estivera a seu favor. Segurou a carteira de motorista com a mão esquerda e acendeu o isqueiro com o polegar da direita. A chama começou a queimar o canto do documento até a borda plastificada se deformar. Ela encarou a imagem de Eugênia Morgan até que o fogo derreteu o rosto da mulher e lhe queimou os dedos. Quando a dor se tornou insuportável, deixou os restos do documento caírem no chão da varanda. Mas não antes de a imagem de Eugênia ter se evaporado.

Ela respirou fundo, sentindo-se livre agora que Eugênia Morgan estava finalmente fora de sua vida. Levaria tempo até se livrar por completo da *persona* daquela mulher. Mas Francis lhe dera instruções precisas. Ela não devia apenas assumir a identidade de Eugênia Morgan, mas devia se tornar *fisicamente* a mulher. Era a única maneira de o plano deles funcionar. Só agora Harriett se dava conta de o quanto aquele processo fora desgastante. Só agora entendia o quanto se enraizara na vida daquela mulher. De início, não tivera certeza de conseguir levar tudo adiante, mas sabia que o amor dá a força para fazer qualquer coisa. Francis lhe dissera isso em uma das muitas cartas que lhe enviara. E ele tinha razão. O amor que sentia por Francis a levara até ali, e agora precisava ir um pouco mais longe por ele. Muito estava por vir para ela no futuro próximo. Retomar sua antiga identidade era empolgante, mas ela não estava retornando a sua antiga vida.

Aquela vida acabara, e uma nova a aguardava. Uma segunda chance, desta vez ao lado do homem que amava.

Harriett abriu o zíper do pequeno compartimento na bolsa e retirou sua carteira de motorista verdadeira. O nome no documento dizia HARRIETT ALSHON. Sentiu-se bem ao ver a própria foto, com cabelo loiro e olhos azuis. Evitara olhar para a foto da carteira de motorista durante todo o tempo em que assumira a identidade de Eugênia Morgan. Mas agora se sentia feliz por saber que jamais teria de voltar ao cabelo tingido de preto intenso e às lentes de contato de cor castanha que usara nas últimas semanas.

O Lago Morikawa se estendia a sua frente. Harriett sentou-se na varanda e contemplou a paisagem. A casa pertencia a Hugh e Ruth Winchester, o casal de idosos que ela visitara na noite de quinta-feira. Seus corpos estavam agora congelados e empilhados no grande freezer na garagem. Harriett verificara o estado deles ao chegar mais cedo naquele dia.

Sua tarefa agora era simples. Muito mais fácil do que atravessar Wisconsin em alta velocidade até a fronteira sul para preparar tudo para Francis. No momento, sua única responsabilidade era esperar e ficar atenta ao avião — um Husky vermelho e branco, de dois assentos — pousar no Lago Morikawa. Depois disso, o trabalho de verdade começaria.

87

Lago Morikawa, Wisconsin
Terça-feira, 5 de agosto de 2025

ETHAN FEZ O HUSKY POUSAR SUAVEMENTE, COM OS FLUTUA-dores roçando a superfície do lago enquanto o avião deslizava sobre a água. O sol do entardecer projetava longas sombras dos pinheiros sobre o lago. Ele manobrou o pequeno avião para a esquerda e taxiou em direção ao cais em frente a sua cabana. Não ligara nem avisara que viria, mas mesmo assim Kai o esperava na ponta do píer para recebê-lo. O ancião chippewa ergueu a mão num aceno amistoso à medida que o avião se aproximava. Ethan retribuiu o gesto pela janela.

Kai amarrou o avião. Enquanto isso, Ethan abriu a porta da cabine e jogou outra corda para o velho amigo, que a usou para prender o flutuador traseiro.

— Você chegou bem na hora — Kai disse. — Tem uma tempestade vindo aí.

— Amanhã, não é? — Ethan perguntou, saltando para o cais.

Kai olhou para o céu e avaliou o que via e sentia.

— Hoje à noite. Os ventos fortes começam no início da noite. Você não ia conseguir pousar no meio da ventania.

Kai apontou o queixo para o leste e então olhou para o Rio do Céu, cuja correnteza rugia.

— As corredeiras estão barulhentas e furiosas. Precisamos amarrar bem o avião. A tempestade vai ser brava.

Ethan aprendera a confiar em Kai sempre que o assunto era o clima. Desde que o conhecia, o chippewa jamais errara uma previsão meteorológica.

— Vou levar nossa bagagem para a cabana e depois amarro melhor o avião.

— Os mantimentos também? — Kai perguntou.

— Trouxemos pouca comida. Saímos às pressas.

Maddie abriu a porta do bagageiro.

— Oi, Kai.

— Olá, Maddie. — Kai pegou a bolsa grande de lona que ela lhe passou. — Vão ficar pouco tempo, então?

— Não — Ethan respondeu. — Pretendemos ficar duas semanas, mais ou menos.

— Creio que mais — Maddie acrescentou.

— Há algo que eu precise saber? — Kai arqueou uma sobrancelha.

Ethan olhou para Maddie, que concordou com um gesto de cabeça.

— Vamos levar nossas coisas para a cabana e amarrar o avião direito — Ethan disse. — Aí a gente conversa.

88

Lago Morikawa, Wisconsin
Terça-feira, 5 de agosto de 2025

ETHAN E MADDIE LEVARAM DUAS HORAS PARA COLOCAR O amigo a par das novidades do verão que se desenrolaram desde o fim de semana do Memorial Day, a última vez que estiveram no Lago Morikawa. Ethan contou a Kai sobre Francis Bernard e a ligação assombrosa do cara com a vida dele e de Maddie. Kai ouviu Maddie reviver a angustiante história de como escapou, ainda adolescente, do homem que a levou às margens do Lago Michigan para matá-la do mesmo jeito que havia matado outras oito mulheres no verão da época. Ethan e Maddie explicaram como se conheceram dois anos atrás, na primeira audiência de liberdade condicional de Francis e logo se apaixonaram. Maddie contou a Kai sobre as dez cartas que recebera — todas postadas em Boscobel e assinadas com um coração negro — com a promessa de concluir o que fora começado anos atrás.

— E esse homem fugiu da prisão? — Kai perguntou.

— Ontem de manhã — Maddie informou.

— E acreditamos que ele tenha assassinado uma mulher em Milwaukee. Uma psicóloga que o atendia e ajudou a viabilizar sua transferência. Também é possível que ele esteja envolvido em outro homicídio, o de uma mulher chamada Eugênia Morgan, que julgamos ter sido sua cúmplice na fuga. As autoridades ainda estão tentando juntar todas as peças. Até encontrá-lo, acho que o Lago Morikawa seja o lugar mais seguro para Maddie.

Kai assentiu.

— Com certeza. Você estarão seguros no lago. É um lugar tranquilo e pacífico. Espero que vocês fiquem por um bom tempo aqui.

— O tempo que for necessário para meus colegas encontrarem Francis — Maddie disse.

Kai olhou pela janela da frente da cabana.

— Vocês chegaram na hora certa.

O vento ficara mais forte, e o lago estava tomado por pequenas ondas brancas que impossibilitariam o pouso do hidroavião. Os boletins meteorológicos previam rajadas de vento durante a noite. Mais uma vez, Kai provou que eles estavam errados.

— Irei para casa antes que a coisa fique feia.

— Eu te acompanho até a saída, Kai. — Ethan se levantou.

Os dois saíram pela porta da frente e pararam no caminho de entrada da propriedade. Uma forte rajada de vento fez a longa trança do chippewa esvoaçar sobre seu ombro.

— Preciso ir até a cidade para comprar mantimentos, Kai. Viemos às pressas, e não tivemos tempo de fazer nossas compras habituais. Vamos precisar de comida e água, principalmente se a tempestade nos impedir de sair da cabana amanhã.

— É melhor se apressar, meu amigo. — Kai olhava para o céu.

— Irei agora mesmo. Você se importa de ficar de olho na cabana e em Maddie, para o caso de ela precisar de alguma coisa? Maddie se vira bem sozinha, mas ainda está bastante abalada.

— Deixa comigo. Estou bem perto daqui.

A casa de Kai ficava em um penhasco acima da cabana de Ethan. Vários pinheiros de tronco reto formavam uma barreira de privacidade, mas Ethan sabia que a vegetação nunca fora páreo para a visão e percepção de Kai.

— Obrigado — Ethan agradeceu, enquanto relâmpagos iluminavam o céu ao longe.

89

Lago Morikawa, Wisconsin
Terça-feira, 5 de agosto de 2025

— CERTEZA DE QUE NÃO QUER VIR? — ETHAN ESTAVA PARADO na porta da frente da cabana.

— Estou exausta — Maddie respondeu.

— Imagino. Volto em uma hora. Algo em especial?

— Vinho. Um *sauvignon blanc* gelado para eu conseguir dormir à noite.

— Fechado. — Ethan a beijou. — Você está com sua Glock?

Maddie fez que sim com a cabeça.

— Em minha bolsa lá em cima.

— Mantenha-a por perto. Assim fico mais sossegado.

— A gente veio para cá justamente para eu não precisar usar.

— Faz isso por mim?

— Vou pegar. Volta logo. Não demora.

Ele deu outro beijo em Maddie e saiu.

Ela viu Ethan entrar no velho Ford Bronco que ele mantinha na cabana e se afastar na escuridão. O vento uivava e, pela primeira vez em semanas, ao fechar a porta da frente, ela sentiu um pouco de frescor no ar. A onda de calor impiedosa estava chegando ao fim.

Maddie trancou a porta da frente e subiu a escada em direção ao quarto, em cuja cama deixara sua grande bolsa de lona. Ela abriu o zíper da parte de cima e retirou a Glock 45 do bolso interno. Em seguida, voltou para o andar de baixo. As janelas brilharam com um clarão de relâmpago. Um estrondo de trovão veio na sequência. O vento passava assobiando pelas janelas da velha cabana. Então, Maddie ouviu as primeiras gotas de chuva no telhado. Cinco minutos depois, um aguaceiro constante começou. Dez minutos depois disso, as árvores perto do lago, inclinadas para o leste, lutavam contra um vento furioso que trazia chuva.

Ela se afastou da janela e se acomodou no sofá. Ligou a televisão e sintonizou o telejornal local de Duluth, na esperança de ver uma previsão do tempo. Sua Glock estava na mesa lateral.

90

Lago Morikawa, Wisconsin
Terça-feira, 5 de agosto de 2025

ETHAN ENTROU COM O BRONCO NA RODOVIA PRINCIPAL PARA
uma viagem de quinze minutos até a cidade. A chuva surgiu do nada e caiu
como um dilúvio. Os limpadores mal davam conta.

— Droga — ele disse, semicerrando os olhos para enxergar através do
para-brisa.

Os pinheiros que ladeavam a estrada estavam vergados pelo vento.
Ethan pensou em dar meia-volta, mas a geladeira e a despensa estavam
vazias. Pelo menos, água e comida para o jantar eram necessários.

Ele tentou usar os faróis altos, mas a luz refletia na chuva e piorava
ainda mais a visibilidade. Então, Ethan ligou os faróis de neblina para ajudar a enxergar a estrada. Os faróis de um carro apareceram a distância. Ethan,
acostumado com a estrada vazia quando ia à cidade, ficou surpreso ao ver
alguém mais enfrentando o temporal. Reduziu a velocidade do Bronco
durante a passagem do veículo que vinha em sentido contrário em alta velocidade. Mal conseguiu distinguir que era um Range Rover.

91

Lago Morikawa, Wisconsin
Terça-feira, 5 de agosto de 2025

A EMISSORA DE DULUTH MOSTRAVA UM RADAR METEOROLÓ-gico destacando uma faixa densa de tempestades em rápido desenvolvimento que se estendia do nordeste de Nebraska até Ontário, no Canadá. A sequência de tempestades era um sistema lento, que indicava chuvas torrenciais, descargas elétricas intensas e rajadas fortes de vento pelas próximas horas. A boa notícia, acrescentou a meteorologista sorridente, era que, depois da tempestade, viria um tempo agradavelmente ameno, um alívio bem-vindo para o calor sufocante que afligira o Meio-Oeste durante todo o verão.

— Uma ótima notícia para quem quer que sobreviva a esse dilúvio — Maddie brincou.

Ela mudou de canal justo quando as janelas voltaram a brilhar com o clarão de um relâmpago, seguido um instante depois por outro estrondo de trovão que fez estremecer a cabana. Pouco depois, as luzes se apagaram.

— Fala sério! — Maddie resmungou. — Não pode ser!

Ela pegou o celular, e a tela acendeu mostrando a data e a hora. Era como uma tábua de salvação para o mundo além da tempestade. Ao deslizar o dedo para desbloquear o aparelho, Maddie percebeu que sua mão tremia e seu coração estava disparado.

— Acalme-se — sussurrou para si mesma.

Maddie verificou a intensidade do sinal e constatou que havia apenas uma barra de serviço. Ela raramente usava o celular na cabana de Ethan. Ainda mais porque ela e Ethan estavam sempre juntos, exceto quando ele ia pescar no lago. Ela ligou para o número dele, e Ethan atendeu ao segundo toque.

— Tudo certo? — Ethan quis saber.

A ligação estava cheia de chiado.

— Acabou a luz.

— Certo. Sabe onde fica o gerador?

— Sei. Eu me lembro. Fica nos fundos.

— Deve estar abastecido. Basta puxar o cordão de partida e tudo voltará a funcionar. Estou quase chegando à cidade. Quer que eu volte?

— Não. Compre o que for necessário. Só depois corra para cá.

— Tudo bem. Pode deixar.

Maddie desligou o celular e se levantou do sofá. Colocou a Glock na parte de trás da cintura. Com a lanterna do celular iluminando o caminho, ela entrou na cozinha a fim de se dirigir para os fundos da cabana. No pátio, sob o abrigo para carros, existia um acesso para um compartimento pequeno sob o piso onde ficava o gerador a gasolina. Não era a primeira vez que uma tempestade provocava uma queda de energia, e ela sabia bem como restabelecê-la. Já tinha ajudado Ethan muitas vezes.

Ela girou a maçaneta da porta dos fundos, e precisou fazer bastante força para vencer a pressão do vento para abri-la. A chuva martelava o telhado de zinco do abrigo para carros. Maddie fechou a porta atrás de si para impedir que a chuva oblíqua encharcasse o interior da cabana. Ela se agachou e usou a lanterna do celular para encontrar o puxador do compartimento sob o piso. Abriu a escotilha. O gerador estava guardado lá dentro. Maddie o puxou sobre as rodinhas até deixá-lo embaixo do abrigo.

Outro relâmpago iluminou a noite, e Maddie se preparou para o estrondo do trovão. Quando veio, o chão tremeu, e ela sentiu uma mão em seu ombro. Seu grito se misturou ao rugido da chuva. Num movimento rápido, Maddie se virou e puxou a Glock da cintura. Porém, sua mão, escorregadia por causa da água da chuva, não conseguiu segurar a empunhadura, e a pistola caiu no chão.

92

Lago Morikawa, Wisconsin
Terça-feira, 5 de agosto de 2025

ETHAN ESTACIONOU O BRONCO E CORREU PELO ESTACIONA-
mento até o pequeno supermercado da cidade. A iluminação da loja estava fraca, com metade das lâmpadas fluorescentes do teto acesas.

— Ethan Hall! — a mulher atrás da caixa registradora exclamou. — Você é corajoso ou idiota por sair num tempo desse.

Uma Morris era a dona do mercadinho. Ethan a conhecia havia anos.

— Não estava chovendo assim quando saí de casa, Uma.

— Sim, veio com tudo. Derrubou a força. Estamos no gerador, por isso está tão escuro aqui dentro. Eu ia fechar quando te vi chegando.

— Desculpe o incômodo. Vou levar pouca coisa. Não demoro.

— Fique à vontade. Eu ia baixar as portas, mas só irei embora quando a chuva der uma trégua.

— Obrigado. Serei rápido.

Ethan pegou um carrinho de compras da fila e se apressou pelo corredor das frutas e verduras.

93

Lago Morikawa, Wisconsin
Terça-feira, 5 de agosto de 2025

MADDIE GRITOU QUANDO A GLOCK CAIU NO CASCALHO. AO virar-se, viu Kai parado logo atrás. Ele, assustado, ergueu as mãos ao ouvir aquele berro.

— Kai! Meu Deus... Desculpe!

— Tudo bem — Kai falou alto, por cima do barulho da chuva. — Não quis te assustar. Chamei seu nome, mas você não me ouviu. Decidi ver como você estava quando a luz acabou.

— Obrigada por se preocupar comigo. Ethan ainda não voltou.

— Precisa de ajuda com o gerador?

— Seria ótimo, obrigada.

Kai se inclinou sobre o gerador e ajustou os medidores antes de puxar o cordão de partida. O motor começou a funcionar com um zumbido, e as luzes da cabana se acenderam de novo.

— O tanque está cheio — Kai informou. — Deve aguentar a noite inteira, sem problema. Talvez seja preciso reabastecer amanhã se a tempestade não passar, mas o pior deve acabar até a meia-noite. Só não dá pra saber quanto tempo levará para a energia ser restabelecida.

Maddie se agachou e pegou sua Glock.

— Desculpe por isso.

— Não esquenta — Kai disse. — Quer que eu fique até Ethan voltar?

— Não, vá ficar com sua família. Ethan não deve demorar.

— Dou uma passada aqui amanhã de manhã.

— Obrigada, Kai. Cuide-se.

Maddie observou o amigo sair correndo na tempestade, atravessando a chuva rumo à frente da cabana. Ela empurrou o gerador de volta para o compartimento sob o piso, para protegê-lo da água, e abriu a escotilha para permitir a saída dos gases. Em seguida, entrou na cabana e fechou a porta dos fundos, aliviada por estar fora da tempestade. Colocou a Glock no balcão ao lado da porta dos fundos. Ao abrir a porta por um instante, a chuva oblíqua contornou o abrigo para carros e encharcou o chão perto do batente. Ela pegou uma toalha para secar tudo.

As roupas de Maddie estavam ensopadas. Então, ela decidiu subir para se trocar.

Maddie se deteve na porta da frente por tempo suficiente para ver Kai dar ré com sua picape na saída da propriedade e se distanciar. Ela se afastou da janela e correu escada acima, pouco antes de um Range Rover parar na entrada de carros.

94

Lago Morikawa, Wisconsin
Terça-feira, 5 de agosto de 2025

— **POSSO AJUDAR EM ALGO ANTES DE IR? — ETHAN PERGUNTOU** após guardar as compras.

— Só falta reabastecer o gerador para garantir que ele funcione durante a noite — Uma disse. — Se os freezers pararem de funcionar, vou perder meu estoque.

— Quer uma força?

— Você se importaria?

— Claro que não.

— O gerador fica lá atrás.

— Me mostre o caminho.

Pouco depois, Ethan ergueu o pesado recipiente de vinte litros sobre o gerador e despejou gasolina no funil. Encheu o reservatório até a borda.

— Isso deve dar.

— Obrigada, Ethan. A tempestade deve passar durante a noite, mas você sabe como demoram para restabelecer a energia por aqui.

A vida no Lago Morikawa não existiria sem um bom gerador, Ethan sabia. Às vezes, a energia demorava dias para voltar.

— Quer que eu passe aqui amanhã, para o caso de precisar reabastecer o gerador?

— Não. Vou pedir para meu marido fazer isso. Mesmo assim, obrigada.

— Boa noite.

— Cuide-se, Ethan. — E Uma o viu sair correndo para enfrentar a tempestade, carregando as pesadas sacolas de compras.

95

Lago Morikawa, Wisconsin
Terça-feira, 5 de agosto de 2025

NO QUARTO, MADDIE TINHA APENAS A LUMINÁRIA DA MESA DE cabeceira acesa. Já estivera na cabana quando houve queda de energia, e sabia que devia usar o mínimo possível do gerador.

Tirou a camiseta molhada e revirou a bolsa, vestindo só short e sutiã úmidos. Três batidas fortes a deixaram paralisada. Com as mãos dentro da bolsa, Maddie ficou ouvindo, prestando atenção. As batidas vieram novamente, e ela achou que talvez um galho estivesse golpeando a lateral da cabana. Porém, quando as batidas soaram pela terceira vez, ela entendeu que alguém batia na porta da frente.

— Kai? — Maddie sussurrou, tentando acalmar os nervos.

Ela olhou para a cintura e se lembrou de que tinha deixado a Glock no balcão ao lado da porta dos fundos. Pegou uma camiseta e a vestiu. Em seguida, saiu do quarto e começou a descer a escada. Ao chegar ao patamar, caminhou até a porta da frente e espiou pela janela lateral. Na varanda, mal protegida da chuva torrencial, havia uma mulher. Ela estava iluminada pelos faróis de seu carro estacionado na entrada para veículos. Usava um boné, que Maddie suspeitou ser para se proteger da chuva.

Maddie abriu a porta lentamente.

— Graças a Deus! — a mulher disse. — Desculpe o incômodo. Estou hospedada numa outra cabana no lago e a luz acabou.

— A nossa também. Estamos usando o gerador.

— É a cabana de meus tios. Não sei se eles têm um gerador. E, se tiverem, não faço ideia de como usar — a mulher alta disse. — Estava dirigindo de volta para Duluth, mas a tempestade me fez regressar para a cabana para me abrigar. Só que tinha uma árvore caída na estrada e não consegui passar. Vi suas luzes acesas e resolvi arriscar.

Maddie esboçou um sorriso hesitante e assentiu.

— Claro. Entre.

— Não sei como agradecer. — A mulher entrou para escapar da tempestade. — Desculpe por estar molhando sua casa.

— Deixa disso. Vou pegar uma toalha para você. Meu nome é Maddie, aliás.

A mulher alta com olhos azuis radiantes sorriu.

— Harriett. Fico muito agradecida por me receber em sua casa.

Harriett adentrou mais um pouco na cabana, Maddie fechou a porta, bloqueando o vento cortante e a chuva incessante.

96

Lago Morikawa, Wisconsin
Terça-feira, 5 de agosto de 2025

AO VOLANTE DO BRONCO, ETHAN SE DESVIAVA DOS GALHOS
caídos que cobriam a estrada. A chuva caía torrencialmente, e, se Maddie
não estivesse sozinha na cabana, ele teria encostado no acostamento até o
aguaceiro diminuir. Em vez disso, no entanto, contornou um grande galho
que bloqueava a pista na direção leste, atravessou uma poça de quase vinte
metros de extensão, e seguiu em frente. Ligou novamente para Maddie. Em
dias sem chuva, o celular raramente mostrava mais do que uma única barra
de sinal no lago. A tempestade estava piorando tudo, e ele desistiu após a
terceira tentativa cair direto na caixa postal.

O percurso de quinze minutos durou trinta, e quando Ethan entrou no
último trecho da estrada, avistou um carro parado no acostamento da pista
na direção oeste. Os faróis estavam acesos, e a porta do lado do motorista,
aberta. Ao se aproximar, Ethan reconheceu que era a picape de Kai. Ethan
desviou o Bronco para o acostamento de seu lado da estrada. A chuva atra-
palhava sua visão, impedindo que ele conseguisse ver qual era o
problema.

Ethan estendeu a mão até o console central e pegou a lanterna que guar-
dava ali, ligou-a e abriu a porta do Bronco. A chuva delimitava o facho da
lanterna enquanto ele avançava em meio à tempestade e iluminava a picape
do amigo. Constatou que os pneus do lado do motorista não estavam fura-
dos. Ele atravessou a estrada e verificou a cabine. Vazia.

— Kai! — Ethan gritou por cima da chuva torrencial.

Estava encharcado. A água pingava do queixo, e a camiseta grudava no
peito. Ethan apontou a lanterna para a caçamba da F-150. Também vazia.
Porém, ao contornar a picape, viu o amigo caído no barranco à beira da
estrada.

— Kai?! — Ethan correu até ele e, ao se agachar a seu lado, pôde ver que
a chuva se misturava com o sangue que escorria de sua barriga e boca. —
Você pode me ouvir?

Kai abriu os olhos. Uma bolha de sangue surgiu em sua narina quando ele tentou falar.

O que está acontecendo?, Ethan se perguntou, ao examinar o corpo de Kai. *De onde vem esse sangue?*

À beira da estrada, no meio de uma tempestade brutal, Ethan voltou a se transformar em médico de emergência, buscando a origem do sangue e a melhor maneira de estancar o sangramento. Porém, antes que ele pudesse concluir a transformação, Kai pronunciou uma única palavra que fez Ethan retornar a seu papel atual de investigador:

— Francis.

Ethan interrompeu o exame.

— O quê?

— Vai! — Kai exclamou, com os dentes vermelhos de sangue. — Agora! Maddie está em perigo!

Ao longe, na direção de sua cabana e através da chuva torrencial, um disparo ecoou na escuridão.

97

Lago Morikawa, Wisconsin
Terça-feira, 5 de agosto de 2025

— ONDE FICA SUA CABANA? — MADDIE PERGUNTOU. — ETHAN, meu namorado, é o dono deste lugar. Ele diz que só existem poucas propriedades no lago.

— Pouco depois da curva — Harriett disse. — Do lado nordeste. Ela pertence a meus tios, que a emprestaram para mim por uma semana. Achei que seria um refúgio para relaxar. Daí, a tempestade chegou. — Ela sorriu.

Harriett usou a toalha que Maddie lhe dera para secar o rosto. O boné do Minnesota Twins ainda cobria sua cabeça.

— Quer trocar de roupa? Posso pegar para você — Maddie sugeriu.

— Não quero abusar. Já estou incomodando demais.

— Pare com isso. Não tem problema algum. — Maddie apontou para fora. — Vai levar um tempo até a tempestade passar.

— Tem certeza? — Harriett perguntou.

— Tenho. Eu só trouxe shorts e camisetas. Mas estão secos.

— Obrigada.

Maddie subiu a escada e revirou sua bolsa de lona. Pegou um short jeans e a camiseta menos surrada que trouxera. Desceu a escada e entregou as roupas para Harriett.

— O banheiro fica logo ali.

Harriett entrou no banheiro, e Maddie pegou duas garrafas de água na geladeira. Checou o celular. Ainda havia apenas uma barra de sinal e três chamadas perdidas de Ethan. Tentou ligar para ele, mas a chamada caiu direto na caixa postal.

Maddie ouviu a porta do banheiro se abrir. Largou o celular na mesa e pegou uma garrafa de água para Harriett. Porém, quando a mulher saiu do banheiro, o susto deixou Maddie paralisada. Ao trocar a calça jeans encharcada pelo short que Maddie lhe emprestara, Harriett revelou uma tatuagem de píton negra em espiral na perna direita, começando na panturrilha, subindo pela coxa e sumindo sob o short jeans. E o boné do Minnesota Twins havia desaparecido, permitindo que o longo cabelo dela caísse em espirais pelas costas.

— É para mim? — Harriett apontava para a garrafa de água na mão de Maddie.

Maddie teve um lampejo, recordando-se da foto que Pete Kramer havia mostrado a ela e a Ethan, capturada pela câmera do painel do furgão de transporte: a mulher alta, de cabelo loiro e tatuagem de serpente, que ajudara Francis a fugir, estava bem a sua frente.

— Sim, é para você. — A muito custo, Maddie conseguiu forçar um sorriso.

Tensa, ela engoliu em seco e entregou a garrafa de água. Tinha deixado a Glock no balcão ao lado da porta dos fundos. Impassível, virou-se lentamente e atravessou a cozinha naquela direção.

Mas, quando chegou perto da porta, a arma havia desaparecido.

98

Lago Morikawa, Wisconsin
Terça-feira, 5 de agosto de 2025

COM OS NERVOS À FLOR DA PELE, MADDIE SENTIU O CORAÇÃO
disparar e entrou em estado de alerta máximo. Ao se virar do balcão vazio,
viu Harriett sorrindo.

— Procurando por sua Glock 45 do Departamento de Polícia de
Milwaukee?

Maddie olhou ao redor da cabana. Harriett era alta e jovem. Maddie
tinha treinamento em luta corpo a corpo e sabia se defender caso fosse necessário. Contudo, seu objetivo principal era sair da cabana. Ela se virou e deu
dois passos para se aproximar da porta dos fundos, mas a mulher a alcançou num instante. Maddie sentiu a cabeça ser puxada para trás quando Harriett agarrou seu cabelo e a afastou da porta.

Virando-se, Maddie investiu com tudo contra a mulher mais alta, cra-
vando o ombro no peito de Harriett e empurrando-a com força até elas se
chocarem contra a mesa da cozinha e desabarem sobre ela. De forma brusca,
Maddie caiu por cima da mulher, fazendo-a soltar o cabelo que ainda segurava. Maddie se ergueu e desferiu dois golpes firmes no rosto de Harriett:
um abaixo do olho, o outro em cheio no nariz.

Enquanto Harriett gritava de dor, Maddie saiu de cima dela e começou
a correr para a porta da frente. Porém, Harriett segurou-a pela canela,
fazendo Maddie cair com força no piso. A mulher subiu nas costas de Maddie e passou o braço sob o queixo dela num estrangulamento que dificultou
de imediato sua capacidade de respirar.

Maddie arranhou o antebraço de Harriett, mas não conseguiu aliviar a
pressão do aperto. O ar lhe faltava, e as lembranças reprimidas de quando
tinha dezesseis anos voltaram com força, do momento em que Francis a arras-
tara até as margens do Lago Michigan para matá-la. Depois de se pôr de quatro, Maddie conseguiu ficar de pé, com Harriett montada em suas costas o
tempo todo. Cambaleou um passo à frente antes de se firmar, então recuou
vários passos e as arremessou contra a parede da cabana onde estava

pendurada a lança de pesca que Kai dera de presente para Ethan. Maddie sabia que a lança se apoiava em três presas de marfim fixadas firmemente na madeira, e torceu para encontrar uma delas.

A queda das duas para trás fez Harriett se chocar contra a parede, com o peso e o impulso de Maddie aumentando a força do impacto. Maddie sabia que dera um golpe certeiro. O grito de Harriett foi surreal quando uma das presas de marfim perfurou suas costas logo abaixo da escápula. Maddie sentiu o aperto da mulher afrouxar e conseguiu escapar do estrangulamento. Enquanto Harriett desabava no chão, Maddie, ofegante, cambaleou um ou dois passos, até a visão estreita se ampliar. Em seguida, ela se virou e correu em direção à porta dos fundos.

Ao chegar ali, Francis Bernard, do outro lado, sorria para ela através do vidro. A chuva escorria pelo rosto dele. As roupas estavam ensopadas, e a camiseta branca, manchada de sangue. Ele tirou a Glock de Maddie da cintura e a usou para bater de leve no vidro.

99

Lago Morikawa, Wisconsin
Terça-feira, 5 de agosto de 2025

MADDIE SE AFASTOU DA PORTA DOS FUNDOS E ATRAVESSOU A cabana correndo. Harriett conseguiu se ajoelhar e tentou barrar o caminho de Maddie. Porém, um medo visceral dominou Maddie, deixando-a feroz e incontrolável. Ela passou por Harriett como se a mulher fosse feita de espuma. Chegou à porta da frente e a escancarou. Então, ouviu um disparo de sua Glock e sentiu uma dor lancinante no lado esquerdo do corpo.

O impacto da bala a fez cair para a frente, fechando a porta com um baque. Ao se afastar da porta, Maddie viu o ferimento no lado inferior esquerdo do abdome, onde a camiseta estava manchada de vermelho. O sangue também respingava na porta. A dor ia e vinha, ofuscada pela adrenalina que corria em suas veias. Ela girou a maçaneta da porta da frente e começou a puxá-la para abrir de novo. Então, sentiu Francis agarrar a parte de trás de sua camiseta.

— Olha só o que você me obrigou a fazer — Francis sussurrou em seu ouvido. — Não vai ter a menor graça se você morrer rápido demais. Eu queria fazer isso com calma.

Francis a virou de repente e, com um puxão violento, rasgou a frente da camiseta dela, deixando os seios expostos. Ele inclinou a cabeça para o lado a fim de examinar o peito dela. Então, traçou o local no seio esquerdo onde, anos atrás, havia tatuado um coração negro na pele de Maddie. O coração desaparecera, substituído por uma cicatriz irregular.

— Você apagou meu trabalho — Francis constatou. — Isso não pode ficar assim, não é?

A ardência no lado do corpo ganhou vida própria, e o sangramento a deixava sonolenta. Francis continuava a encarar a cicatriz no seio dela. Então, Maddie recuou bruscamente e lançou a testa contra o nariz dele. Ela ouviu o estalo da cartilagem e a fratura do osso. Enquanto Francis cambaleava para trás, o sangue jorrava horizontalmente das narinas dele. Um filete de sangue escorria para os olhos de Maddie, vindo do corte recém-aberto que ia do contorno do couro cabeludo até o alto do nariz.

Juntamente com a bala que havia penetrado no lado do corpo, a concussão do impacto com o crânio de Francis a deixou zonza. Ela cambaleou dois passos à frente, ficando mais uma vez perto o suficiente para outro ataque. Então, desferiu um chute na virilha de Francis. Ele uivou de dor e caiu de joelhos. Maddie se virou e, como um bêbado saindo do bar, ziguezagueou em direção à porta dianteira. Porém, antes que chegasse lá, Francis se lançou para a frente e agarrou-lhe o tornozelo. Foi o suficiente para fazê-la cair de cara no batente da porta.

Exausta pela perda de sangue, Maddie fechou os olhos e forçou o cérebro a desligar, levando-a para bem longe. Ela quase não resistiu à tentação quando sentiu Francis puxar sua perna, arrastando-a de volta para a cozinha.

— Vou te levar de novo ao clube do coração negro antes de matá-la — Francis disse, com a voz nasalada.

Ela sentiu quando ele a agarrou pelo cabelo, ergueu-a do chão e a empurrou com força para uma cadeira da cozinha. Maddie, indefesa, sentiu Francis prendendo seus pulsos na cadeira com abraçadeiras plásticas. Ela ergueu as pálpebras ao sentir que ele abria a parte da frente de seu sutiã. Francis encostou uma faca em seu seio esquerdo.

100

Lago Morikawa, Wisconsin
Terça-feira, 5 de agosto de 2025

DOÍA MUITO DEIXAR KAI SANGRANDO À BEIRA DA ESTRADA,
mas ele não tinha escolha. Ethan voltou para o Bronco e pisou fundo no acelerador. Os pneus cuspiram cascalho, fazendo o carro derrapar para fora do acostamento e voltar à pista. A visibilidade estava péssima, e ele dirigia rápido demais para aquelas condições. Não adiantaria nada para Maddie se ele capotasse o Bronco numa vala, mas não conseguia se controlar.

Ethan levou quatro minutos para chegar à cabana. Ao virar o Bronco descontroladamente na entrada para carros, ele colidiu com a traseira de um Range Rover estacionado ali. O airbag foi acionado e acertou em cheio o nariz de Ethan, fazendo-o sangrar. Ao sair do carro e correr pela chuva forte, ele estendeu a mão para a cintura, mas se lembrou de que a Beretta estava em sua bolsa.

Ele se abaixou atrás do Range Rover e mudou de rumo, correndo pela lateral da cabana e depois contornando até a porta dos fundos, que estava estranhamente aberta. Não havia tempo para avaliar a situação ou decidir a melhor tática. Em vez disso, ele avançou rapidamente, empurrando a porta entreaberta com o ombro, fazendo vidro estilhaçar enquanto irrompia na cabana.

Ethan entrou cambaleando na cozinha e encontrou Maddie amarrada em uma cadeira, com Francis atrás dela, segurando um garrote ao redor do pescoço de Maddie, semelhante ao que ele usara em Lindsay Larkin. A camiseta dela estava rasgada, revelando um coração negro tosco tatuado em seu seio esquerdo, com sangue gotejando da pele mutilada e marcada. Sem hesitar, Ethan avançou e acertou Francis no pescoço com um golpe de antebraço. Ambos caíram no chão.

Ethan ouviu Maddie engasgar, tentando aspirar ar pela traqueia agora aberta. Ele se jogou sobre Francis e desferiu diversos golpes no rosto dele. Anos de raiva acumulada escapavam dele, ensanguentando o rosto de Francis com uma fúria implacável de pancadas. Quando os braços do homem caíram ao lado do corpo e ele não conseguiu mais se defender, Ethan colocou as mão em torno do pescoço de Francis e começou a asfixiá-lo. À medida que aumentava a pressão, o rosto do homem ia arroxeando e os olhos se arregalando.

Um golpe violento na têmpora de Ethan o atordoou. Um segundo golpe na parte de trás da cabeça fez com que ele tombasse para o lado e caísse no chão perto de Francis. Ethan se virou até ficar deitado de costas, e ao abrir os olhos viu uma mulher alta, de cabelo loiro, de pé, apontando a Glock de Maddie para ele.

A mulher apertou o gatilho, e Ethan sentiu uma dor pavorosa no ombro esquerdo. A loira ajustou a mira, agora apontando o cano da Glock diretamente para o rosto de Ethan. Porém, antes que ela conseguisse apertar o gatilho, Ethan viu a presa de morsa que encimava a ponta de sua estimada lança de pesca perfurar o peito da mulher.

101

Lago Morikawa, Wisconsin
Terça-feira, 5 de agosto de 2025

OS OLHOS DA MULHER SE ARREGALARAM QUANDO ELA DEIXOU
a Glock cair e observou a lança que atravessava seu peito. Agarrou-a com as duas mãos e, espantosamente, puxou-a para a frente, arrancando-a do próprio peito. Ethan jazia no chão, incapaz de fazer qualquer coisa além de assistir a tudo se desenrolar. Maddie, atrás da mulher loira, soltou a lança no momento em que ela a puxava do corpo. Ethan sabia que, dependendo dos órgãos perfurados, talvez houvesse uma chance de a mulher sobreviver a um ferimento assim. Porém, só se a lança permanecesse no lugar até ela chegar a um cirurgião especializado em trauma. Assim que ela a retirou, qualquer chance de sobrevivência desapareceu.

Assim que a lança saiu do peito dela, o sangue jorrou da ferida como uma torneira aberta. Chocada e confusa, a mulher simplesmente ficou olhando para o sangue que escapava de seu corpo, e não tentou estancá-lo. Seu rosto perdeu a cor, e ela caiu lentamente no chão ao lado de Ethan. Apesar do zumbido nos ouvidos e da dor latejante na têmpora, ele estava consciente o suficiente para sentir o fluxo quente do sangue da mulher formando uma poça no chão a seu redor.

Levando a mão ao lado do corpo, Maddie cambaleou de volta para a cadeira e desabou nela. Ethan se apoiou nas mãos e nos joelhos, e rastejou até a namorada.

— O que foi?

— Ferimento por arma de fogo — Maddie respondeu com a voz rouca devido às cordas vocais lesionadas pelo garrote. — Entrada e saída. Saída pela frente.

Ethan meneou a cabeça para espantar o torpor. Seu ombro esquerdo ardeu intensamente quando ele rasgou o que restava da camiseta de Maddie para ver o orifício de saída do projétil. Dele escapava sangue vermelho espumoso. Ethan desvestiu a camiseta pela cabeça, fazendo uma careta de dor, e em seguida, enfiou-a no orifício.

— Segure aí.

Ethan examinou as costas de Maddie e encontrou o orifício de entrada. Era menor e sangrava pouco.

— Certo — ele sussurrou, perguntando-se quanto tempo Maddie aguentaria a hemorragia interna. Será que conseguiriam chegar ao hospital em Duluth a tempo?

— Ethan... — Maddie balbuciou.

Ethan ergueu o olhar e viu Francis abrir a porta da frente e cambalear para fora em meio à tempestade.

102

Lago Morikawa, Wisconsin
Terça-feira, 5 de agosto de 2025

— VÁ ATRÁS DELE — MADDIE BALBUCIOU.

— Não saio daqui sem você — Ethan disse. — Temos que ir a um hospital.

— Não vai adiantar se Francis estiver lá fora. — Os olhos dela estavam marejados. — Por favor, Ethan, encontre o desgraçado.

Ethan assentiu.

— Certo. — Ele acariciou o rosto de Maddie, ainda afetado pela paralisia de Bell da última vez em que Francis a tivera em suas mãos, virou-se, correu até a porta e saiu rapidamente para a noite, sob a chuva forte e incessante.

Seu Bronco bloqueara o Range Rover na entrada para carros, impedindo Francis de usar o carro para fugir. Ethan olhou em todas as direções. Um relâmpago iluminou a noite e permitiu que ele visse uma figura passar rente à lateral da casa em direção ao rio. Ethan correu atrás, escorregando na grama e tropeçando nas pedras rumo à margem do rio. Conforme se aproximava do Rio do Céu, percebeu que a correnteza estava furiosa e as corredeiras ainda mais ruidosas do que a chuva.

Não demorou a Ethan alcançar Francis. Ao reduzir a distância para poucos metros, ele se lançou sobre as costas do homem. Os dois rolaram barranco abaixo e caíram na correnteza enfurecida do rio. Ethan uivou de dor por causa do ferimento a bala no ombro esquerdo. Ele e Francis começaram a lutar na água.

Ficando de pé num impulso, Ethan sentiu um golpe resvalar-lhe a têmpora quando Francis o atacou com uma grande pedra tirada do leito do rio. Ethan conseguiu chutar Francis no peito, fazendo-o cambalear para trás, em direção às corredeiras. Como uma esteira rolante acelerada, a correnteza o arrastou. Sem hesitar, Ethan mergulhou no rio, deixando-se levar pela água rio abaixo em perseguição.

Ethan conhecia bem o rio, por tê-lo percorrido muitas vezes ao longo dos anos para pescar trutas. Tinha conhecimento da topografia e sabia que a chuva torrencial havia elevado o nível da água, ocultando sob a correnteza as rochas que normalmente despontavam na superfície. Ao ser arrastado pelas corredeiras, conseguiu se posicionar sentado. Levantou as pernas para quicar com mais facilidade nas pedras e evitar que os pés ficassem presos.

Francis estava mais rio abaixo, e Ethan percebeu que o homem não fazia ideia de como atravessar as corredeiras. Francis quicava nas pedras como uma bolinha de fliperama até finalmente submergir. Pouco depois, emergiu, com Ethan mal conseguindo ver a cabeça do homem despontar na superfície a seu lado. Ethan agarrou a camiseta branca de Francis e, juntos, deslizaram por um canal e seguiram pelas corredeiras abaixo.

Ao emergirem, o nível da água havia baixado o suficiente para Ethan conseguir ficar de pé. Ele ainda segurava Francis, encharcado e exausto, pela camiseta. Desferiu um golpe rápido no rosto do homem e começou a arrastá-lo para a margem. Então, um raio majestoso atingiu uma árvore rio acima. O barulho da madeira rachando foi ensurdecedor. A árvore pegou fogo e caiu no rio como se um lenhador tivesse cortado a base do tronco. As corredeiras revoltas arrancaram o tronco caído das raízes na margem do rio e o lançaram desgovernado em direção a Ethan e Francis. A árvore levou apenas um instante para alcançá-los. Ethan soltou a camiseta de Francis e sumiu debaixo da água. Pouco antes de mergulhar, Ethan percebeu que Francis não fora tão rápido.

Um redemoinho fez Ethan girar em círculos sob a água. Ele sentiu um pé encontrar uma pedra e se impulsionou, libertando-se do redemoinho e voltando a se reintegrar à correnteza feroz. As corredeiras arrastaram Ethan rio abaixo e o fizeram quicar nas pedras. Finalmente, ele foi despejado no Lago Morikawa. Ele nadou perpendicularmente à correnteza até chegar a águas calmas, esperando Francis emergir. A água fria anestesiara seu ombro e aliviara a dor. Porém, ele estava se mantendo à tona apenas com as pernas e o braço direito, e não duraria muito. A chuva dificultava a visão e, depois de um minuto observando a foz do Rio do Céu desaguar no lago, Ethan se dirigiu para a margem.

Ele rastejou até as pedras, arfando enquanto apertava os olhos na chuva em busca de Francis. Porém, o rio nunca trouxe o assassino de seu pai para o Lago Morikawa. Supondo que ele estivesse preso sob o tronco caído, Ethan correu de volta pela margem até o lugar onde o tronco estava alojado entre duas pedras.

A água borbulhava ao redor da madeira e transbordava sobre o tronco da árvore. Ethan teve o bom senso de não entrar novamente na água. Exausto da luta, e com apenas um braço funcionando, ele não teria chance contra o rio uma segunda vez.

103

Lago Morikawa, Wisconsin
Quinta-feira, 7 de agosto de 2025

ETHAN CONSEGUIRA ENFRENTAR A TEMPESTADE NA NOITE DE terça-feira e levar Maddie ao hospital em Duluth, que era um centro de atendimento especializado de trauma. Ele parara para colocar o amigo Kai no assento traseiro do Bronco, mas sabia que já era tarde demais. Kai foi declarado morto ao chegar ao hospital. Maddie foi levada às pressas para a sala de cirurgia. Ethan foi atendido no pronto-socorro e internado, e recebeu alta na manhã de quinta-feira.

Ele passou grande parte da quarta-feira no leito do hospital conversando com policiais e detetives sobre o massacre que ocorrera em sua querida cabana de pesca no Lago Morikawa. A mulher loira foi identificada pelo legista como Harriett Alshon e confirmada como sendo a mesma das fotos da câmera do painel do furgão de transporte. O corpo dela foi encontrado na cabana de Ethan. O legista determinou que a causa da morte foi exsanguinação, ou seja, perda de sangue causada por um ferimento perfurante no abdome que atingiu a veia cava inferior.

Com o braço esquerdo apoiado em uma tipoia, Ethan estava com Pete Kramer na margem do Rio do Céu. Sua cabana ficava atrás deles, cercada por fita amarela. O rio havia se acalmado, mas continuava alto. Os mergulhadores da DIC emergiam e submergiam enquanto vasculhavam o leito do rio em busca do corpo de Francis Bernard. Três barcos da DIC navegavam de um lado para o outro pelo Lago Morikawa, dragando o fundo.

Finalmente, um mergulhador emergiu com algo na mão. Tirou a máscara e o regulador para mergulho.

— Achei uma camiseta, chefe.

Outro agente se dirigiu ao mergulhador na margem e colocou a peça de roupa em um saco plástico de evidências. Ele levou o saco até Ethan e Pete. Eles examinaram a camiseta através do plástico. Estava manchada de sangue e muito rasgada. Ethan se lembrou de ter agarrado Francis na noite de terça-feira.

— É sua ou dele? — Pete perguntou.

— Eu estava sem camiseta. Usei para tratar o ferimento de Maddie. Tem que ser dele.

— Já vasculhamos duas vezes — o agente informou. — Nada até agora.

— O rio estava revolto — Ethan disse. — Não me surpreenderia se a correnteza o tivesse levado para o meio do lago.

— Continuaremos procurando — o agente afirmou. — E vamos trazer um sonar para ajudar.

Porém, apesar de todos os esforços, até sexta-feira à noite, o corpo de Francis ainda não havia sido encontrado.

104

Cherryview, Wisconsin
Sábado, 9 de agosto de 2025

APESAR DE SEU ESTADO DE SAÚDE, ETHAN TERMINOU O TURNO no hospital. Ele tinha se oferecido para cobrir um plantão vago, na esperança de tirar da cabeça o fato de que o corpo de Francis ainda não fora encontrado. A DIC suspendera as buscas durante o fim de semana, acreditando que, com o tempo, o corpo de Francis acabaria emergindo à superfície do Lago Morikawa, conforme avançasse o processo de decomposição. Em algum momento, os gases o trariam à tona. Nem Ethan nem Maddie conseguiriam dormir direito até verem o corpo inchado e sem vida daquele homem.

Ainda estavam coletando informações e tentando entender os acontecimentos que se desenrolaram na última semana. A única pessoa que talvez pudesse elucidar o mistério era Blake Cordis. Ethan o visitara no dia anterior. Embora Blake nunca tivesse ouvido falar de Francis Bernard, confessou seu relacionamento com Lindsay Larkin. Dormira com ela quando era treinador de vôlei no ensino médio, e depois rompeu sem cerimônia ao se apaixonar por Callie. Blake e Lindsay tinham voltado a transar recentemente. Blake contou a Ethan sobre o comportamento estranho de Lindsay na noite de segunda-feira, o conhecimento dela acerca do celular pré-pago Samsung que ele utilizara para se comunicar com Callie, e a promessa enigmática de Lindsay de que Blake logo estaria na prisão. Depois que Ethan foi embora da casa de Blake, ele começou a juntar as peças do quebra-cabeça.

Lindsay Larkin, rejeitada repentinamente por Blake e de coração partido quando era adolescente, descobrira que ele estava se relacionando com Callie. Lindsay, após roubar o celular pré-pago, o usara para atrair Callie ao píer de North Point. Lá, movida pelo ciúme, Lindsay matou sua melhor amiga. Segundo Blake, Lindsay tentara ao longo dos anos ressuscitar o romance entre eles, mas ele nunca se mostrara interessado. Ao saber do relacionamento de Blake com Portia Vail, Lindsay sequestrou a garota numa tentativa de incriminar Blake pelo crime. E, de alguma forma, Lindsay entrara em um acordo com Francis Bernard, atraindo Ethan para provas que ela mesma plantara e que apontariam Blake Cordis como assassino de Callie e sequestrador de Portia. Porém, a doutora Larkin não previra que Francis escaparia da prisão e iria atrás dela. Ainda havia muito a descobrir, e Ethan não tinha certeza de que algum dia conheceria toda a verdade.

Ethan chegou à entrada da garagem de sua casa e parou o Wrangler junto à caixa de correio. Dentro, um único envelope, que ele pegou antes de seguir adiante e entrar na garagem. Deixou as chaves na tigela sobre a mesa do hall de entrada, colocou os sanduíches que comprara para o jantar no balcão da cozinha e apanhou uma cerveja na geladeira.

Maddie descansava no sofá. Milagrosamente, a bala que atravessou seu abdome não atingiu nenhum órgão vital ou vaso importante. A maior dificuldade seria recuperar-se do impacto da bala no músculo abdominal, o que tornava difícil sentar-se, caminhar ou fazer qualquer movimento que envolvesse a região abdominal. Ela começaria a fisioterapia na segunda-feira, e estava de licença por duas semanas.

Ethan se inclinou sobre o encosto do sofá e beijou Maddie na testa. O estresse da última semana provocou uma recaída da paralisia de Bell, e o lado esquerdo de seu rosto ficou caído, sem reação quando ela tentava sorrir. Constrangida, Maddie levou a mão à face, tentando cobrir a bochecha.

— Vai voltar ao normal. Provavelmente em umas duas semanas.

Maddie assentiu.

— Comprei sanduíches para o jantar.

— Estou sem fome.

— Tudo bem. Mas você terá de comer algo uma hora.

Maddie voltou a assentir e se deitou.

De jaleco, Ethan sentou-se à mesa da cozinha e abriu a cerveja. Tirou o sanduíche da embalagem e deu uma mordida. Em seguida, puxou a única correspondência a sua frente. Era endereçada ao *Agente especial Ethan Hall*. Embora não entendesse muito bem o motivo, uma ansiedade incontrolável o assolou.

Ethan notou o carimbo postal: Hachita, Novo México. A data era de quinta-feira. Intrigado, ele semicerrou os olhos e pegou o celular para fazer uma pesquisa, descobrindo que Hachita ficava no sul do Novo México, perto da fronteira entre os Estados Unidos e o México. Deixou o celular de lado e ergueu o envelope. Rasgou a borda, retirando a única folha de papel que estava dentro. Virou o envelope de cabeça para baixo, fazendo outro item cair: uma chave prateada que tilintou sobre a mesa da cozinha.

Começando a ler, Ethan se concentrou na caligrafia esmerada.

Prezado Ethan,

Espero que esteja bem. Obrigado por suas visitas ao longo dos anos. Você não faz ideia do quanto elas significaram para mim. Sei que, para você, foram algo completamente diferente. Você usou nosso tempo juntos para exorcizar seus demônios e prometeu que eu jamais veria a luz do dia fora dos muros da prisão. Agora, já sabe o quanto estava equivocado.

Eu te prometi a localização do corpo da garota. Promessa é divida:

Latitude 45,2930 graus Norte, longitude 88,6839 graus Oeste

Sentirei falta de nossos encontros, Ethan. Para mim, eram uma maneira de vislumbrar vestígios de seu pai. Ele foi muito mais do que apenas o homem pelo qual fui condenado por ter matado. Muito mais. Sempre que eu via seu nome na lista de visitantes, uma ansiedade elétrica se apoderava de mim. Quando olhava para você, eu via Henry.

Se quiser entender por que seu pai me fascinava tanto, use esta chave para descobrir:

Depósito Lakeside. Boxe 223.

Francis.

105

Cherryview, Wisconsin
Sábado, 9 de agosto de 2025

ETHAN NÃO PÔDE EVITAR QUE MADDIE O ACOMPANHASSE, E sabia que não adiantava discutir. O carimbo postal de Hachita dava a entender que Francis, de algum modo, sobrevivera ao rio e fugira para o México. Mas, mesmo com o homem fora do país, Ethan não pretendia deixar Maddie sozinha. Tinham sido necessários trinta minutos para localizar as coordenadas. Por fim, Ethan entrou com o Wrangler numa estrada de cascalho ao norte do Lago Okoboji, não muito longe do píer de North Point. A estrada deserta seguia ao lado de um prédio abandonado que já tinha sido uma usina elétrica. Ethan seguiu o GPS do painel até chegar à beira de uma lagoa. Eram quase oito da noite, e o horizonte estava tingido de lavanda com o crepúsculo. Ele ligou os faróis altos, iluminando a água.

Ele e Maddie saíram do carro para o anoitecer. Fazia uma temperatura agradável de vinte e dois graus, pois a tempestade trouxera um ar mais fresco para o Meio-Oeste. Eles caminharam até a beira da lagoa. Ethan iluminou a área com uma lanterna.

— Ali. — Maddie apontava para a água.

Ethan entrou na água rasa e avistou um tambor vermelho de duzentos litros pouco abaixo da superfície, a cerca de vinte metros da margem. Ele precisou de trinta minutos para prender o guincho do Wrangler ao tambor. Teve que tirar a tipoia para conseguir fazer isso, e estava encharcado quando finalmente puxou o tambor para a margem. O tambor estava deitado de lado e vazando água. Então, ele usou uma chave de roda para abrir a tampa. Mais água jorrou de dentro. Ethan iluminou o tambor com a lanterna, expondo uma descoberta macabra. Ele sabia que tomara a decisão certa em manter a localização do corpo de Callie só para si, sem contar para o governador Jones.

Nenhum pai deveria jamais ver o filho na condição em que encontraram Callie Jones.

106

Madison, Wisconsin
Sábado, 9 de agosto de 2025

O DEPÓSITO LAKESIDE FICAVA PRÓXIMO AO LAGO MENDOTA, em um subúrbio de Madison. Ethan e Maddie passaram duas horas na lagoa depois de terem comunicado a localização do corpo de Callie. Ethan respondeu às perguntas dos policiais que chegaram, esperou para falar com os detetives, e passou meia hora conversando com Mark Jones quando o governador apareceu, às onze da noite.

Já se aproximava da meia-noite quando ele e Maddie chegaram ao depósito e encontraram o boxe 223. Ethan estacionou o carro diante do portão, mantendo o motor ligado e os faróis acesos. Pegou a arma no porta-luvas, e Maddie assumiu o volante, para o caso de ser necessário sair rapidamente do local.

Ethan parou do lado de fora da janela do motorista, dizendo:

— Deixe o celular ligado.

— Certo. — Maddie mostrou o aparelho.

— E mantenha o dedo no gatilho.

Maddie ergueu sua pistola semiautomática Smith & Wesson SW1911. A Glock 45 estava sob custódia como prova. A Smith & Wesson era de seu acervo pessoal.

— Certo.

— Vou ver o que tem lá dentro — Ethan disse. — Não demoro.

Ethan se afastou do carro e se aproximou da porta do boxe. A roupa ainda estava molhada de sua entrada na lagoa, e o ombro doía, pois ainda não recolocara a tipoia.

Ele inseriu a única chave que chegara pelo correio e destrancou a porta. Ela rangeu quando Ethan a abriu com um empurrão. Encontrou um interruptor na parede e o acionou, iluminando o espaço. No centro do boxe, de seis metros por seis, havia uma mesa com uma caixa de papelão sobre ela. Ethan se aproximou lentamente da mesa, lutando contra uma força invisível que lhe dizia para se manter longe, bem longe do que o aguardava ali.

Ao chegar perto, deparou com dezenas de fotos dispostas sobre a superfície, organizadas cuidadosamente ao redor da caixa.

A primeira imagem que Ethan viu o fez cair de joelhos: uma foto 20 x 25 com acabamento brilhante que lhe tirou o fôlego. Ele tentou se levantar, mas as pernas fraquejaram. Caiu de novo, contorcendo-se ao aterrissar sentado. Arrastou a caixa de papelão consigo na queda, e o conteúdo se espalhou pelo chão do boxe. Dezenas de antigas fitas de áudio e vídeo bateram ruidosamente no concreto a seu redor, junto com dezenas de fotografias que despencaram.

A foto que dera início à reação em cadeia pousou em seu colo. Ethan ergueu a fotografia 20 x 25 até o rosto. Mostrava Maddie Jacobson com dezesseis anos, inconsciente e amarrada a uma cadeira. No peito, tatuado em seu seio esquerdo, havia um coração negro. E parados em ambos os lados dela, sorrindo como se ela fosse um "prêmio", estavam um jovem Francis Bernard e o pai de Ethan, o detetive Henry Hall.

304

VERÃO DE 2026

LAGO MORIKAWA, WISCONSIN

107

Lago Morikawa, Wisconsin
Segunda-feira, 13 de julho de 2026

O CABELO ESTAVA LONGO E DESGRENHADO. UMA BARBA
espessa, aparada uma vez por mês, cobria o rosto. Olheiras escuras marcavam os olhos, resultado de um ano sem uma noite decente de sono. Toda vez que fechava os olhos, Francis Bernard o visitava. Nos piores pesadelos de Ethan, seu pai também estava presente, segurando a faca que usara para mutilar mulheres no verão de 1993.

Quando a privação do sono se tornou insuportável, e sua vida começou a desmoronar, Ethan pediu uma licença no hospital e desapareceu. O governador cumprira a promessa de eliminar suas dívidas estudantis e, ao se ver livre desse fardo, Ethan decidiu que o único lugar onde poderia se curar era no norte do estado. Assim, embarcou em seu hidroavião Husky e partiu para o isolamento do Lago Morikawa. Não passou despercebido para Ethan que tanto o assento do passageiro quanto o cais estavam vazios. Que ele se lembrasse, era a primeira vez que pousava no lago sem Kai a sua espera no píer.

Ele chegara no fim de semana do Memorial Day, e passou o verão comandando uma clínica médica para o povo chippewa. Atendia pacientes de manhã, pescava à tarde e bebia muito à noite.

— Está infeccionado — Ethan afirmou, olhando para a boca de um chippewa e cutucando com um instrumento odontológico. Usava uma lanterna de cabeça e uma máscara cirúrgica durante o exame. — Posso drenar o abscesso hoje e dar antibióticos, mas você precisará consultar um dentista em breve.

— Faça o que der, doutor — o homem pediu. — Irei ao dentista na próxima semana.

— Amanhã — Ethan retrucou —, ou você vai perder o dente.

O homem assentiu e abriu a boca para Ethan começar o trabalho. Naquela manhã, ele atendeu mais dez pacientes e tratou de uma série de problemas, incluindo um homem à beira de um coma diabético, uma úlcera no calcanhar de uma mulher e uma conjuntivite hemorrágica aguda. Concluiu os prontuários, fez ligações para médicos de referência em Ashland e falou pessoalmente com o dentista sobre o abscesso que estava encaminhando.

Ethan fechou a clínica, prometeu voltar na manhã de quarta-feira e entrou em seu Bronco para o trajeto de volta para casa. Sua cabana havia sido totalmente reformada desde o verão anterior. Ele contratara um empreiteiro para realizar o trabalho e confiou que tudo fora feito corretamente, sem nunca ter realizado a viagem desde Cherryview para acompanhar o andamento da obra. Ao entrar na cabana pela primeira vez, no fim de semana do Memorial Day, Ethan olhara ao redor e aprovara a reforma. Contudo, sabia que a estética poderia mudar de uma temporada para outra, mas as lembranças do que acontecera ali levariam muito tempo para desaparecer.

Ainda permaneciam os fortes cheiros da tinta da reforma, e Ethan os sentia toda vez que voltava para a cabana. Abriu as janelas e acolheu o ar quente e úmido do verão. Um dos pontos positivos da reforma foi a instalação do ar-condicionado central. Naquela noite, Ethan planejava regular o termostato para o frio máximo. Talvez esse fosse o segredo para uma boa noite de sono. Com a brisa do lago circulando pela cabana e levando embora o cheiro da tinta e do solvente, ele pegou a vara de pesca Loomis do suporte na parede e desceu até o barco. Puxou o cordão de partida do motor Mercury de 50 hp e acelerou pelo Lago Morikawa.

Ethan passou a tarde no lago e pescou duas percas de quarenta centímetros para o jantar. Também foi atrás de lúcios, até fisgar um exemplar de um metro, capturado com uma isca especial para peixes predadores. Ethan levou o grande peixe até a lateral do barco, recolheu-o com uma rede e mediu seu comprimento. Em seguida, devolveu cuidadosamente o lúcio à água para que ele tivesse outra chance. Quando a excitação da pescaria terminou, Ethan guardou o equipamento e se sentou na plataforma de arremesso para apreciar a beleza do lago.

Os pinheiros de tronco reto dominavam a paisagem ao redor. Uma águia cortou o céu em baixa altitude, deslizou pela superfície do lago até capturar um peixe e voltou para o ninho. Um mergulhão deixou escapar um som longo e trêmulo no meio do lago antes de desaparecer sob a água. Ethan se lembrou das muitas horas que passara na água com Kai, e sentiu saudades do amigo.

Como sempre, o Lago Morikawa exercia sua magia. Por algumas horas, Ethan se esqueceu das fotos de Francis Bernard e de seu pai posando com Maddie e as mulheres que assassinaram no verão de 1993.

No entanto, as fitas de áudio e vídeo eram mais difíceis de esquecer. Ethan não teve estômago para assistir a todos os vídeos, mas vira o suficiente para saber que Francis e seu pai haviam registrado cada uma de suas vítimas, incluindo Maddie. Durante alguns meses após as visitas ao boxe do depósito, sua vida passou a girar em torno das fitas VHS. Com o tempo, parou de assisti-las. Mais à frente, também deixou de ouvir as inúmeras fitas K7 em que Francis gravara conversas com seu pai sobre a próxima vítima e a obsessão por Maddie Jacobson.

Porém, havia um item que Francis deixara no boxe do depósito do qual Ethan não conseguia se desvencilhar. Francis escrevera uma última carta para Ethan, acompanhada de uma gravação da última conversa dele com Henry Hall. Ethan desenvolvera uma fixação doentia por aquele material.

Ele puxou com força o cordão de partida do motor de popa Mercury, engatou a marcha e começou o trajeto de volta para a cabana. Era hora de iniciar sua rotina noturna de beber litros de cerveja e ouvir a gravação das últimas palavras de seu pai.

108

Lago Morikawa, Wisconsin
Segunda-feira, 13 de julho de 2026

QUASE UM ANO DEPOIS DE TER ENCONTRADO A CARTA NO BOXE do depósito, ela estava amassada e gasta por ter sido lida tantas vezes. Ethan abriu a primeira cerveja da noite e começou a ler:

> Prezado Ethan,
>
> A prisão tira quase tudo de quem está encarcerado. Mas há uma coisa que ela proporciona: tempo. Sem a interferência da internet, da televisão ou dos livros — ou de qualquer coisa, na verdade, que distraísse meus pensamentos —, a prisão me deu tempo para pensar e traçar planos. Se tudo correu do jeito que organizei mentalmente, então agora sou um homem livre. Maddie Jacobson, a única mulher que escapou de seu pai e de mim, está morta. Ela foi uma ardente paixão minha por mais de trinta anos. Aquela que escapou. Aquela que não consigo esquecer.
>
> Antes de partir para lugares desconhecidos, achei que lhe devia uma explicação. A parte menos humana de mim se deleita com a ideia de atormentá-lo com as fotos de seu pai. Mas outra parte de mim se alegra em contar toda a história de como seu pai e eu demos início a nossa parceria.
>
> Apesar de uma fachada bem cuidada, Henry Hall era um homem infeliz. Insatisfeito com a vida em todos os sentidos. Sem perspectivas no casamento. Desanimado com a família. Amargurado com a carreira. Ele me contou que o único momento em que sentia alegria era quando estávamos em busca de nossa próxima garota. E quando a encontrávamos, a expectativa tomava conta dele. Quando Maddie Jacobson apareceu, seu pai ficou tão empolgado... Eu nunca o vira daquele jeito. E nós nos divertimos com ela. Mas,

quando finalmente chegou a hora de levá-la para as margens do Lago Michigan, tudo deu tragicamente errado. Maddie conseguiu escapar, e meu relacionamento com seu pai desandou a partir daquele momento.

Se quiser saber o que aconteceu no dia em que matei seu pai, ouça a fita cassete número 18. Assim como fiz com quase todas as nossas conversas, gravei a última porque sabia aonde aquilo ia dar.

Sei que você não encontrará paz sabendo que seu pai está morto e eu ainda estou por aí. Mas paz é algo que se conquista. Não vem de graça.

Francis

Ethan largou a carta maltratada sobre a mesa da cozinha, tomou um longo gole de cerveja e apertou o botão de *play* no toca-fitas cassete que comprara no ano anterior. A gravação de trinta e três anos estava cheia de chiados. Ele a ouvira tantas vezes ao longo do último ano que a fita empenara, deixando as vozes quase inaudíveis. Porém, àquela altura, já sabia toda a conversa de cor.

Ethan se recostou e escutou. Supunha que a conversa havia sido gravada em segredo. A julgar pelas vozes abafadas, Francis provavelmente colocara o gravador no bolso antes de atender à porta, na noite em que Henry apareceu em sua casa. A gravação começava com o som de uma fechadura sendo destrancada e, em seguida, o rangido de uma porta se abrindo.

Henry Hall: Precisamos conversar.

Francis: Já imaginava.

Henry Hall: Meu departamento já está falando com ela no hospital.

Francis: Não há nada que ela possa contar para eles.

Henry Hall: Não temos certeza disso. Não sabemos do que ela se lembra.

Francis: Eu quero que ela lembre. Vamos esperar até ela voltar para casa e então enviar uma lembrança. Enviaremos um trecho da gravação em que ela grita, apavorada. Talvez tenha sido melhor ela escapar. Isso será mais divertido.

Henry Hall: Não. A equipe de perícia vai analisar algo assim, e nos ligará ao caso. Vamos acabar com tudo isso. Agora.

Francis: Você quer dizer... acabar com isso no sentido de não ter mais garotas?

Henry Hall: É exatamente isso o que quero dizer.

Francis: Isso não vai rolar, Henry. Você sabe disso, e eu também sei. Nenhum de nós consegue viver sem esse lance.

Henry Hall: Você não sabe como esse pessoal trabalha. As equipes de perícia, os detetives, os psiquiatras... Eles analisarão minuciosamente o corpo e a mente dessa garota até encontrarem o que precisam. E, quando terminarem, ela os trará até aqui. Você precisa cair fora da cidade. Ir para bem longe.

Francis: Não sairei daqui.

Henry Hall: Sairá, sim! Acabou! Já era! Nada mais de garotas.

Francis: Eu não quero mais garotas. Quero a que escapou.

Henry Hall: Esquece. Isso não vai acontecer. Eu não vou permitir.

Francis: Isso não depende de você.

Henry Hall: Claro que depende! Minha vida está em jogo aqui e...
BANG!

Apesar de Ethan ter escutado a gravação centenas de vezes, ele ainda se sobressaltava ao som do disparo da arma. A gravação continuava por mais uma hora, mas Francis nunca voltou a falar. Coube à imaginação de Ethan preencher os detalhes do que ouviu. Porém, ele sabia o suficiente para formar uma imagem realista do que estava acontecendo durante a gravação.

Francis atirou no rosto de seu pai e depois passou uma hora arrumando o porão para onde levavam as vítimas para torturá-las e tatuar cada uma com um coração negro. Em seguida, com o pai de Ethan morto no hall de entrada e os vídeos e as fitas cassete embalados para que Ethan os encontrasse trinta e dois anos depois, Francis ateou fogo na própria casa para destruir qualquer vestígio do que acontecera ali.

Ethan terminou a cerveja com um longo gole. Depois, rebobinou a fita e a ouviu novamente.

109

Lago Morikawa, Wisconsin
Segunda-feira, 13 de julho de 2026

AO ANOITECER, ETHAN ACENDEU A CHURRASQUEIRA, GRELHOU a perca que havia pescado, junto com batatas e cebolas, e abriu uma lata de Schlitz, comprada no mercadinho da cidade. A Schlitz era um brinde a seu pai, e uma viagem pela estrada da memória. Foi a primeira cerveja que ele e o pai dividiram, quando Ethan tinha dezesseis anos e seu pai o trouxe à cabana pela primeira vez. O gosto era tão ruim quanto naquela época, mas Ethan descobriu que, se bebesse o bastante, ela atenuava a realidade da nova identidade do pai que se enraizara em sua mente.

Ethan terminou de tomar a cerveja em alguns goles longos. A espuma cobriu sua barba espessa. Tirou o peixe, as batatas e as cebolas da churrasqueira e levou tudo para dentro. Sentou-se à mesa da cozinha, abriu outra lata de cerveja e estava prestes a comer quando ouviu o som inconfundível de um hidroavião se aproximando. Saiu da cabana e ficou na varanda, observando o avião vindo do sul. O Cessna 182 pousou no meio do lago e taxiou até o cais em frente à cabana de Ethan.

A porta da cabine se abriu, e Mark Jones desembarcou do avião.

110

Lago Morikawa, Wisconsin
Segunda-feira, 13 de julho de 2026

— QUER UMA CERVEJA? – ETHAN OFERECEU QUANDO O GOVER-
nador chegou ao alto da longa escada da varanda da cabana.

— Não, obrigado, mas preciso falar com você.

— Imaginei. Mas podia ter ligado. Todo esse negócio de pousar no lago e tal é meio dramático.

— Eu liguei. Oito vezes desde sexta-feira. Nenhum retorno. E deixei recado todas as vezes.

— Não leve a mal... Não checo o celular há semanas.

— E parece que você não se barbeia há um ano.

— Por aí.

— Podemos conversar lá dentro?

Ethan abriu a porta da cabana e fez um gesto com a mão para o governador entrar.

— Tem certeza de que não quer uma cerveja? — Ethan perguntou, já dentro da cabana.

— Estou bem, obrigado. — Mark sentou-se no sofá.

Ethan se acomodou na poltrona ao lado.

— Então, governador, o que o traz até aqui no norte?

Mark tirou um jornal dobrado do bolso de trás, colocou-o na mesa de centro e disse:

— Esta publicação de domingo de manhã.

Ethan deu uma olhada na manchete.

Após trinta anos, o Assassino do Coração Negro do Lago Michigan está de volta.

Lentamente, Ethan estendeu a mão para pegar o jornal.

Mark informou:

— Um corpo apareceu nas margens do Lago Michigan na manhã de sexta-feira. A garganta da mulher estava cortada, e um coração negro, tatuado no seio dela.

Ethan passou os olhos pela reportagem.

— A história está em todos os telejornais locais e começando a ganhar repercussão nacional — Mark continuou.

Ethan tirou os olhos da publicação.

— Acha que foi Francis?

— Sim. E é por isso que estou aqui, Ethan. Ele deixou algo com o corpo da mulher para que ficasse claro que era ele.

— Além da tatuagem do coração negro?

— Sim. O legista encontrou isto na boca da vítima. — Mark entregou a Ethan uma foto de um pedaço de papel amassado, que agora estava esticado sobre a mesa metálica da autópsia. Uma caligrafia em letra de forma preenchia o papel.

EU SEI QUE VOCÊ VIRÁ PROCURAR. FAÇA MELHOR DO QUE SEU PAI, ETHAN.

— Estou criando uma força-tarefa. Quero que você assuma o comando. Ethan desviou o olhar da foto.

— Quero que você fique à frente, Ethan. Francis tornou isso algo pessoal, e quero que você o encontre antes que outros corpos comecem a aparecer espalhados pela margem do lago.

Inquieto, Ethan passou a mão pelo cabelo desgrenhado e depois alisou a longa barba. O gosto amargo da Schlitz persistia na garganta. As fotos de seu pai posando com Francis Bernard e as mulheres que haviam matado passaram rapidamente por sua mente. E a voz de seu pai, na gravação, ecoava em seus ouvidos. Durante todo um ano, Ethan lutou para digerir o que descobrira naquele boxe no depósito. Apesar das provas irrefutáveis, uma parte de sua mente se recusava a acreditar que o pai pudesse ter sido parceiro de Francis Bernard. No verão anterior, Ethan trancara o boxe e guardara o conteúdo só para si mesmo. Mas agora estava diante de uma encruzilhada. De um lado, a negação; do outro, um caminho inevitável rumo à verdade.

Imagens da vida que Ethan construíra passavam por seus pensamentos. Lembranças da escola de medicina e do pronto-socorro onde desenvolvera uma carreira promissora e uma existência feliz. Onde era admirado pela equipe, respeitado pelos colegas e estimado pelos pacientes. Ninguém precisava ficar sabendo das fotos de seu pai. Ninguém precisava ver os vídeos ou ouvir as gravações. Ele poderia pegar as fotos e as fitas e queimá-las. Poderia voltar ao hospital e deixar o passado para trás. Talvez tivesse se afastado de sua antiga vida na DIC por razões maiores do que aquelas que achava entender. Talvez o afastamento tivesse sido uma forma inconsciente de preservar a memória do pai.

Ethan meneou a cabeça.

— Sou apenas um médico de pronto-socorro, governador.

— Você é nosso melhor investigador, Ethan. Em um verão, você resolveu o caso de minha filha. Um caso que ficou sem solução durante uma década. E agora, precisamos de você.

Ethan tomou um gole da cerveja e fez um gesto negativo com a cabeça.

— Não acho que sou o homem certo para o trabalho, Mark.

A porta da cabana se abriu, e Maddie entrou.

— Você é o *único* homem capaz para esse trabalho. E eu preciso que você aceite essa missão.

111

Lago Morikawa, Wisconsin
Segunda-feira, 13 de julho de 2026

O HORIZONTE ESTAVA TINGIDO COM O BRILHO ALARANJADO do pôr do sol, que iluminava por baixo um conjunto de nuvens que flutuavam sobre o lago como algodão desfiado espalhado pelo céu. Ethan e Maddie, na varanda, contemplavam o Lago Morikawa. Finalmente, Mark Jones aceitara a oferta de Ethan e tomava uma cerveja sentado no sofá dentro da cabana.

Ethan olhou para Maddie e passou um dedo pelo lado esquerdo de seu rosto.

— Eu disse que ia voltar ao normal.

Maddie sorriu, cada lado do rosto reagindo por igual, com a paralisia de Bell invisível para quem não soubesse que um dia existira. Ela estendeu a mão e a pousou no pulso dele.

— Não sei o que aconteceu no último verão. Não sei o que você encontrou naquele boxe que fez sua vida desandar. E, para ser sincera, não me importo. Não preciso saber por que você terminou comigo. Não preciso saber por que largou o emprego, nem por que fugiu. Tudo o que quero saber é se você vai voltar e me ajudar com isso. Fui colocada no comando da investigação pelo Departamento de Polícia de Milwaukee. Chamamos a DIC para nos ajudar. Se você voltar, nós dois iremos liderar essa missão, Ethan. E eu preciso de você a meu lado.

Tenso, Ethan engoliu em seco. Um peixe circulava perto do píer e emergiu na superfície da água. Um alce bramiu em algum lugar no mato. Ethan se perguntou quando estaria de volta ali novamente. Será que esse lugar algum dia teria o mesmo significado para ele? Quantas mulheres ainda morreriam se ele recusasse o pedido de Maddie? E se aceitasse?

— Ethan? — Maddie perguntou.

Ele olhou para ela. Desviou o olhar para o lago ao fundo e para os pinheiros ao redor. Lentamente, ele assentiu com a cabeça.

— Eu topo.

Agradecimentos

Um sincero agradecimento a todos que contribuíram para que *Teia de Mentiras* se convertesse no que finalmente se tornou.

Obrigado a toda a equipe da Kensington Publishing e todos os outros que colaboraram ao longo do caminho. Um agradecimento especial a meu editor, John Scognamiglio, que não só ajudou a melhorar a história com seus insights e sugestões, mas também criou o título na última hora.

Obrigado a Marlene Stringer, da StringerLit. Caramba, Marlene!

Obrigado a Amy e Mary, que sempre fazem a primeira leitura e me ajudam a transformar uma boa história em uma história ainda melhor.

Obrigado ao comandante Rich Hills, que me ajudou a levar Ethan Hall em segurança até sua cabana isolada no Lago Morikawa. Já voei em hidroaviões muitas vezes, mas nunca pilotei um. Embora as habilidades de pilotagem de Ethan não sejam perfeitas, Rich me ajudou a torná-las críveis.

Obrigado a meu velho amigo da faculdade, o doutor Mike Ross, que compartilhou seu conhecimento sobre medicina de emergência que ajudou Ethan a encontrar um jeito de folgar no verão para investigar o caso de Callie, suturar uma laceração e fazer um atendimento inicial de um ferimento por arma de fogo. Não segui exatamente os conselhos de Mike, mas cheguei bem perto.

Obrigado a Jen Merlet, que sempre tem a gentileza de fazer a última revisão de meus originais à procura de erros que todos os outros deixaram passar. Ninguém é capaz de encontrar todos, mas Jen chega bem perto. É claro que qualquer erro neste livro é culpa de Jen. Então, por favor, para qualquer reclamação, enviem um e-mail para ela.

E obrigado aos leitores, blogueiros, resenhadores e influenciadores. Essa pequena jornada literária já conta com nove *thrillers*, e devo a todos vocês o agradecimento por fazerem a história chegar a mais pessoas.

CONHEÇA OS OUTROS LIVROS DO AUTOR